Anthologie

Dépôt légal : décembre 2016

ISBN : 979-10-95442-05-9
Crédits image de couverture : jumpingsack/Shutterstock
Crédits images intérieures : Stepan Gojda/123rf

Realities Inc.
2, rue des promenades
22000 Saint-Brieuc

Realities Inc.

# SOMMAIRE

# AVANT-PROPOS

Qu'est-ce que le Quantpunk ? C'est la question à laquelle les douze auteurs de ce recueil ont eu à répondre, dans une tentative de créer un nouveau genre, dérivé du cyberpunk et du steampunk, faisant appel aux découvertes de la physique quantique et des technologies qui en découlent, sans oublier la philosophie propre au mouvement punk.

Le résultat ? Onze textes plutôt disparates, preuve s'il en faut que l'exercice n'a rien d'évident. Le « Quantpunk », tout comme la mécanique quantique, résiste à la compréhension. Vouloir le définir, c'est laisser s'effondrer une foule de possibilités pour n'en conserver qu'une. Le regard de l'auteur influe sur son univers, et c'est particulièrement flagrant dans les textes qui constituent ce recueil.

Le Quantpunk est-il science-fiction, fantasy ou fantastique ?

Il est tout cela à la fois.

Est-il facétieux ou sérieux ?

Tout cela à la fois.

Jusqu'à ce que vous ayez tranché.

Je vous souhaite un bon voyage au pays du Quantpunk : qu'il soit pour vous merveilleux, fascinant, perturbant, inquiétant.

Et que cet avant-propos soit l'occasion pour moi de remercier tous ceux, de près ou de loin, qui ont participé à ce projet : les auteurs au sommaire de cette anthologie, bien sûr, ceux qui ont participé à l'appel à textes et qui, même s'ils n'auront pas été retenus, n'auront pas démérité, les membres du comité de lecture et les initiateurs du projet.

Bonne lecture !

Floriane Moisan

# L'HOMME AU CERVEAUNIVERS

Anthony Boulanger

Originaire de la région de Rouen, Anthony Boulanger vit maintenant à Paris, en compagnie de sa muse et de leurs jeunes fils.

Plusieurs de ses textes sont réunis dans les recueils Écosystématique de fin de monde, aux Éditions Voy'[el], La Boîte de Schrödinger – Exp. n°2, aux Éditions Walrus et Géniteurs et Fils aux Éditions du Chat Noir, Quatre Enquêtes d'Erem de l'Ellipse, aux Éditions Mots et Légendes.

Son premier roman, Zugzwang, est paru aux Éditions Elenya en 2014 et Au Crépuscule, roman de fantasy, a suivi en 2015 aux Éditions Voy'[el], ainsi que Les Reflets d'Earanë, roman de dark-fantasy aux Éditions Mythologica.

Touche-à-tout, il travaille aussi bien sur des micronouvelles que des romans et des scenarii de jeux de rôle et de BD, dans tous les genres de l'Imaginaire. Ses sujets de prédilection sont les Oiseaux, les Golems, la mythologie. On peut le joindre par son blog (anthony-khellendros.blogspot.com), sa page Facebook ou son mail : anthony.boulanger.khel[@]gmail.com.

Sa prochaine sortie : La Malédiction des Corbeaux, aux Éditions Mots et Légendes, une novella de fantasy.

# L'HOMME AU CERVEAUNIVERS

## Anthony Boulanger

En descendant de la limousine, Shell réajusta la capuche de son sweat dans son dos et fit craquer les articulations de ses doigts avec application. Il leva les yeux sur le grand building, à la facture classique de verre et d'acier. Des projections serpentines couraient sur les fenêtres et les poutres, bien visibles à la lumière intrinsèque dont elles éclairaient la nuit, reflets des systèmes de protection intégrés à la structure. Dès le premier contact avec l'intermédiaire de son client, Shell s'était douté d'avoir maille à partir avec un grand ponte, si ce n'était un membre de la Tri²Ade. Aujourd'hui, avec la protection qu'on lui assignait, le lieu où on le déposait, aux portes de China7own, il voyait ses hypothèses confirmées. Achevant de contempler le bâtiment, il découvrit que seul le dernier étage était illuminé. Les hommes de main de son commanditaire se positionnèrent aussitôt autour de lui pour l'escorter.

« Hé, les gars, on est au XXIIIème siècle, pas la peine de la jouer cliché », lâcha-t-il en fourrant les mains dans la poche ventrale de son sweat.

D'un pas insolent, il se dirigea vers les quelques marches qui reliaient le trottoir au building, tout en tripotant la fiole pour laquelle on l'avait payé une moitié de petite fortune. Ce soir, il allait enfin recevoir le complément.

*Tout est bon ?* résonna soudain la voix d'un télépathe dans sa tête.

« Oui, répondit un homme de main à haute voix. Le Min(d)er nous a montré la marchandise. »

Shell sentit des tentacules spirituels fluer autour de lui mais barricada son crâne en un réflexe développé depuis des années. Le Psy chercha une faille pendant quelques secondes, puis sa présence disparut tandis que les portes du bâtiment s'ouvraient.

*

« La prospection n'a pas été trop… ardue ? »

Le Chinois était assis derrière son bureau, jaugeant Shell de ses petits yeux qui ne cillaient pas. Il avait placé ses mains sous son menton, prolongeant un peu plus le cliché mafieux qui s'était imposé à l'esprit du Min(d)er. Cliché ? se demanda-t-il un instant, ou une impression de déjà-vu bien durable ? Peut-être avait-il miné et intégré des échos de cet instant lors d'une de ses précédentes fouilles ? Depuis l'unification des réalités quantiques subatomiques et de la physique macroscopique à laquelle avait succédé l'apparition des Psys et des Min(d)ers, le temps avait tendance à afficher une certaine élasticité déroutante.

« La routine, répondit Shell. Le temps de trouver le filon, de l'exploiter, et de ramener ça au bercail », conclut-il en portant le doigt à sa tête.

Rabaissant la main, le Min(d)er en profita pour adresser un salut moqueur accompagné d'un clin d'œil à la télépathe aux côtés du Chinois.

« Puis-je le voir ?

— Bien sûr, ça vous appartient, après tout. »

Shell tira la fiole de sa poche et la tint devant lui, sur le plat de sa main. Elle contenait un étrange fluide noir qui se déplaçait dans l'enceinte de verre en défiant les lois newtoniennes. Il s'écoulait, sautait contre le bouchon, modifiait sa forme pour prendre l'aspect d'une sphère puis pour se couvrir d'épines l'instant suivant. Le Min(d)er sentit l'emprise d'un télékinésiste sur l'objet et referma sa prise dessus. Un deuxième Talentueux dans le bureau, s'étonna-t-il en se retournant pour chercher des yeux le Psy. Ce Chinois savait décidément bien s'entourer.

« Ne venez-vous pas de dire que cela m'appartenait, William Case ?

— Oh, excusez-moi, je n'avais pas fini ma phrase », répliqua Shell sans tiquer sur l'utilisation de son véritable patronyme. « Je disais donc : bien sûr, ça vous appartient après tout à moitié. Notre transaction certifiait une livraison dépendante du paiement.

— Mais pour que nous soyons sûrs qu'il s'agisse là des informations pour lesquelles je vous paie, j'ai besoin de lire votre compte-rendu de mission dans votre esprit. Et Miss Taon ici présente m'a informé que vous étiez réfractaire à son examen.

— Je vois. Ces informations, vous ne comptez pas les ingérer pour vous les approprier. Vous allez les revendre… Eh bien, Miss Taon devrait savoir qu'on ne viole pas le palais mental d'un Min(d)er. Vous avez vos secrets, j'ai les miens ; nous avons notre accord de confidentialité, tout comme j'en ai avec d'autres clients. Personne ne se balade chez moi. Vous saviez comment je fonctionnais avant de m'embaucher. Je vous avais prévenu. »

Des frottements de pieds sur la moquette du bureau mirent la puce à l'oreille de Shell. Il jeta un coup d'œil rapide, constata que les gorilles s'étaient rapprochés de lui et estima ses options. Se battre ? Il n'aurait pas parié sur lui à huit contre un, avec le handicap de son physique de poids plume. Fuir en se jetant par la fenêtre ? Le télékinésiste s'occuperait d'empêcher la gravité de remplir son office. Se laisser faire par la télépathe ? Il pouvait toujours circonscrire son intrusion aux pièces de son palais mental qui ne concernaient que la mission du Chinois, mais si elle laissait une pensée-moucharde, elle pourrait revenir comme bon lui semblait sans qu'il ne s'en rende compte. Les chances étaient minces qu'il ne soit pas obligé de se plier à une telle fouille, toutefois.

« Vous voulez vraiment utiliser la force contre moi ? relança Shell. Je vous fournis une came de premier ordre, qui n'existe plus ailleurs dans l'univers si ce n'est dans cette fiole, à mes risques et périls, et voilà comment vous me traitez ? Vous m'insultez et vous insultez ma réputation. Vous savez comment fonctionne l'esprit d'un Min(d) er, je pourrais diffuser ce que vous voulez garder secret à mes confrères, et ce qui est unique pour le moment se retrouverait aussitôt dupliqué en centaines d'exemplaires. Ne me forcez pas à ce genre d'extrémités. »

L'homme misait sur le fait que personne, à part un autre Min(d)er, ne comprenait comment un tel esprit fonctionnait ou à quelles règles l'information obéissait dans ce monde contaminé par les quanta. Le Chinois leva la main pour arrêter ses hommes et se trémoussa sur sa chaise, pour finir par se lever.

« Je comprends l'outrage que je fais à votre honneur, tout comme vous devez comprendre ma position. Si vous faites cela, je serai obligé de vous faire souffrir puis de vous tuer. Puis de vous ranimer, et de recommencer. La patience de mes bourreaux est infinie, je les paie bien et la plupart est passionnée par le travail que je leur demande. Une petite inspection mentale, ce n'est rien.

— Et les cinq millions que vous me devez ne sont pas grand-chose non plus pour vous… Ce n'est pas une menace, mais sachez toutefois que vous flirtez avec les limites de ma patience. »

Au moment où deux hommes de main se saisissaient de Shell pour l'immobiliser, l'air vibra derrière le crâne du Min(d)er et produisit un son grave qui s'acheva dans les aigus en quelques instants. Le Chinois et ses employés se plaquèrent les mains sur les oreilles tandis qu'une énorme masse de métal jaillissait de l'os soudainement mis à nu. L'air se tordait, chatoyait tandis que l'ivoire et l'acier se mêlaient en une impossibilité physique qui aboutit toutefois à la matérialisation dans la pièce d'un robot humanoïde, aux bras armés de pinces et de scies rotatives. La créature se tourna aussitôt vers le gorille le plus proche et le réduisit sans autre forme de procès à sa plus simple expression organique, une tête sur un tronc, avant de passer au suivant. Puis au suivant, puis au suivant. Shell sentit bien un assaut mental lancé pour le rendre inconscient, mais qui rebondit sur ses barrières et s'évanouit pendant que son robot écrabouillait Miss Taon. Il perçut un ralentissement des mécanismes quand le télékinésiste, qui s'avéra être le Chinois en personne, chercha une faille dans le garde du corps du Min(d)er, mais la puissance psychique de l'homme ne put arrêter plusieurs tonnes de métal entraînées à excaver de la matière noire et du diamant.

Le robot excavateur, vainqueur de la manche contre les humains par cinq à zéro, se saisit du petit homme et le porta à bout de bras. Shell, toujours debout au centre de la pièce, chercha un espace vierge de matière organique pour poser ses pieds et ne pas salir ses chaussures.

« Eh bien, mon cher… Ping Lee, dit Shell en s'approchant finalement de l'homme maîtrisé par son robot. Ce n'est pas tous les jours que vous verrez un de mes mineurs de si près.

— Comment connaissez-vous mon nom ? répondit le Chinois en gardant un calme tout à fait impressionnant.

— J'ai assigné une partie de mes robots à l'accumulation de matière noire liée à cet instant et ce lieu précis. Et je remonte le filon. Je suis alimenté en direct et j'en apprends un peu plus chaque minute. Alors, voici le nouveau deal. Je suis réglo, alors je vous laisse l'information que vous m'avez demandée contre cinquante millions. Si vous ne vous acquittez pas de la somme dans deux minutes, j'aurai suffisamment de matériel sur vos planques d'armes et de drogues pour les négocier avec vos concurrents. Sauf si vous me payez cinq-cents millions. Vous avez compris le schéma ou je vous explique les maths ? »

Shell s'étonna lui-même de la facilité avec laquelle les mots coulaient entre ses lèvres. Quand il avait été embauché, il s'était fait la remarque qu'il mouillait peut-être dans une affaire qu'il ne devait pas prendre. Mais le paiement était alléchant, Miss Taon mignonne, et le défi à la hauteur de ce qu'il cherchait quand il s'immergeait dans la matière noire. Maintenant, il était conscient de jouer au-dessus de son niveau, qu'il devrait tuer le Chinois, mais il n'était pas un assassin. Il allait devoir changer de planète, peut-être aller dans l'autre bras de la galaxie. Peu importait. Tout ce qu'il possédait était son palais et ses robots, et il les emportait avec lui où qu'il aille.

« Quarante-millions, pas plus, négocia Ping Lee. Vous ne pouvez pas me tuer, ajouta-t-il aussitôt tandis qu'une des scies du robot s'approchait de son crâne. Il n'y a que moi qui peux vous programmer le virement ! Que moi ! »

Le petit homme s'évanouit soudain entre les appendices mécaniques du mineur de Shell, mais le Min(d)er ne l'exécuta pas pour autant. Un de ses robots venait de miner une information de premier choix : le GBI avait mis la tête du mafieux à prix pour plus de deux millions et avec tout ce qu'il avait engrangé par ailleurs sur les planques, il allait pouvoir faire fructifier son pactole sans beaucoup de peine.

*

En arrivant dans son antre, Shell enleva son pull puis son T-Shirt à l'effigie du Neuromancer, le premier Psy recensé et arrêté par le gouvernement terrien, élevé au statut d'icône aujourd'hui. Il fit une boule grossière de ses vêtements et les balança à l'autre bout de son studio, ce qui mit aussitôt en branle l'intelligence artificielle asservie au studio.

« Comment ça s'est passé, gros ? demanda le robot insectoïde qui se détacha du mur.

— Rien à signaler. Je suis tombé sur un mauvais payeur, il va apprendre à ses dépens qu'on ne joue pas avec moi. »

Tandis qu'il se laissait tomber dans le fauteuil informe qui constituait le seul mobilier du lieu, Shell regarda son appartement. Des moisissures décoraient de leurs couleurs organiques le plafond et les murs, le papier peint se décollait par endroits, révélant des reliquats des peintures des précédents locataires. Au sol, des restes de repas jonchaient les quatre coins du plancher.

« Tu n'es pas censé nettoyer tout ça ? demanda l'humain en barrant du pied le passage au robot.

— Tu n'es pas censé payer un abonnement pour que je le fasse ? rétorqua la créature en escaladant la chaussure. Sois déjà content que je veille sur tes vêtements en les passant sur le forfait de ton voisin, espèce de rebut sanitaire. Si tu n'es pas content avec la propreté, fais un effort pour balancer tes snacks à la poubelle au lieu de les disperser au sol et peut-être la descendrai-je à l'incinérateur. »

Shell émit un petit rire. Le monde physique n'était rien pour lui, ce qui comptait à ses yeux était son palais mental et, se laissant couler dans son fauteuil, il s'empressa de s'y immerger. Un sentiment d'urgence qu'il n'avait jamais expérimenté lui commandait de se rendre sur place.

Aussitôt, il arriva dans une clairière nichée au cœur d'une épaisse forêt. Les arbres s'ouvraient devant lui en un chemin de terre qu'il s'empressa d'emprunter sans prêter attention aux essences végétales qui l'entouraient. Comme toutes choses en ce lieu, les arbres étaient l'incarnation de tout ce qu'il avait min(d)é et recueilli dans son esprit, en une intrication quantique de l'information qui subsistait dans la matière noire de l'univers et ses réseaux de neurones. Shell ne s'était intéressé à la théorie derrière sa capacité qu'au début de sa carrière, quand il voulait comprendre ses limites pour dépasser ses concurrents. À en croire les scientifiques qui s'échinaient sur les manifestations psys et le minage d'informations, aucun d'eux ne pouvait exister. Les phénomènes quantiques qui sous-tendaient l'ubiquité de certains, la mort-et-vie d'autres, la télépathie, le minage, tous auraient dû rester à des niveaux d'effet microscopiques et être balayés à l'échelle macroscopique par la décohérence et autres joyeusetés.

« Grosse journée, Shell ? »

Le Min(d)er leva les yeux. Assis sur un banc, Niels Bohr, visage jeune et avenant, lisait un ouvrage, une cigarette qui n'émettait aucune fumée à la bouche.

« Salut, Niels. On peut dire ça. »

Bohr était une des personnalités qui hantaient son palais mental. Il était arrivé justement à l'époque où il avait cherché des explications sur ce qui lui arrivait et Shell ne l'avait pas éliminé. Par amusement autant que par excès de collectionite, le Min(d)er avait ainsi réuni tous les scientifiques du cinquième congrès Solvay et ceux-ci nourrissaient leurs discussions des informations qui venaient enrichir le palais mental au fur et à mesure des missions de Shell.

« Tu lis quelque chose d'intéressant ? ajouta le jeune homme.

— Oui, un ouvrage sympa, pour faire passer le temps. Ça s'appelle *Quantpunk*, une espèce de digression sciencefictionnelle de plusieurs auteurs, pas si loin de mon époque, sur la physique quantique. Ça parle de toi et de moi, par exemple. Et de cette conversation. »

Shell ne releva pas la dernière phrase de son interlocuteur et continua sa route. À l'urgence qui avait accompagné son retour à son appartement, s'ajoutait à présent une certaine insécurité. Cela n'était pas lié à Ping Lee. Son robot l'avait toujours sous la main, prêt à le livrer au GBI. Aucun de ses sous-fifres ne l'avait suivi et à l'heure qu'il était, ils avaient sûrement d'autres chats à fouetter. Ce ne pouvait pas être non plus une espèce de mouchard que la Psy aux ordres du Chinois lui aurait collé, ceux-ci s'évanouissaient avec la mort de leur télépathe…

À force de marcher, il déboucha du chemin sur une nouvelle clairière qui se contentait d'accueillir une structure sombre parallélépipédique. Une ouverture se découpa à l'approche du Min(d)er et celui-ci y rentra, faisant face à un panneau de contrôle. En face de numéros apparaissaient de grandes catégories, allant de « Faune et Flore » à « Missions », de « Comptes bancaires » à « Messages du Futur ? ». Après avoir hésité à appuyer sur le bouton « Amphithéâtre », il pressa finalement celui du hangar. En se retournant, Shell n'avait plus sous les yeux la clairière mais une structure métallique au sein de laquelle allaient et venaient des dizaines de robots. Certains transportaient des masses noires, qui se présentaient aussi bien sous forme solide en blocs épars que liquide. D'autres réceptionnaient la matière et la dévidaient en fines pelotes d'informations qui venaient grossir, après un tri et de façon inconsciente, les étages du palais mental du Min(d)er. Les dernières créatures s'élançaient du fond du hangar vers l'espace, l'infini, le vide, le cosmos, l'univers, à la recherche des mines de matière noire. Ils quittaient l'esprit de Shell pour se retrouver projetés à des parsecs du fauteuil de leur contrôleur à affronter le froid absolu. Le Min(d)er resta un long moment à contempler sa véritable richesse. Ces robots étaient ce qu'il avait de plus précieux et il pouvait les emporter avec lui comme bon lui semblait. Il avait beau être assis dans son appartement miteux, il avait une fenêtre ouverte sur l'univers entier et les richesses du passé, du présent et parfois, selon les filons, de l'avenir. Souhaitait-il revivre une période historique qu'il pouvait diriger ses robots vers les mines regroupant les informations du Moyen-âge de l'ère spatiale. En quelques pelletées, cette période se retrouvait intégrée dans sa demeure imaginaire et il pouvait se plonger dans les prémices de la colonisation des exoplanètes, discuter avec les protagonistes de l'époque, les faire vivre dans des salles de son esprit de la dimension de systèmes solaires. Shell avait eu le tournis au début de sa vie de Min(d)er quand il avait compris que la matière amenée directement dans son cerveau faisait de lui une prolongation de l'univers, une espèce de représentation fractale organique des réseaux de mines qui existaient, mais il avait appris à vivre avec et à en tirer profit.

Avec la célérité caractéristique des engins qui manœuvraient à proximité des trous noirs pour en lire l'évaporation, un petit drone filtreur s'approcha de lui et s'arrêta juste sous son nez.

« Maître, vous avez de la visite. »

Shell observa le robot avec étonnement. Il assignait toujours une de ses machines au minage des informations alarmantes qui concernaient son présent et son futur proche autour de sa localisation. Cela donnait rarement des résultats, puisqu'il faisait en sorte de ne pas se mettre en danger quand il était dans son palais mental, mais les rares fois où cela s'était produit, c'était toujours le modèle qu'il avait convoqué chez Ping Lee qui venait le trouver. C'était son premier robot, le plus efficace, le plus autonome. Était-ce là la cause de son trouble ? Son mineur de prédilection avait-il été inactivé dans la réalité et il en ressentait les conséquences jusqu'ici ?

« Merci, Wheatley », répond Shell.

Aussitôt, le Min(d)er fit demi-tour, abandonnant les panneaux de contrôle et de compte-rendu des activités des mineurs pour retourner dans l'ascenseur. De retour dans la forêt, il se mit à courir, salua en vitesse Einstein et Bohr, ainsi qu'un troisième, Heisenberg, sans qu'il ait la certitude qu'il s'agissait bien de lui, puis son esprit réintégra la réalité sans aucun palier de décompression.

Devant lui se tenait un homme vêtu d'un costume noir, d'une chemise noire, de lunettes noires, sur des bandages noirs masquant son visage et pour couronner la mise sombre, d'un chapeau noir. Les pensées de Shell s'étaient aussitôt mises en branle. Une part de lui-même, à la manière d'un fantôme, parcourait les couloirs de sa demeure neuronale pour essayer de relier une quelconque information à un tel personnage mais rien ne lui vint si ce n'était :

« Tiens, les Blues Brothers font une nouvelle tournée ? dit-il aussi bien pour essayer de tromper sa peur instinctive que de gagner du temps. J'ai une invitation spéciale ?

— Non, Monsieur Shell, répondit l'énergumène. Vous avez un nouveau travail. »

La voix de l'inconnu semblait plus émaner de l'ensemble de son corps plutôt que de l'endroit supposé de sa bouche, mais le Min(d)er ne s'en émut pas particulièrement. Les divergences anatomiques faisaient partie de ces effets collatéraux de l'apparition des Psys et des phénomènes quantiques macroscopiques. Sûrement l'homme voulait-il masquer ce que la majorité considérait toujours comme une monstruosité. La voix avait également un timbre singulier, puissant et profond, empli d'échos qui la rendait d'autant plus désagréable à l'oreille.

« Je ne suis pas donné, comme sous-traitant », répondit Shell.

Il se pencha légèrement sur le côté, regarda la porte de son appartement. Celle-ci ne paraissait pas fracturée : le verrou était intact, pour autant qu'il pouvait en juger.

« Et je travaillerai dorénavant dans un appartement de fonction que vous me fournirez.

— L'argent et vos conditions annexes ne sont pas un problème. Seule compte l'efficacité, pour nous, et selon nos informations, vous êtes un des plus doués dans votre profession. Nous voulons disposer de la carte des différentes corporations de minage dans la Voie Lactée et des indépendants.

— Rien que ça ? »

Shell s'installa confortablement dans son fauteuil. Inconsciemment, il avait assigné plusieurs de ses unités de forage et de distillation à l'étude de son interlocuteur mais rien ne filtrait dans ses pensées. C'était comme si cet homme – cette créature ? – sortait de nulle part. Personne n'avait jamais décrit qui que ce soit dans un tel accoutrement, les réseaux n'avaient aucune photo similaire, les enregistrements de la ville n'en possédaient pas plus de trace. La matière noire de l'univers ne recelait aucune information passée ou présente sur son potentiel client.

« Je veux cinq-cents millions de crédits plus l'appartement évoqué précédemment dans le quartier Tsukuyomi. Au dernier étage du premier immeuble que vous y trouverez. Frigo et minibar pleins en permanence. »

Shell avait de suite sorti un chiffre au-delà de toute raison pour espérer faire réagir l'homme en noir, mais pas le moindre petit tressaillement dans les membres ou derrière les bandages ne fut visible.

« Ce n'est pas un problème. Vous pouvez déménager dès à présent. Nous considérons donc que vous avez accepté ce travail et nous reviendrons vers vous dans cinq jours pour un rapport intermédiaire, dans dix pour le rapport final. »

*

De son précédent appartement, Shell n'emporta avec lui que son fauteuil fétiche et le robot ménager. Celui-ci avait émis des protestations de forme, mais le jeune homme n'en avait pas tenu compte et l'insecte métallique s'était tu en découvrant l'antre qu'on leur offrait. C'était un luxe incomparable, digne des Magnats des Comètes et le Min(d)er se demanda l'espace d'un instant comment un tel appartement avait pu être disponible à son intention aussi rapidement. Son commanditaire avait-il eu recours à un de ses confrères pour miner les informations entourant la demande de Shell ? Mais pourquoi faire appel à lui dans ce cas ? Parce que sa flotte était une des plus grandes parmi les indépendants du forage de matière noire ? Ou parce qu'il n'avait pas peur de se mouiller dans des affaires louches ? Réunir les cartes des zones forées par les corporations et les autres confrères n'était pas illégal en soi, mais l'éthique de la profession concevait mal que les Min(d)ers s'intéressent aux filons des uns et des autres et c'est l'impression que Shell pourrait donner.

Quoi qu'il puisse en être, Shell disposait de dix jours pour cartographier une galaxie et s'il voulait se montrer à la hauteur de sa réputation et de l'acompte qui était apparu sur son compte en banque, il fallait s'y mettre de suite. De retour dans son palais mental, le Min(d)er rejoignit sa cohorte de robots mineurs. Il engagea soixante-dix pour cent de sa flotte à chercher les filons qui pouvaient contenir les informations d'intérêt, tandis que le reste se répartissait également entre l'analyse des données déjà amassées dans l'esprit de Shell, la vérification des dites informations sur le terrain, puis le quadrillage des deux bras de la Voie Lactée. Aussitôt, les robots quittèrent ce si particulier pont d'envol qui marquait la limite entre l'esprit du Min(d)er et le monde physique. Régulièrement, Shell s'approchait de cette ouverture dans le hangar à travers laquelle il pouvait contempler étoiles et systèmes solaires inconnus, trou noir au centre de la Voie Lactée, comètes et astéroïdes, mais chaque pas faisait reculer d'autant l'horizon de ses évènements. Impossible de faire sortir son propre corps de son esprit. Il s'était bien sûr demandé ce qu'il pourrait se passer si un de ses robots, le prenant dans ses bras et voyageant jusqu'à ce pont d'envol depuis l'extérieur vers l'intérieur, le faisait entrer dans son propre hangar, mais il n'avait jamais trouvé le courage de tenter l'expérience. S'il éprouvait une fascination pour l'espace et la matière noire qu'il renfermait, source de ses capacités, il détestait le vide. Comme tout Min(d)er. N'était-ce pas pour cela que ses confrères et lui s'emplissaient de toutes ces informations ?

*

Le cinquième jour de sa mission, le grand escogriffe noir se retrouva de nouveau devant lui pendant qu'il surveillait ses robots depuis son palais mental. Il revint à lui dès qu'un de ses travailleurs lui signala l'intrusion.

« Votre rapport de mi-parcours, je vous prie », ordonna l'homme aux bandages.

Sans répondre, Shell quitta son fauteuil et ferma les yeux. Aussitôt, son robot de prédilection sembla surgir de l'arrière de son crâne et déposa dans la main du Min(d)er une fiole contenant le condensé de matière noire enrichie en informations.

« Absorbez cela et vous saurez, dit Shell. Vous y trouverez le nom, les réseaux et les mines des corporations. J'ai commencé à recenser les indépendants et les contrebandiers sans licence, mais les cinq jours à venir ne seront pas du luxe pour finir. »

L'homme hocha la tête et se saisit de la fiole de sa main gantée. Il tourna le dos à Shell et celui-ci le vit incliner la tête en arrière pour bientôt lui rendre la fiole vide. Le Min(d)er s'abstint de tout commentaire. Jamais il n'avait vu quelqu'un ingurgiter une telle quantité de matière noire sans précaution et sans les appareillages adéquats. Généralement, cela nécessitait un appareil de rétro-distillation pour évaporer les informations et les inhaler progressivement, pour qu'elles se fixent dans le réseau de neurones du receveur sans risque. Shell s'abstint de tout commentaire quand son commanditaire lui fit de nouveau face, après avoir replacé ses bandages.

« Très bien, dit-il. Vraiment très impressionnant. Vous recevrez double salaire pour votre peine. Nous nous revoyons dans cinq jours. »

Sans plus de cérémonie, l'homme noir tourna les talons et franchit le seuil de l'appartement.

« Colle-lui aux basques, ordonna Shell à son robot ménager. Je veux savoir où il crèche et pourquoi personne n'enregistre rien sur lui. Toi, ajouta-t-il à l'attention de son mineur, tu me captes une résurgence des informations qu'il vient d'ingurgiter dans les filons sous notre contrôle, on ne sait jamais. »

Aussitôt, les deux robots se mirent en route. L'insecte cliqueta vers la sortie, tandis que l'énorme foreur retraversa la frontière entre le monde physique et l'esprit de Shell comme si de rien n'était.

*

Shell était inquiet. Cela faisait deux jours depuis la visite de son patron temporaire, et il n'en menait pas large. Les rumeurs avaient jailli sur les réseaux des planètes et des systèmes solaires, largement relayées et alimentant par conséquent les mines de matière noire d'un gravier pulvérulent sans intérêt. C'est ainsi que les informations étaient remontées jusqu'au Min(d)er : des employés des grandes corporations de forage, de distillation et de condensation de l'évaporat du trou noir mouraient les uns après les autres dans des circonstances que personne ne parvenait à expliquer. Pas les petites mains, pas les pontes, pas les Psys, mais une seule catégorie : celles des Min(d)ers professionnels. Shell était loin d'être bête et il avait aussitôt fait le lien entre son travail et ce phénomène. D'autant plus que, aux dires de son robot insectoïde, l'homme aux bandages avait purement et simplement disparu aussitôt passée la porte de l'immeuble. Ce n'était pas une téléportation, pas une invisibilité, aucune alarme psy ne s'était déclenchée dans les environs. L'être n'avait tout bonnement jamais existé.

Aujourd'hui, le jeune homme était partagé. Ce n'était pas la première fois dans sa carrière que les informations qu'il fournissait conduisaient à la mort d'autres êtres, mais ici… Il se sentait en train de franchir une ligne ténue entre ce qui était monétairement acceptable et un soupçon de moralité envers ses confrères. Si quelque chose éliminait les Min(d)ers qu'il dénichait, il pourrait en tirer profit pour récupérer des filons d'informations rares et de nouveaux robots, de nouveaux marchés, peut-être même investir des vestiges de palais mentaux en corrompant des ouvriers. Mais comment pourrait-il se regarder dans le miroir jour après jour alors ? Et surtout, première considération : si son travail nourrissait des assassins, comment ne pas envisager qu'il était également sur la liste ? N'importe qui pouvait promettre de payer des millions s'il savait pertinemment ne jamais les payer à la fin du contrat.

*

Le lendemain, tandis qu'il prenait une pause en contemplant la ville à ses pieds, une information naquit à la surface des pensées de Shell comme une bulle. Un autre Min(d)er cherchait à le joindre depuis un autre palais mental. La procédure était rarissime. Elle impliquait de faire se rencontrer deux robots dans les champs de matière noire, éventuellement d'en créer et de la manipuler en temps réel et de la transmettre à son interlocuteur pour une intégration dans l'esprit de son propriétaire. Quand on n'était pas Psy mais qu'on possédait une capacité telle que celle du Min(d)ing, on s'arrangeait pour explorer et exploiter au maximum les possibilités qui étaient offertes. Shell regagna aussitôt sa demeure spirituelle, arrivant dans la clairière, prenant le chemin dans les bois et repassant devant le banc de pause. Tout le cinquième concile de Solvay était réuni aujourd'hui et discutait âprement. Aucun ne lui accorda d'attention, si ce n'est Marie Curie, à l'écart des conversations.

« Shell, je dois te prévenir », commença-t-elle.

Bien que la scientifique n'eût jamais parlé la même langue que le Min(d)er, cela ne les empêchait nullement de se comprendre dans cet espace où ces barrières étaient abolies par la simple volonté de Shell.

« Je n'ai vraiment pas le temps, Marie », dit le jeune homme sans s'arrêter de marcher et en la dépassant.

La femme se téléporta devant lui, mettant en application les principes quantiques que le monde réel accueillait à présent et qu'elle avait assimilés naturellement.

« Ne te rends pas à ce rendez-vous, ou si tu le fais, n'accepte rien de ton interlocuteur. C'est comme cela qu'ils ont fait pour Troie.

— Je ne comprends pas. Qui est-ce que ce Troie ?

— Pas qui, mais quoi. Une ville mythique. Pour défaire la place forte, les assiégeants ont dissimulé leurs soldats dans un cheval de bois que les assiégés ont pris pour un cadeau et qu'ils amené dans leurs murs. Le cheval de Troie informatique tire son nom de cet épisode.

— Ils étaient complètement stupides, ces gus, si tu veux mon avis. »

Shell ne s'était pas arrêté de marcher tout en parlant, et il arriva à son ascenseur. Marie Curie n'alla pas plus loin.

« Je t'ai passé mon message, Shell. Pour ma part, même si tu disparais, je continuerai à survivre car mes informations sont multiples et copiées dans plusieurs filons de matière noire dans la galaxie. Mais toi, par contre, personne ne se soucie de toi. Sois prudent.

— Je suis Shell, Marie. Je suis plus malin que les autres », dit-il pour désamorcer la situation.

Tandis que la porte de l'ascenseur se refermait, il entendit les derniers mots de la physicienne.

« Peut-être, mais l'es-tu plus que tous les autres réunis ? »

Il ne restait que deux jours avant qu'il ait à remettre son rapport final et il avait amassé tant de noms. Dans le doute. Au cas où il choisisse de remettre la liste. Deux jours pour décider de la détruire, éventuellement, et, pour la première fois de sa carrière, ne pas remplir un contrat. Deux jours pour préserver la vie de Min(d)ers inconscients du danger qui pesait sur eux et qui ne lui serait jamais reconnaissants de les avoir épargnés. Quelle idiotie, se réprima-t-il en arrivant enfin au hangar.

En arrivant sur la plateforme de métal, Shell découvrit avec stupeur une partie de sa flotte encerclant un robot à la carcasse verte métallique. Il ne s'était pas attendu à ce que son confrère envoie un de ses robots dans son propre territoire. Les paroles de Marie lui revinrent en tête, cette histoire de cheval de Troie. Ce qui éliminait les Min(d)er se présentait-il sous la forme d'un mineur des plus communs ?

« Renvoyez-moi ça à l'horizon de mes évènements ! », tonna Shell, en espérant qu'il ne soit pas trop tard.

Ses servants lui obéirent aussitôt et escortèrent le robot jusqu'à la frontière entre son palais mental et le vide spatial, sans que ce dernier ne réagisse. Peut-être l'infection était-elle déjà en train de se propager ? Non, non, il restait deux jours avant que l'homme aux bandages ne vienne chercher les informations qui lui manquaient, il ne pouvait pas être pris pour cible maintenant.

« Il dit porter un message de la part de Mollusc, lui cria un de ses robots.

— Je ne connais pas de Min(d)er de ce nom-là, où est sa concession ? »

Shell savait pertinemment où celle-ci se trouvait. Mollusc était un des derniers noms de la première liste, qu'il avait déniché à la limite du système planétaire de l'étoile Pollux.

« Il dit de ß Geminorum, dans l'astérisme Nan beihe. Le nom populaire de l'étoile la plus proche de ses filons est Pollux. »

Cela ne prouvait rien de façon certaine, évidemment : d'autres pouvaient détenir cette information, mais sûrement devrait-il s'en contenter.

« Qu'il délivre son message et que son robot regagne son étoile, loin de mes filons.

— Mollusc fait dire à Shell que son palais mental a été violé par des informations incarnées inconnues dont il n'arrivait pas à se débarrasser. Il a dû effacer ses schémas neuronaux. Il prie Shell de lui revendre des informations de seconde main pour qu'il puisse faire repartir son commerce, en remboursant avec intérêts.

— Je ne vois pas pourquoi j'aiderais Mollusc à revendre des informations qu'il peut miner lui-même facilement. Je n'ai besoin ni de partenaire, ni de sous-traitant, ni de revendeur. Par contre, ajouta Shell, masquant la culpabilité qui pointait en lui, je suis disposé à le faire s'il me cède ses trois robots les plus performants.

— Mollusc ne souhaite pas retourner dans les mines, continua de répéter son robot en charge des relais des messages.

— Raison de plus pour qu'il me cède ses robots, alors. »

Ainsi, les Min(d)ers ciblés par son commanditaire pouvait s'en tirer, à condition de perdre tout ce qu'ils échafaudaient depuis toute une vie. Et certains faisaient l'hypothèse que c'était en minant qu'ils avaient été infectés… Peut-être était-ce une certaine forme de matière noire qui servait alors de cheval de Troie et que l'homme noir contaminait les filons en attendant que les Min(d) ers s'approchent. Cela expliquait qu'ils aient cherché à cartographier la galaxie.

« Mollusc va prendre le temps de la réflexion », l'informa son mineur.

Shell regarda ses robots revenir dans le hangar pour partie, s'égayer dans la matière noire adjacente pour une autre tandis que le servant de Mollusc s'éloignait à la pleine puissance de ses réacteurs.

« Suspendez toutes vos activités de minage », ordonna finalement le Min(d)er.

Il lui restait deux jours pour trouver une façon de se sortir de ce bourbier et que personne ne remonte jusqu'à lui. Il ne pouvait pas exclure que la venue de Mollusc était un coup de sonde de sa part pour savoir qui parmi les Min(d)ers éliminait la concurrence.

« Shell ? intervint un des robots.

— Pas maintenant », répliqua l'homme.

D'un pas chancelant, il retourna dans l'ascenseur mais n'appuya sur aucun des boutons du panneau de contrôle. Les portes se fermèrent. Il se laissa glisser le long du panneau froid. Shell se sentait fiévreux, mais cela était impossible. Il ne pouvait pas être malade dans son propre monde, dans son sanctuaire. Au contraire, il y venait pour échapper aux tourments physiques et aux symptômes les plus handicapants quand cela était nécessaire. Il leva les yeux sur la quarantaine de boutons qui le surplombait. Certains tremblotaient, les écritures d'autres étaient à moitié effacées.

« Je ne vais pas me rendre sans me battre », dit-il à voix haute.

Reprenant du poil de la bête, il se releva et pressa d'un doigt rageur sur le bouton de la bibliothèque. Après une rapide montée, les portes s'ouvrirent mais la lueur tamisée qui éclairait habituellement les lieux ne l'accueillit pas. Les bureaux sur sa droite ne recevaient aucun scientifique, aucune des personnalités qui s'étaient reconstruites dans son esprit et qu'il avait accepté d'accueillir, personne. Les allées, découvrit-il en s'enfonçant dans le lieu, étaient aussi vides d'humains. Seuls des rats hantaient la place, qu'il n'avait pourtant pas autorisés à vivre.

« Vous avez trouvé ma liste temporaire, c'est cela ? hurla Shell. Vous n'avez plus besoin de moi ? Alors vous vous en prenez à moi ! »

À chaque syllabe, le Min(d)er avait l'impression que les ténèbres se faisaient plus épaisses, jusqu'à ressembler au cœur d'un filon de matière noire. Et ce cœur lui répondit tout d'un coup.

« Nous nous en prenons à toi car tu es le plus dangereux. Les autres sont de la petite monnaie en comparaison. »

De la palpitation qui lui faisait face, s'extirpa avec lenteur un gant noir, puis une veste de costume surplombée d'une tête enrubannée.

« Nous nous en prenons à toi car il n'y a plus de temps à perdre.

— Nous nous en prenons à toi car même si nous t'expliquions, à toi, humain, ce qui est en jeu, tu ne changerais rien à tes actes. »

Shell sentait son cœur battre à tout rompre entre ses côtes, bien qu'il fût dénué de corps. Devant lui, une deuxième puis une troisième créature apparaissaient, toutes identiques. La première avançait en flottant au-dessus du sol, la seconde s'écoulait comme de l'eau croupie au sol et la dernière se traînait d'un bloc. Le Min(d)er recula avec lenteur, refusant de tourner le dos à ses assaillants. Il se sentait prêt à céder à la panique qui menaçait de submerger ses neurones. Il était sur le fil, conscient que s'il fuyait, s'il ne se contrôlait pas, tout son univers allait être submergé, et pas seulement la bibliothèque.

« Bordel, rien à foutre de la bibliothèque ! », rugit-il.

Il s'élança en arrière d'un bond, appuyant sur le bouton d'arrêt d'urgence. Shell n'avait jamais utilisé cet interrupteur. Il l'avait conçu dans les tous premiers jours, lorsque les informations faisaient croître son palais dans toutes les directions en une anarchie créatrice et superbe. Il avait vite appris à se contrôler et à architecturer ses pensées et ses souvenirs sans artifice depuis.

« Si je décide de détruire tous mes étages contaminés, je peux encore m'en sortir. Comme pour Mollusc. »

Il regarda le panneau. Quatre étages sur cinq avaient à présent leur nom effacé ou recouvert d'une patine noire. Certaines de ses possessions les plus rares étaient d'ores et déjà perdues.

« Rien ne me dit que cela endiguera quoi que ce soit en plus… J'ai bien été infecté une fois, la bibliothèque ne va pas me vacciner.

— En effet… », entendit-il.

Et un visage couvert de bandages passa au travers de la porte close.

*

Lorsqu'il entendit cette voix, Shell, l'un des Min(d)ers les plus performants de sa génération, se coupa totalement de son palais mental. Dans sa précipitation, il détruisit plus que ses souvenirs, mais également jusqu'à sa personnalité, sa volonté, son esprit, pour ne laisser qu'un corps spirite pris au piège dans le coma d'un corps physique. Il entendit les derniers mots de l'homme aux bandages mais ne les comprit pas.

« Tes semblables et toi, Min(d)er, vous m'avez suffisamment cannibalisé. Vous êtes des parasites, incapables de comprendre le moindre de vos actes. Vous avez déjà perdu votre planète originelle, de la même manière, pour les mêmes causes, les mêmes ambitions. Celle-ci n'a réagi que trop tard à l'époque, mais vous pensiez vraiment que votre univers allait se laisser faire ? »

# LES CHATS, LES PUNKS ET LA PHOTOCOPIEUSE QUANTIQUE

Lucie Pierrat-Pajot

Lucie Pierrat-Pajot réside en Bourgogne, où elle travaille comme professeur-documentaliste dans l'enseignement secondaire. Elle est friande des littératures de l'imaginaire et écrit des romans et des nouvelles aussi bien pour les adultes que pour les ados. Pour le reste, elle aime les petits plaisirs futiles que procurent une garde-robe bien fournie, le croustillant d'un macaron ou la fragrance d'un nouveau parfum.

Bibliographie :

Le temps perdu et le temps retrouvé, Anthologie "Mémoire olfactive", préfacée par Éric Orsenna, éditions du Cherche-Midi, dans le cadre du premier concours de nouvelles organisé par la Maison Guerlain (2015)

Le tombeau du feu immortel, anthologie "Le Nucléaire, et après...", éditions Arkuiris (2016)

# LE CHAT, LES PUNKS ET LA PHOTOCOPIEUSE QUANTIQUE

**Lucie Pierrat-Pajot**

J'étais à la maison en train de lire un bon bouquin *et* au parc pour me fumer un petit joint quand mon chat fit irruption dans le salon et me réclama à manger, provoquant de ce fait un effondrement de ma fonction d'onde. Je me suis évaporée du parc en $10^{-23}$ secondes pour me retrouver intégralement sur le canapé défoncé.

« Mamaaaaaan ! J'ai faim ! »

J'ai poussé un juron. À l'étage, les sirènes du module de cohérence piaulaient : fin de la récré, on retournait aux lois de la physique classique.

« Merde, Shreu ! »

Mon chat s'assit sur le cul et me regarda, l'air pas franchement désolé.

« J'ai faim, répéta-t-il par le truchement de son générateur de voix.

— Oui, bon. »

J'ai grimpé les escaliers pour couper l'alimentation du module et j'ai tapoté l'inhibiteur d'observation, installé la veille.

« Toi, mon petit pote, tu marches pas. Papa va pas être content. »

J'ai posé mon bouquin ouvert contre le plancher et je me suis levée à regret en me demandant si la faim perpétuelle de Shreu était due à ses gènes de gros félin gâté ou à une mauvaise manip' lors de sa création. En même temps, quand on bosse avec un kit génétique acheté au noir sur internet, une matrice artificielle trouvée à la déchetterie et un manuel rédigé en suédois, il faut s'attendre à une ou deux anomalies ! Globalement le résultat rendait plutôt bien : Shreu avait la taille d'un veau, un pelage angora vert vif (récemment mon pote Mo s'était mis en tête d'en tirer de la laine et de se tricoter des pulls) et l'intelligence d'un enfant de trois ans. Ce qui supposait du coup une conscience. Ce qui expliquait qu'il pouvait faire disjoncter le module de cohérence d'un simple regard dans ma direction. Bref. Je suis descendue dans la cuisine encombrée de restes de bouffe, de boîtes de conserve éventrées et de cartons de pizza pour voir s'il restait de quoi nourrir ma bestiole.

« Croquettes mamaaaaaaan !

— Y'en a plus. »

Il fallait que j'aille en piquer au supermarché. En attendant je lui ai ouvert une boîte de pâtée au « lapin » (comprenez 1/100ème de véritable lapin pour tout le reste de porc-éprouvette) et je la lui ai flanquée sous le museau. Shreu renifla et fit un peu la gueule.

« Si tu manges pas ta pâtée, t'auras rien d'autre. »

Shreu me lança un long regard accusateur et finit par attaquer sa nourriture. Non, mais. À cet instant la porte s'ouvrit sur Cheveux, le troisième membre de notre petite communauté alternative. Cheveux, qui s'appelait en réalité Jean-Frédéric de Chevreux, était notre génie. Il avait l'air d'un SDF, mais son CV comportait deux doctorats dans des domaines si pointus qu'on aurait pu s'y piquer. Il bossait comme consultant pour des gens pas rigolos sur des projets du genre t'en-parles-t'es-mort. Moi j'étais l'acolyte de notre cerveau, l'apprentie du magicien, en quelque sorte. Quant à Mo, le jour il était activiste, et la nuit il brassait de la bière artisanale assaisonnée d'ingrédients qui, quoique naturels, n'en étaient pas moins illégaux. Accessoirement c'était notre spécialiste des marchés parallèles.

« Salut Platine.

— Cheveux. »

Il semblait ailleurs, ce qui ne voulait pas dire grand-chose. Ce bon Cheveux n'avait pas besoin de module de cohérence pour être à deux endroits simultanément. 30 % de sa personne étaient sur le plancher des vaches en train de manger, de pisser ou de résoudre une équation, mais les 70 % restant flottaient dans un autre univers, en train de se livrer à tout un tas de réflexions, d'hypothèses et de projets.

« As-tu testé le module aujourd'hui ?

— Ouaip.

— Et ?

— Navrée vieux, ça n'a pas marché. Shreudingue est venu chougner après sa pâtée, ça a suffi pour que la fonction s'effondre. »

La ride entre les deux sourcils de Cheveux se creusa un peu plus. Il n'était pas content.

*

Ah. On me souffle dans mon oreillette qu'il manque un peu d'informations au lecteur pour qu'il puisse un tant soit peu comprendre quelque chose à ce que je raconte. Permettez donc, mesdames, messieurs, transgenres et humains augmentés, que je fasse ici un petit point technico-historique. Si ça vous fait suer, vous avez le droit de sauter ce paragraphe (mais dans ce cas, protégez-vous, ici on ne rigole pas avec les MSTT[1]).

Donc, à moins que vous viviez cloitré dans un bunker en prévision de la fin des temps, vous n'avez pas pu passer à côté d'un truc qu'on appelle la physique quantique. Pour faire rapide, vous trouvez d'un côté la physique classique, qui fait la loi au niveau macroscopique (le niveau qui n'est pas microscopique) et de l'autre la physique quantique, qui s'applique aux petits, tous petits atomes dont vous, moi, votre belle-mère et son caniche, sommes constitués. Or, il faut le savoir, les atomes sont de sacrés desperados, des hors-les-lois-de-la-physique-classique.

L'atome, mes enfants, il n'a ni Dieu, ni maître.

---

1 Maladies Sexuellement Transmissibles au Texte

Enfin j'exagère, il doit tout de même se plier aux lois de la physique quantique, mais elles sont tellement différentes des nôtres que ça sonne comme de la foutue magie.

Par exemple, toi, cher lecteur, tu ne peux pas être dans ton lit avec une probabilité de 40 % *et* dans ta baignoire avec une probabilité de 60 %. L'atome, si. De même, tu as beau aimer très fort ton chéri d'amour et être lié(e) à lui corps et âme pour la vie ; si tu es mort(e) de rire devant une comédie à Paris, y a peu de chance qu'au même moment ton amoureux/amoureuse se fende la poire à Tokyo. L'atome, si. Parce qu'il sait être dans deux états à la fois, et aussi transmettre instantanément des informations à un de ses potes, pourvu qu'il soit intriqué avec lui (et l'intrication quantique, c'est chaud-bouillant mes lapins !).

Comme je suis magnanime, je vous fais un dernier point sur une expérience célèbre, histoire que vous compreniez tout bien. En 1935, quand le grand-papa du papa de votre papa était un petit spermatozoïde, il y a une grosse tête du nom d'Erwin Shrödinger qui conçut une expérience de pensée pour nous aider à concevoir le monde bizarre de l'atome.

Imaginez : vous prenez une boîte et vous y fourrez un chat. Comme vous êtes méchant, vous ajoutez dans la boîte un système pour tuer ledit chat. Le système est constitué d'une fiole de poison, d'une petite quantité de matière radioactive et d'un compteur Geiger (vous savez, le truc qui dans les films fait crrrrrr crrrrrrr pour mesurer la radioactivité). Or il faut savoir que la matière radioactive n'est pas stable et que parfois, un noyau radioactif peut se désintégrer. Si ça arrive, le compteur Geiger va réagir et déclencher un mécanisme qui va briser la fiole et tuer minet. Seulement voilà, il est impossible de savoir quand la première désintégration se produira, la seule chose qu'on peut faire c'est calculer la probabilité que dans une heure, le chat aura eu 50 % de chances de mourir. Et donc 50 % de chance d'être encore vivant. Tant que la boîte n'est pas ouverte, on peut donc considérer que le chat est mort *et* vivant[2]. Il est dans deux états superposés et indépendants. Ce n'est que lorsqu'on ouvrira finalement la boîte que l'un des deux états possibles deviendra la réalité. C'est ce qu'on appelle l'effondrement de la fonction d'onde. Pas tout compris ? Je vous rassure, même les cadors de la physique quantique ne sont pas sûrs de tout piger.

Voilà donc un petit aperçu de la physique quantique. Chouette, non ? On aimerait bien avoir les mêmes propriétés que ces petits atomes. Ce serait rigolo, et peut-être même que ce serait utile. Cette réflexion, un certain Victor Takashi se l'est fait lorsqu'il usait ses caleçons sur les bancs de l'université de Tokyo. Cinquante ans plus tard, il était devenu une grosse tête de la science et il décrochait le prix Nobel en 2156 pour avoir inventé le module de cohérence. Qu'est-ce que c'est ? Tout simplement une machine capable d'annuler le phénomène de décohérence, responsable de la transition entre physique quantique et physique classique. Alors quand je dis « tout simplement », vous vous doutez que cette machine est en fait d'une effroyable complexité. À quoi ça ressemble ? À une boîte de la taille d'un grand placard, divisée en deux parties, bardée de câbles, de diodes qui clignotent et puissamment alimentée en énergie. Vous introduisez une souris dans la partie gauche de la boîte et vous actionnez le module de cohérence. D'un seul coup, il devient possible que la souris soit à gauche aussi bien qu'à droite. Elle existe en deux exemplaires superposés dans le monde macroscopique ! Et ça, cher lecteur, c'est tout simplement la plus grande avancée de la science de toute l'histoire de l'humanité.

Sauf qu'il y a un hic. Comme dans les histoires de superhéros où les pouvoirs, si impressionnants soient-ils peuvent être réduits à néant par un bout de roche extraterrestre, il y a un problème. Vous vous souvenez de l'expérience du chat de Shrödinger ? Dès lors qu'il y avait observation, la fonction d'onde s'effondrait et BLAM ! On avait un chat soit vivant soit mort. C'est pareil pour

2 Ce qui ne veut pas dire mort-vivant. C'est une expérience sérieuse, pas un film d'horreur.

le module de cohérence. Au premier coup d'œil sur la souris de droite ou de gauche, l'autre finissait d'exister. Instantanément. L'observation ne pouvait être qu'indirecte, via une caméra par exemple. Du coup, tous ceux qui se voyaient déjà disputer une partie de poker à Chicago *et* bronzer sur une plage d'Hawaï ont dû déchanter. Comment planifier tout cela sans être observé ? Même un observateur avec une conscience limitée (votre chien ou Shreu par exemple) suffit à tout foutre en l'air[3]. Même *savoir* que vous êtes là, caché dans un coin, suffit. Le record à battre c'est celui de Victor Takashi *himself* qui réussit à rester à Tokyo dans un bureau isolé *et* à prendre un jet privé, piloté par un de ses amis qui ignorait si oui on non il était à bord. Arrivé à 100 km des côtes chinoises, Takashi eut une crise d'éternuements. Le pilote l'entendit et ce fut la fin de l'expérience. Du coup le module de cohérence est très utilisé pour des expériences en laboratoire, mais ses applications pratiques restent extrêmement limitées.

Voilà, fin du paragraphe explicatif, mes félicitations si vous l'avez lu jusqu'au bout. Je peux continuer mon histoire.

Je disais donc que Cheveux n'était pas content. Il emprunta l'escalier pour monter à l'étage où se trouvait notre module de cohérence, ouvrit le panneau de commande et entreprit de fouiller dans les câbles pour en retirer l'extension d'inhibition d'observation (EIO pour les intimes).

« J'espérais... », marmonna-t-il.

J'ai terminé sa phrase pour lui : je savais d'expérience que sinon, ça risquait de prendre beaucoup, beaucoup de temps.

« ... que cette fois-ci ça fonctionnerait. Les calculs étaient encourageants, c'est vrai.

— Jusqu'où es-tu allée ?

— Au parc. Il n'y avait personne. J'ai même eu le temps de me fumer un joint. »

Il m'a jeté un regard intéressé.

3 D'accord, me direz-vous, mais c'est quoi la conscience ? Eh bien je vous répondrai que c'est une excellente question que je ne développerai pas ici.

« Tu veux bien... ? »

Il a branché l'extension sur un ordinateur et a commencé à pianoter à toute allure pour reprogrammer le machin. Je lui ai roulé un petit pétard et l'ai glissé entre ses lèvres avant de l'allumer.

« Tu peux... ? »

Un geste vague de sa part vers les câbles m'a fait comprendre qu'il lui fallait plus de jus. Je suis donc partie pirater une ou deux lignes électriques. Comme dit plus haut, je suis l'assistante du magicien. Cheveux m'avait pris la main dans le sac trois ans plus tôt alors que je m'étais introduite dans son labo pour essayer de voler du matériel de pointe. Au lieu de me livrer aux flics, il avait passé un marché avec moi : son silence, la possibilité de squatter sa maison et un salaire modeste contre mon aide pour un projet non officiel. En effet, notre Cheveux avait eu le culot de construire un module de cohérence au premier étage de sa maison pourrie en piquant jour après jour des composants appartenant à son laboratoire. Rebelle dans l'âme, Cheveux aimait travailler à sa manière qui n'était, généralement, pas celle des autres. Il avait donc besoin de moi pour bidouiller de quoi détourner de l'électricité, pour remplir les placards à peu de frais (comprenez gratuitement), jouer les cobayes et les laborantines. Sans me vanter, il était plutôt bien tombé. J'aime bien dire que j'ai un master en illégalité, un doctorat en système D et pas mal de félicitations du jury en ce qui concerne les bricolages divers et variés.

Tout en paramétrant les branchements à la cave, je réfléchissais à notre expérience. J'avais hâte qu'elle aboutisse. Pas seulement dans un intérêt scientifique, mais aussi sur un plan tout à fait personnel. Vous n'avez jamais eu envie de vivre plusieurs vies en une, vous ? Personnellement je n'ai jamais aimé choisir. J'ai toujours voulu le beurre *et* l'argent du beurre *et* le fils du crémier. L'idée de pouvoir envoyer un avatar de moi-même se balader un peu partout avant de me rassembler pour synthétiser toute cette expérience me semblait fort excitante et je savais que Cheveux pensait comme moi. Le compteur de Watts s'emballa. Si avec tout ce courant le module ne fonctionnait pas... J'ai grimpé les escaliers quatre à quatre. Cheveux, toujours penché sur l'ordinateur, alignait ligne de code sur ligne de code. Shreu était étalé de tout son long sur le caisson d'alimentation. Même génétiquement modifié, un chat aimera toujours les capots de voiture, les radiateurs et tous les endroits dispensant de la chaleur à volonté. Il ouvrit un œil ensommeillé en me voyant revenir, bâilla en exhibant une dentition très pointue et se rendormit. J'ai ôté le joint éteint des lèvres de mon patron.

« Ça marche ?

— Oui, j'ai...

— Trouvé le bug ?

— Oui. »

Il rebrancha l'extension d'inhibition d'observation et j'ai couru allumer les caméras qui enregistraient nos expériences. Le premier test s'effectuait toujours à un niveau purement moléculaire, le second avec un objet macroscopique inanimé, le troisième avec un animal et le quatrième avec moi. La première expérience se passa bien : notre atome témoin voulut bien se laisser observer dans deux états en même temps, ce qui en soi était déjà un exploit. N'importe quel scientifique aurait tué sa mère pour faire la même chose. Pas Cheveux. Comme je vous l'ai dit, aller prononcer un discours à Stockholm ne l'intéressait pas.

« Expérience 1 : OK. »

Il était trois heures du matin et nous avions tous les deux un peu faim. J'ai commandé des pizzas et Cheveux à débranché la machine. Pour ne pas endommager les circuits, on la laissait refroidir entre chaque expérience. Le drone livreur est arrivé avec nos deux quatre-saisons géantes. J'ai aussitôt piraté le petit appareil en contournant le pare-feu de sa connexion wifi pour le persuader qu'il avait livré sa marchandise deux rues plus loin et qu'il avait été payé. Le drone s'est envolé pour retourner à sa base et nous avons dévoré nos pizzas gratuites. Après une courte nuit de sommeil, nous sommes revenus à notre expérience. Cette fois-ci nous étions un peu moites. L'ubiquité observable à un niveau atomique, on avait déjà réussi une ou deux fois, mais ça avait toujours foiré dès qu'on passait à tout objet usuellement régi par les lois de la physique classique. J'ai posé une pomme dans le caisson de gauche et je lui ai fait un petit bisou pour lui porter chance avant de refermer la porte. Cheveux a fait cliqueter le clavier et les voyants se sont mis à clignoter de partout tandis que la machine ronronnait de plus belle. Nous l'avons laissé tourner cinq minutes. À l'intérieur, la pomme se trouvait à présent à gauche *et* à droite, le module de cohérence permettant aux deux possibilités d'exister simultanément. Nous avons regardé les images de la caméra qui datait de cinq minutes plus tôt et il y avait bien deux pommes sur notre écran.

Cheveux m'a regardé. Je l'ai regardé. Il a avancé un index tremblant vers la commande qui enclenchait la vue directe via la caméra. Jusqu'ici, c'est à cette étape que tout foirait et qu'une des deux pommes disparaissait. Cheveux a appuyé sur « enregistrement temps réel ». Sur l'écran, les deux pommes n'ont pas bougé.

« On ne s'emballe pas », a murmuré Cheveux d'une traite.

Il s'est éclairci la voix avant de parler à son dictaphone :

« Tentative numéro 245, le couplage module de cohérence – EIO semble fonctionner en vision caméra directe. Platine ? Tu es prête pour le test en vision oculaire direct ? »

Oui, j'étais prête. Je tremblais comme un flan, mais j'étais prête. J'ai ouvert la porte du caisson de gauche.

La pomme resta bien gentiment posée sur le sol.

Par les boules de Newton.

On avait réussi.

J'étais prête à bondir dans tous les sens en hurlant victoire et à courir voler une bouteille de champagne, mais Cheveux garda la tête froide.

« Ouvre les portes, Platine. On doit examiner nos pommes. »

Ce que nous fîmes durant le reste de la journée. C'était les mêmes. Identiques jusqu'au moindre pépin, jusqu'à la plus infime cellule, et si nous avions eu de quoi comparer les ADN, on aurait pu constater qu'ils étaient identiques.

« Tu te rends compte qu'on peut dupliquer n'importe quoi ? Du fric, de la bouffe, tout ! Tu as inventé une photocopieuse quantique, Cheveux ! »

Cheveux, qui observait une fine lamelle de pomme au microscope, hocha la tête.

« Oui, a-t-il dit. C'est ça. »

Nous nous sommes tus. L'importance de la découverte et l'ampleur des possibilités qui s'offraient à nous me donnaient le vertige. La sonnette de la porte d'entrée a retenti, nous tirant de notre méditation : Mo était rentré.

« Salut les poteaux ! », a-t-il braillé depuis le hall.

Il a grimpé jusqu'à l'étage, un carton de bière maison sous le bras gauche et un lot d'affiches frappées de slogans agressifs sous le bras droit. Assorti à sa crête d'iroquois, il portait un pull vert vif, malhabilement tricoté, qui sentait le chat.

« Ben alors ? Z'en faites une gueule. Y a quelqu'un qui est décédé ? »

Je me suis chargée de lui expliquer notre succès tandis que Cheveux contemplait pensivement le module de cohérence. Mo décapsula quatre bières, nous les distribua et versa la dernière dans l'écuelle de Shreu qui rappliqua au galop.

« P'tain, souffla Mo quand j'eus fini de parler. Plus fort que Jésus. Vous allez pouvoir en multiplier du pain ! »

Et pour une fois, il enchaîna avec une bonne question.

« C'est réversible, ou pas, ta machine à miracles ? »

On a regardé la pomme d'origine et son double, réduite à l'état de lamelles et de petits échantillons baignant dans diverses solutions colorées, puis Cheveux qui secoua la tête.

« Non. Je ne peux pas plus "décréer" le double de la seconde pomme que je ne peux recréer un avatar dont la fonction d'onde s'est effondrée. »

Je me suis raclé la gorge.

« Alors si je rentre là-dedans, je vais exister en deux exemplaires... Pour toujours ? »

Cheveux à de nouveau hoché la tête et Mo a laissé échapper un long sifflement qui résumait bien notre état d'esprit.

« Écoutez, a dit Cheveux. Vous savez ce qui va se passer, dès que le monde connaîtra l'existence de cette machine ?

— T'auras le prix Nobel et des stations de métro à ton blaze, a rigolé Mo.

— Ils s'en serviront tôt ou tard pour faire du fric », ai-je dit en même temps.

Cheveux nous gratifia d'un regard intense.

« C'est juste. Et ça ne me plaît pas. Platine, Mo, vous avez devant vous la possibilité d'exister en double, d'être deux fois plus libres, de vivre deux fois plus, de faire deux fois plus de doigts d'honneur à la société. Vous en dites quoi ? »

Nous avons souri de toutes nos dents. J'ai levé la main.

« J'en dis que je veux passer en premier. »

Et c'est à ce moment qu'on a entendu frapper à la porte. C'était les flics. Nous devions apprendre par la suite qu'ils n'étaient pas venus pour tapage nocturne, ni pour plantation illégale de cannabis dans les jardinières des fenêtres, ni pour détournement de réseau électrique ou vol de matériel scientifique, mais tout simplement parce que la société Flypizz avait détecté un piratage sur l'un de ses drones livreurs. Pas de chance, hein ? Sur le coup, nous étions persuadés que le labo de Cheveux avait fini par se rendre compte qu'il leur manquait beaucoup, beaucoup de trucs. Nous savions par expérience que les poulets tambourineraient cinq minutes avant de défoncer notre porte. Ils nous avaient dans le collimateur depuis suffisamment longtemps pour ne pas avoir la patience de la jouer diplomatique.

« Qu'est-ce qu'on fait ? », a chuchoté Mo tandis que Shreu, tout hérissé, grondait en direction de l'escalier.

Cheveux a avalé une gorgée de bière.

« On va se laisser coffrer *et* rester planqués ici le temps de tout faire disparaître. »

*

Les flics cherchaient trois personnes, pas six. Ils ne prirent donc pas la peine de grimper à l'étage, d'autant plus que le gros chat vert assis au milieu de l'escalier avait une façon de les regarder qui leur flanquait un peu la trouille. Je leur fis mon numéro de « la brave fille innocente » et Mo qui me rejoignit cinq minutes plus tard interpréta admirablement son personnage du « punk un peu attardé qui en a forcément fait une ». Finalement Cheveux descendit en dernier. Il ne fit rien du tout, mais les flics l'embarquèrent quand même, partant du principe qu'un individu qui héberge une paire de punks doit bien avoir quelque chose à se reprocher. Ils nous entassèrent dans leur voiture.

« On fait quoi de la bestiole ? demanda un flic en montrant Shreu qui nous regardait partir depuis le perron. Il va crever de faim si on le laisse là.

— La fourrière s'en occupera, a déclaré son collègue. Moi, je ne m'en approche pas. »

Shreu, tout fier qu'on parle de lui, se crut obligé de miauler haut et fort quelques mots qui auraient pu tout faire capoter :

« Moi j'ai deux mamaaaaaaan ! »

Mais heureusement pour nous, il est rare qu'on prenne au sérieux les chats transgéniques.

# CAS DE CONSCIENCE

Sylvain Boïdo

Passionné de cinéma, titulaire d'un diplôme de scénariste, Sylvain Boïdo vit aujourd'hui à Paris où il travaille pour la télévision. Quelques-unes de ses nouvelles figurent au sommaire de revues ou anthologies. Parmi elles, citons Le Point 0 (Lanfeust Mag, numéro 151), L'émissaire du Chaos (Anthologie « Moisson d'épouvante 2 », Dreampress) ou encore Quand le Diable sort de sa boîte (collection numérique « Les Petits Polars », éditions 12/21). Il est également au sommaire du numéro 51 de la revue canadienne Alibis.

# CAS DE CONSCIENCE

**Sylvain Boïdo**

Dans son cauchemar récurrent, la fillette s'amusait avec une poupée au moment où il braquait son fusil sur sa petite tête blonde. Au cours de certaines versions du rêve, elle avait le temps de se tourner vers lui et de lui sourire. Dans d'autres, elle ne remarquait pas sa présence. Une fois, elle leva les mains en l'air en éclatant de rire, comme si elle jouait au gendarme et au voleur. Quels que fussent les détails de mise en scène, le scénario finissait toujours de la même façon : Staf appuyait sur la gâchette et la petite tête blonde explosait telle une pastèque trop mure.

Le visage angélique de la fillette flottait encore à la lisière de sa conscience quand Staf se leva ce matin-là. Il avait tant de fois rêvé d'elle, de ses joues roses, de sa robe bleue, de ses grands yeux verts, il avait tant de fois ressassé le souvenir de sa mise à mort, qu'il ignorait si sa mémoire n'avait pas déformé la scène au fil du temps. Peut-être n'était-elle pas blonde, finalement. Peut-être ne portait-elle pas de robe bleue. Quelle différence ? Sa tête avait bel et bien explosé comme une pastèque trop mure, c'était tout ce qui importait.

Staf se traîna sous la douche et resta dix minutes sous le jet brûlant, espérant faire refluer son mal de crâne carabiné. Lorsqu'il comprit que l'eau ne guérirait pas plus ses maux qu'elle ne nettoyait son âme, il coupa le débit, se savonna énergiquement, puis régla le mitigeur au plus froid. Il se rinça en quatrième vitesse et sortit de la douche en grelottant.

Il finissait de s'habiller quand on frappa à la porte. Lina l'attendait sur le seuil, les cheveux humides, le regard brillant. Staf n'avait jamais aimé les surprises.

« Qu'est-ce que tu fais là ?
— Il faut que je te parle. »

Il embrassa la jeune femme sur les lèvres puis jeta un œil à sa montre.

« Je vais être en retard au boulot.
— Je n'en ai pas pour longtemps. »

Staf s'effaça pour la laisser entrer. Elle portait une combinaison ajustée qui moulait ses formes sensuelles. Il détailla machinalement l'arrondi de ses hanches pendant qu'elle le précédait vers le salon. Comment ses élèves parvenaient-ils à se concentrer sur son cours ?

« J'ai une nouvelle à t'annoncer », s'exclama Lina en s'asseyant sur le canapé.

Staf étudia le visage solennel de sa petite amie. Une légère angoisse s'insinua au creux de son estomac. Il avait pris toutes ses précautions, mais le risque zéro n'existait pas.

« Ne me dis pas que...
— Non, t'inquiète pas. J'ai pas plus envie que toi de faire un enfant dans ce monde. »

Un poids se délesta des épaules de Staf.

« Alors quoi ?
— On a eu une réponse positive. »

Une réponse positive ? Il tâcha de déterminer à quoi elle faisait allusion sans avoir à le lui demander. Lina se montrait parfois très susceptible quand il ne suivait pas le fil de sa pensée. Il ne voyait toutefois pas de quoi elle parlait.

« Pour les tests de sélection, précisa-t-elle. On est admissibles ! »

Hébété, Staf écarquilla les yeux. Il était persuadé que le niveau d'élitisme des tests n'autorisait aucun espoir à un ex-militaire reconverti dans la sécurité et une professeure à temps partiel. Il avait accepté de s'inscrire avec elle uniquement pour lui faire plaisir.

« Il ne reste plus que la question de l'argent ! » s'enthousiasma la jeune femme.

Staf hocha la tête. L'argent, bien sûr. Il n'avait jamais pris ces sélections au sérieux, aussi ne s'était-il pas préoccupé de réunir la somme exigée par QuanTech.

« Tu en es où ? », s'inquiéta Lina devant son silence.

Pensif, Staf se mordit la lèvre inférieure.

« Je...

— Tu fais chier, Staf ! Tu m'avais dit que tu t'en occupais.

— Je suis sur le coup. C'est juste une question de temps.

— Combien de temps ?

— Je ne sais pas. C'est une grosse somme.

— On peut déjà vendre nos puces. »

Staf se frotta machinalement la base de la nuque, à l'endroit où sa propre puce quantique avait été installée.

« Ça suffira pas », déplora-t-il.

*

Staf se rendit à son travail après avoir raccompagné Lina. L'image de la petite fille finit par s'estomper, mais le sentiment de malaise ne l'avait pas quitté quand il passa les portiques de sécurité menant au bâtiment de la Sûreté Civile de Brux-City. Il s'équipa, récupéra son arme réglementaire puis rejoignit la salle de réunion pour le briefing matinal. Le directeur de la SCB avait fait le déplacement afin de s'adresser à tout le personnel. Staf prit place sur une chaise à l'arrière et attendit en silence que le haut fonctionnaire prenne la parole.

« Comme nous le craignions, l'imminence des prochaines élections crée des agitations dans toute l'EuRussie. Ces élections seront sans doute décisives pour l'équilibre précaire de la paix.

— Il faut que Trev Kragan passe ! », cria quelqu'un.

Le directeur dévisagea l'intervenant avec autorité.

« Si Trev Kragan passe, il y a de fortes chances pour que vous preniez tous la direction du front », rappela-t-il.

Cinq ans auparavant, Trev Kragan n'était qu'un marginal dans le paysage politique. Considéré comme un extrémiste, il était longtemps resté sur la touche, mais suite à la dégradation des conditions de vie, ses positions tranchées avaient le vent en poupe. S'il rejoignait le Directoire de la Coalition, d'aucuns estimaient qu'il ferait pencher la balance du côté d'une restriction du partage des ressources avec le reste du monde. Certes, une telle décision améliorerait la qualité de vie à l'intérieur du continent, mais elle mettrait surtout le feu aux poudres dans un contexte déjà explosif.

« Comme je le disais, reprit le directeur, la situation est très sensible en ce moment. C'est bien entendu dans les zones les plus défavorisées que l'agitation est la plus palpable, mais même Brux-City est touché par les dérives contestataires. Nous pensons qu'un nouveau mouvement rebelle est en train de s'organiser. Je vous demande de redoubler de vigilance, car il faut s'attendre à des incidents de toutes sortes. Nous ne tolérerons aucun débordement. Toutes les manifestations politiques sont interdites et devront être désamorcées le plus tôt possible. L'EuRussie a le regard dirigé sur Brux-City. Plus que jamais, nous devons montrer que nous contrôlons la situation. »

Le directeur marqua une pause et dévisagea l'assemblée en fronçant les sourcils.

*C'est l'heure du savon*, pensa Staf.

« Le mois dernier, la manifestation devant les locaux de QuanTech a fait un mort et six blessés. Je ne veux pas qu'un tel drame se reproduise ! »

Le directeur descendit de l'estrade et un brouhaha envahit la salle. Plutôt que de se mêler aux conversations, Staf se dépêcha de quitter les lieux.

*

Aujourd'hui, il patrouillait avec Grab, un jeune homme équipé d'une puce d'accroissement musculaire. Pas un gramme de graisse n'encombrait sa silhouette. Compte tenu de la largeur de ses épaules, sa tête paraissait minuscule, comme une cerise posée sur le dernier étage d'une pièce montée.

« On commence à l'extérieur ? demanda le jeune athlète.

— Si tu veux. »

Dehors, la sempiternelle nappe de brouillard enveloppait Brux-City comme un linceul. La lumière jaunâtre du soleil se réfractait sur les volutes de brume, créant un kaléidoscope d'où émergeaient parfois les silhouettes fantomatiques du mobilier urbain. Staf restait sur le qui-vive dans cet environnement, car n'importe qui pouvait surgir devant vous sans crier gare. Le froid et le taux élevé de pollution dissuadaient toutefois les badauds de s'aventurer à l'extérieur. Depuis plusieurs années, la vie sociale de Brux-City se concentrait essentiellement à l'intérieur du complexe réseau de souterrains bâti pour échapper à l'atmosphère viciée.

Dans le centre-ville, ils passèrent devant un hologramme publicitaire à l'effigie d'un militaire. Vêtu d'une fine armure épousant son corps à la manière d'un costume de super héros, il clamait toutes les quinze secondes :

« Le continent a besoin de vous !

— La campagne de recrutement s'intensifie », remarqua Grab.

Staf acquiesça, pensif.

« Ils n'auront jamais assez de volontaires. »

Les deux agents s'engouffrèrent dans un ascenseur et descendirent sous le niveau de la terre. Pendant qu'il quadrillait les dédales de tunnels de Brux-City avec son partenaire, Staf réfléchit à l'annonce de Lina. Il s'agissait incontestablement d'une bonne nouvelle, mais s'il ne parvenait pas à réunir la somme exigée, il n'y aurait aucune suite possible. L'ex-militaire ne connaissait qu'une seule personne capable de lui faire gagner autant d'argent : Grégor, un vieil ami qui vivait de petits trafics et de magouilles douteuses. Staf avait coupé les ponts avec lui depuis qu'il travaillait comme agent de sûreté. Au fil du temps, les fréquentations de Grégor s'étaient dégradées et ses positions politiques radicalisées. Le seul fait d'être aperçu en compagnie de son ancien ami pourrait lui coûter sa place.

« Qu'est-ce que tu penses de Trev Kragan ? lui demanda Grab à la pause déjeuner.

— C'est un fanatique. Mais il est très persuasif, ce qui le rend encore plus dangereux.

— Moi je crois que c'est le seul à prendre la mesure exacte de la situation. Les pressions aux frontières sont de plus en plus difficiles à contenir. La faim et le manque de ressources transforment les peuples en hordes enragées. Ils n'ont rien à perdre et sont prêts à tout pour nous envahir.

— Fermer les robinets ne fera qu'aggraver le problème. »

Grab contracta la mâchoire.

« Il faut employer la manière forte. Il n'y a que ça qui marche ! »

Staf dévisagea son collègue en tâchant de garder son calme. Il était jeune et inexpérimenté, il n'avait pas connu le feu, il n'avait jamais eu à braquer son fusil sur une petite fille sans défense.

« C'est la guerre que tu veux ? demanda-t-il.

— Tout ce qu'on leur donne ne suffira jamais. Tôt ou tard, ils vont tous s'unir pour nous envahir. Et là, ce sera trop tard pour la guerre. Ce sera juste le chaos.

— T'as vu comment ça s'est terminé la dernière fois ?

— Ça s'est terminé par un nettoyage dans les règles. Et par la paix, en définitive.

— À quel prix ? La moitié du globe dévasté !

— La convention de New-Island interdit l'utilisation de l'arme antimatière.

— Mais on sait qu'au moins trois continents accumulent des stocks d'antiparticules, juste au cas où. Quand t'as un pistolet chargé et que t'es menacé de mort, tôt ou tard, tu finis par appuyer sur la gâchette. Convention ou pas convention. »

Staf se tut quelques instants avant d'ajouter :

« Pour beaucoup d'analystes, une nouvelle guerre sonnerait le glas de la planète. »

Grab haussa les épaules avec désinvolture.

« Il y a longtemps que le glas a sonné. Pourquoi tu crois que les huiles foutent le camp du système solaire ? »

Staf ne trouva rien à répondre. De retour chez lui, il ressassa les événements de la journée jusqu'à l'heure du dîner. Il s'endormit tôt, mais se réveilla en pleine nuit, tourmenté par la fillette blonde et sa poupée.

Au petit matin, sa décision était prise. Il devait rendre visite à Grégor.

*

« Toi ? Tu veux te barrer pour Durian ? »

Grégor avait grossi depuis la dernière fois que Staf l'avait vu, ce qu'il aurait cru impossible six ans auparavant. À cette époque, la tête de son ami dominait déjà un impressionnant monticule de graisse. Aujourd'hui, Staf se demandait comment Grégor avait réussi à se faufiler dans cette cave sans élargir les encadrements de portes. La puce du trafiquant activait la production d'adipocytes, les cellules stockant la graisse. Staf ne comprenait pas ce choix.

« Tu vois une alternative ? », demanda-t-il en s'asseyant sur un vieux canapé élimé, le seul endroit de la pièce qui ne croulait pas sous des composants électroniques. Étant donné qu'il n'y avait pas de lit, Staf supposait que Grégor dormait dessus les quelques heures par jour que son métabolisme exigeait. En plus d'entraîner une prise de poids, la puce de Grégor limitait ses besoins en sommeil.

« Cette putain de guerre va reprendre de plus belle, poursuivit-il. La Coalition finira par mobiliser de force les derniers citoyens plutôt que de baisser les bras. »

Grégor délaissa l'écran de son ordinateur et se tourna vers Staf. Ses joues pendaient mollement sur les côtés, rejoignant son double menton en une succession de replis luisants de transpiration. Quelques rides avaient conquis le front de son ami, mais ses yeux brillaient toujours de la même intelligence.

« Et alors ? Tu es né pour la guerre. Tu as ça dans le sang.

— Non. C'est du passé, tout ça. Je ne reprendrai pas les armes. »

Grégor ouvrit les bras pour désigner la cave dans laquelle il se terrait.

« T'as qu'à faire comme moi. Je suis recherché depuis au moins six ans. Mais avant qu'ils m'attrapent, ils vont devoir écumer tous les bas-fonds de ce putain de continent !

— Je ne suis pas comme toi. Je ne suis pas fait pour vivre caché.

— Et tu crois que ce sera mieux sur ta planète paradisiaque ? »

Staf haussa les épaules.

« Tout reste à faire, là-bas.

— Tu sais que c'est à plus de vingt-cinq années-lumière de la Terre ?

— Oui, justement. Vingt-cinq putain d'années-lumière de ce conflit qui n'en finit plus. Je trouve même que c'est pas assez loin, si tu veux savoir.

— Mais ça veut dire être livré à soi-même sur un monde inconnu où le moindre incident peut être synonyme de mort.

— La mort ne me fait pas peur. »

Grégor jaugea Staf du regard pendant quelques secondes avant de conclure :

« Ta nana t'a bien retourné le cerveau.

— Ça n'a rien à voir avec elle.

— Ah bon ? C'est toi qui t'es inscrit ?

— Oui, mentit Staf.

— Alors que t'as pas une thune ?

— Je ne pensais pas qu'on serait pris.

— On ? Tu parles de toi au pluriel, maintenant ?

— Tu fais chier, Grégor ! »

Le trafiquant éclata d'un rire sarcastique.

« Tu as changé Staf. Tu t'embourgeoises. »

Exaspéré, Staf croisa les bras en soupirant. Il se perdit dans la contemplation des câbles qui s'entortillaient le long des parois comme des serpents libidineux. Grégor n'avait jamais cédé à l'attrait des ordinateurs quantiques. Il préférait les bons vieux systèmes traditionnels et en payait le prix. Pour concurrencer les meilleurs calculateurs, son serveur réunissait un nombre faramineux de processeurs assemblés les uns avec les autres. Mais les puces qu'il programmait à l'aide de ce matériel bénéficiaient d'une excellente réputation et se vendaient à prix d'or au marché noir.

« Bon, t'as du boulot pour moi ou pas ? demanda Staf.

— Tu sais comment ils vont t'envoyer là-bas ? rétorqua Grégor, ignorant la question.

— Bien sûr. Téléportation – Staf claqua des doigts – en un clin d'œil, adieu la compagnie !

— Mais ça veut dire pas de retour en arrière. C'est à sens unique.

— Je sais. Mais quoi qu'il y ait là-bas, ça ne pourra pas être pire qu'ici.

— Sauf que c'est pas toi qui seras là-bas, rectifia Grégor.

— Je ne te suis pas.

— La téléportation par intrication quantique consiste à créer un double de toi-même sur la planète cible. Mais toi, la matière qui te constitue, ne voyage pas à travers l'espace jusque là-bas.

— Quelle différence ?

— Il n'y en a peut-être aucune. Mais pose-toi au moins cette question avant de signer quoi que ce soit : est-ce qu'un double de toi-même peut être considéré comme toi-même ?

— S'il est en tous points identique, s'il a les mêmes souvenirs, la même apparence, la même personnalité... Ce sera moi, point barre.

— On a tous une infinité de doubles quelque part. La fonction d'onde des particules élémentaires l'exige. Cela signifie qu'il existe une autre réalité où tu es mort à la guerre, une autre où tu y es encore et encore une autre où tu n'y as jamais mis les pieds. Pour autant, qu'est-ce que ça change à ta vie, à ton quotidien, de savoir cela ? Le toi qui se trouve devant moi n'a pas accès aux sensations de ces doubles. Seul ce qui t'arrive à toi, en ce moment même, t'importe. »

Staf acquiesça avec lassitude. Il aurait dû s'attendre à ce que Grégor conteste le procédé. Grégor était un contestataire dans l'âme.

« Ça n'a rien à voir. Tu me parles d'univers parallèles. Ce double sera dans notre réalité. Ça n'a rien d'abstrait. »

Grégor resta quelques secondes silencieux en observant Staf, comme s'il cherchait une autre raison de désapprouver le projet de l'ex-militaire.

« QuanTech, murmura-t-il avec une grimace de dégoût. Comment tu peux faire confiance à cette société ? Depuis la révolution quantique, elle a fait son beurre sur le dos des victimes de la guerre. C'est elle qui est à l'origine des puces qui transforment les soldats en machines à tuer ! Tu es bien placé pour le savoir.

— C'est faux. Ce n'est pas la même société...

— Non, parce qu'ils se sont fait racheter et ont changé de nom. Mais au bout du compte, c'est la même idéologie qu'il y a derrière. »

Staf écarta les bras en signe d'impuissance.

« C'est la seule porte de sortie.

— Moi je ne ferai jamais confiance à cette boîte.

— Tu n'as confiance en rien...

— Et sûrement pas en la mécanique quantique. Pas depuis qu'une explosion d'antimatière a anéanti trois milliards d'êtres humains.

— C'est ce qu'il risque de se reproduire si la guerre reprend.

— C'est pour ça qu'il faut frapper un grand coup. Renverser le gouvernement avant qu'il ne soit trop tard. Tu devrais rejoindre la lutte armée au lieu de te barrer à l'autre bout de la galaxie.

— Non. C'est fini, pour moi, la guerre. Quel que soit le camp. »

Grégor hocha sa grosse tête en reniflant.

« Combien il te faut ?

— Cinquante mille crédits. »

Le trafiquant éclata d'un rire gras qui dévoila ses chicots jaunâtres.

« Peut-être un peu moins, corrigea Staf. Je vais me débarrasser de tous mes biens avant de partir. »

Le rire de Grégor se prolongea de plus belle.

« Quels biens ? T'as toujours été fauché.

— Quarante-mille devraient suffire. »

Grégor secoua la tête d'un air désolé.

« Si tu veux palper une telle somme, va falloir te salir les mains.

— Je sais bien qu'on ne garde pas les mains propres longtemps quand on passe ta porte.

— Mais là, il va vraiment falloir te retrousser les manches.

— Tu penses à quoi ? »

Grégor plissa les yeux avant de répondre :

« La vraie question, ce serait plutôt qui. »

Il se tut quelques secondes, ménageant ses effets :

« Trev Kragan.

— Le politicien ?

— Non. Le criminel. »

Staf leva les yeux au ciel.

« Bon. Et c'est quoi le job ?

— Faut que tu le supprimes.

— T'es malade ?

— Réfléchis un peu. C'est un acte héroïque. Certains seraient prêts à le faire gratuitement !

— Eh bien ! demande-leur de le faire. »

Grégor secoua la tête.

« T'es la seule personne à pouvoir le faire. T'as accès à toutes les zones sécurisées de Brux-City, t'as un entraînement militaire imparable, une puce de soldat et puisque tu te casses pour Durian dans la foulée, tu n'as pas à craindre les retombées de l'enquête du moment que tu ne te fais pas prendre tout de suite. »

Staf secoua la tête en pensant à la petite fille blonde.

« Négatif. Je ne suis pas un tueur à gages. Et je ne veux pas sympathiser avec la rébellion.

— Alors tu peux dire au revoir à Durian.

— T'as bien autre chose à proposer !

— Si tu veux ton blé, il n'y a que les rebelles qui peuvent te le donner. Cette fois, le mouvement prend vraiment de l'ampleur. On va faire sauter les frontières, Staf!

— Ça va finir en bain de sang. Tu le sais très bien. La Coalition ne cédera pas. Elle sortira la grosse artillerie plutôt que de laisser l'EuRussie s'effondrer.

— Pas cette fois. On va la mettre à genoux. On va faire sauter l'ordre établi.

— Pour qu'on soit envahi de tous les côtés ? Pour que ce soit l'anarchie la plus totale ?

— Tu trouves normal qu'il n'y ait plus qu'un seul continent avec des ressources et tous les autres qui crèvent la dalle sur le reste de la planète ?

— C'est pas normal. Mais accueillir les réfugiés des autres continents ne résoudra pas le problème. Il n'y a pas suffisamment de ressources pour tout le monde. Il n'y en a même plus assez pour nous.

— En tout cas il y en a assez pour envoyer les bourges sur une autre planète, railla Grégor. Tu sais l'énergie qu'il faut réunir pour chaque téléportation ? »

Staf se frotta les yeux en soupirant.

« Écoute, je ne suis pas venu pour parler politique...

— Je me doute bien. Tu préfères fermer les yeux et détaler comme un lapin. »

Staf quitta le repaire de Grégor avec un sentiment de malaise encore plus grand qu'à son arrivée. Non seulement réunir une telle somme s'avérait plus compliqué que prévu, mais la détermination des rebelles l'inquiétait. Si tous les démunis et les clandestins rejoignaient le mouvement, une véritable révolution risquait d'éclater. Staf repensa à une vieille citation : « Une grande civilisation n'est conquise de l'extérieur que si elle est détruite de l'intérieur. »

*

Le soleil nimbait l'horizon d'un éclat cendré. En se hâtant entre les ruines noyées dans le brouillard, Staf se demandait ce que Lina avait derrière la tête. Elle lui avait donné rendez-vous dans la banlieue de Brux-City, sans lui préciser la raison de ce déplacement. Il n'appréciait guère cette façon de faire, mais il refusait de la laisser arpenter seule ces quartiers mal famés. Il la rejoignit devant les vestiges d'un centre commercial éventré par des tirs de mortier. Seule l'enseigne se dressait toujours dans le ciel, intacte, comme un drapeau de reddition brandi au-dessus d'un champ de bataille.

« Qu'est-ce qu'on fait ici ? » tonna Staf, l'œil aux aguets.

Lina lui tendit un bocal. À l'intérieur, l'ex-militaire reconnut le minuscule composant électronique.

« T'as fait enlever ta puce ? s'écria-t-il en s'empressant de ranger le bocal dans sa sacoche.

— J'ai des clients pour cinq mille crédits.

— Pourquoi tu ne m'en as pas parlé avant ?

— Je savais que tu serais contre.

— T'aurais pu rester sur le carreau. J'ai failli y passer quand Grégor a essayé de retirer la mienne.

— C'est différent. Ta puce est beaucoup plus intrusive. La mienne est basique. »

Staf émit un grognement de désaccord, mais ne prit pas la peine de la contredire. Lina n'avait pas tout à fait tort. La puce autrefois implantée dans la base de sa nuque aidait son métabolisme à limiter les dépenses d'énergie superflues. Elle ralentissait son rythme cardiaque, diminuait ses besoins en oxygène et participait de manière notable à réduire sa consommation de nourriture. Celle de Staf, beaucoup plus sophistiquée, avait été élaborée par l'armée et intervenait profondément dans son cortex cérébral. Il aurait donné cher pour s'en débarrasser.

Ils s'enfoncèrent à pas prudents dans le cœur de la zone sinistrée. Il n'y avait personne dans les rues. Quelques épaves de voitures jonchaient encore les bas-côtés, vestiges d'une autre époque. La plupart exhibaient une teinte noire après avoir été incendiées. Lina tourna à gauche et s'engagea dans l'un des quartiers les plus délabrés de la ville. Les façades alentour portaient des impacts de balles et de tirs d'artillerie lourde. Certains immeubles, totalement rasés, avaient cédé la place à des pans de murs effondrés sous lesquels vivait toute une population de sans-abris. Officiellement, la rébellion avait été matée, mais tel le Phœnix, elle renaissait inlassablement de ses cendres. Comme toujours dans ces situations, les quartiers les plus démunis servaient de terreau aux velléités dissidentes.

« Qu'est-ce qui t'a pris d'accepter un rendez-vous dans un endroit pareil ? marmonna Staf.

— J'ai pas eu le choix. Il n'y a qu'ici qu'il y a de la demande. »

Les puces limitant la consommation alimentaire étaient très prisées dans les zones pauvres, ravagées par la famine et la malnutrition. Comme les habitants n'avaient pas les moyens de s'équiper de produits neufs, les puces d'occasion faisaient l'objet d'un trafic incessant. Staf surveillait les alentours du regard en suivant sa compagne d'un pas rapide. Il n'aimait pas traverser ce quartier auprès d'une femme.

« C'est ici ! », déclara Lina en arrivant sur une place circulaire, perdue au milieu des décombres.

Comme pour narguer les habitants de ces quartiers défavorisés, un hologramme publicitaire vantait les mérites de la colonisation de Durian 86C : un couple au sourire éclatant regardait les alentours avec émerveillement.

« Un nouveau monde s'ouvre à nous ! s'écriait la jeune femme.

— Durian 86C est un véritable Paradis ! », répondait l'homme.

Staf l'observa l'échange se répéter.

« Ils auraient pu lui donner un nom plus pratique, remarqua-t-il. On les appelle comment les habitants de cette foutue planète ? Les durian-quatre-vingt-sixciens ?

— Des durianais, tout simplement.

— C'est pas logique. Durian, c'est le nom de l'étoile.

— T'as de ces questions ! Ce sont des humains comme nous. On n'a pas besoin de les nommer. »

Un mouvement rapide attira l'attention de Staf à la périphérie de son champ de vision. Il fit volte-face… Trop tard. Surgi du brouillard, un homme vêtu d'une tenue de camouflage grise empoigna Lina par les cheveux. Il glissa la lame de son couteau sous sa gorge pendant qu'un deuxième individu se plantait en face de lui. Une balafre boursoufflée lui déchirait la moitié de la joue gauche.

« Donne la puce ou on saigne ta bourgeoise ! »

Staf analysa froidement la situation. Il n'y avait que deux agresseurs et ils ne portaient pas d'arme à feu, mais ils avaient déjà un net avantage sur lui. Comme toujours en cas de crise, l'esprit probabiliste de Staf prenait le dessus sur sa part émotionnelle et calculait les issues possibles au conflit. S'il s'en référait aux statistiques sur ce type d'agressions, il y avait environ soixante-trois pour cent de chances pour que les criminels les tuent même s'il obtempérait. Si Staf attaquait le malfaiteur en face de lui, il y avait quatre-vingt-deux pour cent de chances pour que son complice mette sa menace à exécution et tranche la gorge de Lina. En visant l'autre homme en priorité, Staf estimait à quarante-deux pour cent ses chances d'arriver à neutraliser les deux agresseurs avant que lui ou la jeune femme ne reçoive une blessure fatale.

Incapable de trouver une probabilité de succès satisfaisante, Staf se résolut à gagner du temps. Il leva les deux mains en signe de paix, dégrafa la sacoche fixée autour de sa taille puis la tendit à l'homme en face de lui. Il en profita pour jeter un coup d'œil à Lina. La tête tirée en arrière selon un angle inconfortable, la jeune femme observait la scène avec des yeux écarquillés. Même si elle n'en était pas à sa première agression, Staf savait qu'elle ne tarderait pas à céder à la panique. Pour l'instant, elle parvenait néanmoins à garder son sang-froid.

L'homme à la balafre s'approcha de Staf et tendit la main vers sa sacoche. Quand il ne fut plus qu'à deux mètres de lui, l'ex-militaire ressentit un déclic. Il étudia la forme du visage des deux agresseurs. Ils partageaient un air de famille évident.

*Ils sont frères !*

Aussitôt, une fenêtre de tir se matérialisa. Avec une probabilité de succès de soixante-douze pour cent, il s'agissait de l'option la plus optimiste. Staf n'attendit pas de meilleure alternative. Quand le balafré attrapa sa sacoche, il empoigna son bras, le tira vers lui, puis entoura son cou de son bras gauche. Il serra suffisamment pour l'empêcher de bouger sans causer une asphyxie. De sa main droite, il récupéra le pistolet dissimulé dans son dos et le braqua sur la tempe de son otage. Comme il l'avait prévu, le deuxième homme se garda de mettre sa menace à exécution. Une lueur de terreur traversa son regard. Staf supposait qu'il s'agissait de l'aîné. Il avait pour mission de veiller sur son petit frère et ne prendrait pas le risque qu'il reçoive une balle par sa faute.

« Putain lâche-le ! s'écria-t-il. Lâche-le tout de suite ou je l'égorge. »

Staf se servait de son otage comme bouclier humain. Il regarda l'autre agresseur dans les yeux. Ses pupilles se dilataient et se contractaient à intervalles rapides.

« Reste calme, lui conseilla Staf. Tout va bien se passer.

— Je vais la saigner, je te dis ! Je vais la saigner comme une truie !

— Il y a une façon de clore cette situation sans que personne ne subisse de préjudice. Cette femme dont tu maltraites la chevelure se prénomme Lina. Tu vas la lâcher, la laisser s'éloigner de toi, et moi je ferai pareil avec ton frère.

— Comment tu sais que...

— Après, vous allez tranquillement retourner dans le trou à rats dont vous venez, l'interrompit Staf. Je garderai mon arme braquée sur ton frère. À la moindre entourloupe, je lui fais sauter le caisson.

— Tu bluffes. T'as plus de balles, dans ton flingue. Plus personne n'a de munitions.

— C'est une possibilité. À toi de voir si tu veux prendre ce risque. »

L'homme en gris raffermit sa prise sur la chevelure de Lina. Il regarda son frère, Staf, puis le couteau qu'il tenait en main, manifestement indécis. À moitié étranglé par le bras contracté de Staf, le balafré réussit à articuler :

« Lâche-la, Norm ! On trouvera d'autres pigeons.

— Qu'est-ce qui me prouve que tu ne tireras pas si je la lâche ? demanda l'homme.

— Rien. Mais tu sais comme moi que les munitions sont rares, donc je n'en gaspillerai pas si je n'y suis pas obligé. »

L'homme resta encore une dizaine de secondes indécis, puis il finit par lâcher Lina. Celle-ci exhala un soupir de soulagement, se retourna puis, sans autre forme de procès, gifla son agresseur. Staf craignit un instant que la situation dégénère, mais le temps que l'homme réalise ce qu'elle venait de faire, Lina était déjà hors de portée.

« Sale pute ! », s'exclama-t-il.

Lina s'approcha de Staf, qui prit soin de se placer devant elle, étreignant toujours le balafré par le cou.

« Lâche-moi, maintenant ! ordonna-t-il.

— Dis à ton frère de reculer jusqu'à la ruelle. »

L'homme en gris jeta un regard méprisant à Staf.

« T'as pas intérêt à jouer au con ! »

Staf accentua la pression sur la gorge de son otage.

« Fais ce qu'il te dit ! », glapit celui-ci.

L'homme en gris recula de quelques pas. Quand Staf estima qu'il ne représentait plus de danger immédiat, il lâcha son otage. Aussitôt, celui-ci en profita pour décocher un grand coup de tête vers l'arrière. Staf, qui s'attendait à une réaction de ce type, encaissa le coup avec le haut du crâne puis frappa son adversaire à la tempe. Le balafré s'effondra sur le sol comme un pantin désarticulé.

« Staf ! », cria Lina.

L'ex-militaire se retourna juste à temps pour apercevoir l'homme en gris lui foncer dessus, le couteau brandi. Staf saisit la main qui tenait l'arme et la tordit violemment. Il entendit un os se briser, et le criminel poussa un hurlement de douleur. Ce cri fonctionna comme un interrupteur dans le métabolisme de Staf. Il se mit à saliver tandis qu'un afflux d'adrénaline le galvanisait. Le cœur battant à vive allure, il fit basculer son adversaire au sol, puis se positionna à califourchon sur lui. Il rangea ensuite son arme et lui martela le visage de coups de poing. Un brouillard opaque engloutit toute pensée consciente. Il ne songeait plus qu'à une chose : frapper cet homme, encore et encore. Au bout d'un moment, une voix féminine l'extirpa de son état second.

« Staf ! Arrête ! Tu vas le tuer ! »

Staf frappa encore une fois, deux fois, puis se redressa, les bras ballants. Le sang dégoulinait des jointures de ses poings. Recroquevillé sur le sol, l'homme en gris ne bougeait plus. Son visage se réduisait à un amas de chairs déchiquetées. Déboussolé, Staf observa Lina fouiller les poches de leurs agresseurs.

« Ils n'ont rien sur eux, constata-t-elle. Viens ! Faut pas rester ici ! »

Staf suivit la jeune femme sans protester, son cœur reprenant peu à peu son rythme normal.

« Excuse-moi, dit-il au bout de quelques minutes.

— Que je t'excuse ? De m'avoir sauvé la vie ?

— Non. De m'être acharné comme ça. Je n'aurais pas dû.

— C'est pas de ta faute. »

La puce militaire de Staf l'avait transformé de manière irréversible. En plus de raisonner de façon probabiliste, sans se référer à ses émotions, il subissait les effets d'une chimie interne qui le dépassait. Face à la violence, la puce déclenchait un afflux massif d'adrénaline, stimulait sa testostérone et inhibait plusieurs zones de son cerveau pour le rendre froid et dénué de compassion. Grégor avait réussi à désactiver certaines fonctions du logiciel, mais dans les cas extrêmes, Staf subissait les mêmes pulsions qu'au front.

Quand ils arrivèrent chez Lina, la jeune femme ferma la porte à double tour et se laissa tomber sur un fauteuil.

« Il faut qu'on se casse d'ici, Staf. Débrouille-toi comme tu veux, mais je ne veux plus vivre ça ! »

Le soir même, Staf rappela Grégor.

*

La nuit avant de passer à l'acte, Staf dormit d'un sommeil agité, hanté par le fantôme de la petite fille blonde. Il se réveilla la gorge serrée, le cœur prisonnier d'un étau.

Pendant qu'il se préparait, il se remémora de nouveau ce moment fatidique où il avait fait feu. Il avait abattu la fillette sans réfléchir, sans hésitation, sans même un pincement au cœur, car les probabilités d'un piège étaient élevées. Plus tard, l'expertise militaire avait dévoilé la présence d'un virus dans une capsule sous vide, à l'intérieur de la poupée. Le cocktail aurait pu dévaster la moitié de la population de l'EuRussie. Staf se demandait toutefois si le rapport d'enquête n'avait pas été falsifié pour faire taire les critiques de l'opposition sur les méthodes expéditives de l'armée. Y avait-il vraiment une menace bactériologique dans la poupée ? La petite fille s'apprêtait-elle à commettre un attentat suicide ? Il n'aurait jamais de réponses à ces questions. Il avait suivi le protocole de sécurité à la lettre, établi selon le principe que les rebelles utilisaient souvent des enfants comme chevaux de Troie, et n'avait ressenti aucun tiraillement sur le moment.

Mais les effets de la puce sur certains neurotransmetteurs de son cerveau avaient beau annihiler toute empathie dans les situations de crise, ils n'empêchaient pas le remords après coup. Les hauts responsables militaires n'avaient pas cru bon d'intervenir sur la mémoire des soldats, ceux-ci devaient donc se débrouiller avec leurs souvenirs et leur sentiment de culpabilité.

Staf quitta son domicile en espérant ne pas avoir à regretter une nouvelle fois ses actes. Il avait minutieusement préparé son plan en fonction des données communiquées par Grégor. Ses chances de succès avoisinaient les quatre-vingt-deux pour cent, un score très honorable compte tenu de la célébrité de la cible. Il parvint à s'infiltrer dans le quartier le mieux sécurisé de Brux-City sans se faire remarquer. Vêtu d'une combinaison hermétique destinée à collecter la moindre parcelle de peau morte, équipé d'un champ magnétique brouillant toutes les microcaméras, il s'introduisit au domicile de Trev Kragan pendant la nuit, neutralisa ses deux gardes du corps et rejoignit le politicien dans la chambre à coucher. Il dormait seul du côté droit d'un grand lit, comme s'il avait l'habitude d'une présence sur la partie gauche. Staf braqua son pistolet sur sa tête.

À ce moment, comme réveillé par un instinct de survie, Trev Kragan ouvrit les paupières et lui jeta un regard terrifié. Staf en profita pour étudier son visage, afin de s'assurer qu'il ne se trompait pas de cible. Cheveux grisonnants, front haut, pommettes saillantes, joues creuses et minuscules ridules autour de grands yeux bleus. Pas de doute, il s'agissait bien du politicien qui promettait aux citoyens une vie plus riche et plus longue en conservant les ressources internes au continent.

« Non ! cria-t-il en levant les bras. Ne faites pas ça ! J'ai de l'argent dans mon coffre ! »

Staf n'avait aucune intention d'écouter ses suppliques. Il fallait qu'il le fasse, il était là pour ça. Son cœur avait déjà amplifié le rythme de ses battements, l'enjoignant de presser la détente.

*Tu vas sauver des vies !* se justifia-t-il. *Ce crime ne pèse rien face à tous les innocents que tu sauveras.*

En réalité, il n'avait aucun moyen de s'assurer que Trev Kragan causerait de nombreux décès, tout comme il ignorait si son meurtre épargnerait quiconque.

*Tu te donnes bonne conscience, voilà tout.*

C'était le cas. Mais avait-il le choix ?

*Non*, décida-t-il en dévisageant le politicien terrorisé.

Il s'apprêtait à appuyer sur la détente quand un chuintement attira son attention derrière lui. Staf pivota à quatre-vingt-dix degrés, de façon à garder sa cible dans son champ de vision. Il distingua une ombre grandir sur le sol du couloir. Un bruit de pas confirma ses soupçons : quelqu'un approchait.

« Matt ! cria le politicien. Reste où tu es ! »

Staf fusilla Trev Kragan du regard, le doigt crispé sur la gâchette. Le bruit de pas s'intensifia, l'ombre s'agrandit encore et une silhouette apparut dans le salon. Un petit garçon de huit ans environ, vêtu d'un pyjama trop grand pour lui, ouvrit des yeux ensommeillés en le voyant. Il enlaçait un nounours. Il était aussi blond que la fillette de ses cauchemars.

« Matt, l'invectiva Kragan avec une voix déformée par l'angoisse. Retourne tout de suite dans ta chambre ! »

Staf serra les dents. Cet enfant ne faisait pas partie de l'équation. Le politicien était censé se trouver seul.

« Qu'est-ce qu'il fait là ? demanda-t-il.

— C'est mon fils. C'est sa mère qui a la garde, mais elle a rencontré quelqu'un et c'est moi qui m'en occupe en ce moment. »

Agacé, Staf secoua la tête en soupirant. Pourquoi personne ne l'avait informé de la présence de cet enfant ? Grégor allait entendre parler de lui !

« Écoutez ! implora le politicien, les bras toujours levés. Mon fils n'a rien à voir avec tout ça. Laissez-moi le recoucher, après vous ferez ce que vous avez à faire. »

Sauf que l'enfant l'avait vu. Il était suffisamment grand pour donner une description précise de l'agresseur de son père. Un portrait-robot serait diffusé le lendemain. Dès lors, son arrestation ne serait plus qu'une question de jours, voire d'heures.

« Mon fils ne dira rien ! s'exclama le politicien, comme s'il lisait dans ses pensées.

— Vous n'en savez rien. »

Trev Kragan déglutit avec difficulté en observant son fils. Celui-ci étreignait son nounours en silence. Une larme roulait sur sa joue gauche. Il comprenait exactement ce qui était en train de se passer. Staf braqua son arme sur lui. Le père de l'enfant tressaillit.

« Vous ne pouvez pas faire ça ! s'insurgea-t-il. Je suis sûr que vous n'êtes pas ce genre d'homme. »

Staf visualisa la petite fille blonde qui jouait avec sa poupée.

*Si, justement. Je suis précisément ce genre d'homme !*

Il songea à ce que lui avait dit Lina un jour. Elle ignorait la liste de ses péchés, mais elle le connaissait suffisamment pour comprendre qu'il était tourmenté par son passé.

*On est toujours maître de ses actes ! Il n'est jamais trop tard pour devenir quelqu'un de meilleur !*

S'il rebroussait chemin maintenant, Staf ne toucherait pas les cinquante-mille crédits et Lina serait coincée avec lui sur cette planète au bord de l'implosion. Mais est-ce que le salut de la jeune femme valait la vie d'un enfant innocent ?

« Je peux vous payer ! proposa l'homme.

— Vous savez que ça ne marche pas comme ça.

— Au contraire, je crois qu'il n'est question que de ça. Vous n'êtes pas un rebelle. Vous n'êtes pas là par conviction, autrement vous auriez déjà appuyé sur la détente.

— Vous ne savez rien de mes convictions.

— Combien ils vous payent ? Dites-moi un prix, j'ai tout ce qu'il faut dans mon coffre.

— Qu'est-ce qui m'empêche de prendre l'argent et de vous tuer quand même ?

— Votre sens de l'honneur. Vous êtes un militaire, n'est-ce pas ? »

Staf acquiesça en silence.

« Je respecte ça. Et je comprends votre situation.

— Si je vous laisse en vie, non seulement je ne toucherai pas l'argent, mais ma tête sera aussi mise à prix.

— Écoutez, il doit y avoir une solution.

— Je n'en vois qu'une », murmura Staf en observant le petit garçon.

Serait-il capable de continuer à vivre avec ce double meurtre sur la conscience ? La rédemption était-elle encore possible après de telles exactions ? Il pouvait se convaincre que la petite fille était une terroriste. Il pouvait se persuader que la mort du politicien épargnerait des centaines de milliers de vies. Mais le petit garçon ? Il n'avait rien à voir avec le destin de l'humanité et le tuer ne servirait qu'à assurer sa propre survie.

*Et celle de Lina !* murmura une voix dans son esprit.

S'il assassinait Trev Kragan et laissait vivre l'enfant, il serait incarcéré avant que Lina puisse utiliser l'argent. Cela la condamnerait à endurer l'apocalypse. Mais la jeune femme ne cautionnerait pas les sacrifices qu'exigeait sa sauvegarde.

*Elle ne le saura jamais !*

*Mais toi tu le sauras. Pourras-tu la regarder en face après avoir appuyé sur cette détente ?*

« J'ai une idée ! » claironna le politicien.

Staf le dévisagea avec lassitude. L'homme enchaîna :

« Je peux vous donner quelques jours d'avance. »

Sourcils froncés, Staf invita le politicien à poursuivre.

« Je me débrouille pour qu'on annonce mon décès. Tout le monde croira que vous avez rempli votre mission, vous toucherez votre argent avec un supplément que je vous donnerai ce soir. »

Un sourire narquois s'étira sur les lèvres de Staf.

« Vous me prenez pour un idiot ?

— Non, au contraire. Je vous prends pour quelqu'un d'intelligent. Vous avez besoin de cet argent pour partir pour Durian, n'est-ce pas ? »

Staf resta silencieux.

« Combien de temps il vous faut ? Une semaine ? Deux ? Je peux faire le mort pendant tout ce temps.

— Dès que je serai parti, un portrait-robot de moi circulera partout. Je ne pourrai pas faire deux pas sans avoir la garde de la Coalition aux fesses.

— Je ne vous trahirai pas. Pour deux raisons. La première est que j'ai le sens de l'honneur. Je suis un ancien militaire, moi aussi, et j'accorde une certaine importance à la parole donnée. Je sais que vous êtes dans une situation très délicate et je sais aussi quelle est la solution la plus sûre pour vous. Si vous ne la choisissez pas, si vous décidez de nous épargner, mon enfant et moi, je vous en serai à jamais redevable.

— Vous êtes surtout un très bon orateur. C'est votre métier.

— L'autre raison, c'est que je n'ai aucun intérêt à vous dénoncer. Si on vous arrête, demain il y aura un autre homme à votre place et celui-ci sera sans doute moins scrupuleux. Faire le mort ne peut que m'être profitable. Ça laissera croire aux rebelles qu'ils ont gagné une bataille et nous laissera le temps de nous organiser pour la suite. »

Staf baissa son arme et envisagea les options possibles. Le politicien avait raison, la meilleure issue, avec une probabilité de quatre-vingt-quatorze pour cent, consistait à éliminer Trev Kragan et son fils. S'il acceptait son marché, il y avait environ soixante-et-un pour cent de chances pour que cela se termine mal.

*Cela fait trente-neuf pour cent de chances de s'en sortir sans se salir les mains. N'est-ce pas préférable à quatre-vingt-quatorze pour cent de chance de continuer à vivre dans la peau d'un assassin d'enfant ?*

Staf regarda le petit garçon et, durant un instant, son corps chétif se confondit avec celui de la petite fille. Il rangea son arme et tendit la main vers le politicien.

« Marché conclu », abdiqua-t-il.

*

La mort de Trev Kragan fit l'effet d'une bombe à travers toute l'EuRussie. Dans certains quartiers de Brux-City, des groupes de soutien du politicien livrèrent une bataille contre les agents de sûreté. À d'autres endroits, la foule en liesse dansait au milieu des rues.

Lina resta silencieuse durant le trajet jusqu'à QuanTech. En arrivant devant le siège de la corporation, elle se décida enfin à prendre la parole :

« C'est pas toi, quand même ? »

Staf feignit l'incompréhension.

« Moi quoi ?

— Qui a assassiné Trev Kragan.

— Qu'est-ce que tu vas chercher ?

— Alors comment as-tu réuni cet argent aussi vite ?

— Écoute, ne te pose pas trop de questions. On a l'argent, c'est le principal. »

Lina croisa les bras, manifestement déterminée à poursuivre jusqu'au bout.

« Je ne suis pas sûr de vouloir partir avec un assassin, décréta-t-elle. Et sûrement pas avec un tueur d'enfant. »

Staf se frotta les yeux, soupira, regarda l'immense immeuble se perdre dans la grisaille.

« Je t'expliquerai tout quand on sera de l'autre côté. En attendant, je peux t'assurer une chose : je n'ai tué personne pour toucher cet argent. »

Lina dévisagea son compagnon durant de longues secondes.

« Tu me le promets ? Tu n'as pas assassiné cet homme et son enfant ? »

Staf la regarda dans les yeux.

« Promis. »

La jeune femme scruta ses pupilles, comme si elle cherchait un itinéraire jusqu'aux méandres de son cerveau. Staf comprit qu'il n'aurait jamais pu passer cette épreuve sans avoir la conscience tranquille. Au bout d'un moment, Lina hocha la tête, sans cesser de le jauger.

« OK. Je te fais confiance. J'espère ne pas le regretter. »

*

Le directeur adjoint de QuanTech reçut le couple au dernier étage de l'immeuble. Il portait des lunettes reliées à la surface tactile de son bureau. Pendant que Staf et Lina lisaient leurs contrats, il effleurait le revêtement interactif en suivant ses opérations sur le verre de ses lunettes.

« Je ne comprends pas bien la clause 117, fit remarquer Staf à la fin de sa lecture. Pourquoi devons-nous céder nos droits sur la propriété de la matière qui nous constitue ? »

Le directeur adjoint le regarda par-dessus le montant de ses lunettes.

« Une formalité. Cela signifie simplement qu'en acceptant le procédé de téléportation par intrication quantique, vous abandonnez la matière qui vous compose sur Terre. Votre nouvelle vie se fera à partir de la matière reconstituée à l'identique sur la planète cible.

— Et la matière qui reste sur Terre ? demanda Lina.

— Détruite dans le processus. Cette clause a pour but de vous faire comprendre qu'aucun retour en arrière n'est possible. Une fois que vous êtes sur Durian 86C, vous devez tirer un trait sur votre "matérialité terrienne", si je puis m'exprimer ainsi. »

Staf hocha la tête. Le seuil psychologique était difficile à franchir, mais ils étaient là pour cela, n'est-ce pas ?

« Quand pourrons-nous partir ? », demanda Lina.

Le directeur adjoint continuait de pianoter sur son bureau d'un air gêné.

« Malheureusement, il n'y a pas de place pour vous pour le moment ! », déclara-t-il à l'intention de la jeune femme.

Staf se dressa sur son siège.

« Quoi ? »

Le directeur adjoint croisa les mains sur son bureau et considéra Lina avec bienveillance.

« Vous êtes sur liste d'attente, nous devrions vite trouver une place.

— Mais j'ai été sélectionnée et j'ai payé, s'étonna la jeune femme. Qu'est-ce qu'il vous faut de plus ?

— C'est juste une question de temps. Vous comprenez, dès lors que vous vous acquittez des frais, vous êtes placée sur liste d'attente jusqu'à ce qu'un besoin se fasse sentir dans votre domaine de compétence. En l'occurrence, en tant que professeur, cela devrait arriver assez vite... »

Le directeur adjoint se tourna vers Staf.

« Monsieur, vous avez de la chance. Vous pouvez partir dès demain !

— Pas question que je parte sans elle ! », décréta Staf.

L'homme hocha la tête avec solennité.

« Je comprends. Je peux vous mettre aussi sur liste d'attente pour que vous partiez ensemble. Vous devez toutefois savoir que d'ici là, nous pourrons attribuer votre place à quelqu'un d'autre. Et la même situation risque de se reproduire si nous trouvons une place pour madame, mais qu'il n'y en a plus pour vous. Il n'est pas dit que nous ayons un jour une place pour chacun de vous exactement au même moment...

— C'est inadmissible ! s'emporta Staf. Avec le prix que nous payons, vous ne pouvez pas nous faire ça. Qu'est-ce que ça change qu'elle soit là-bas avant qu'on ait besoin d'elle ?

— Je comprends votre mécontentement. Mais nous tenons à réguler la population de colons, afin de créer une société auto-suffisante, sans déséquilibres. Nous ne voulons surtout pas reproduire le modèle terrien en vigueur aujourd'hui.

— Mais enfin, on est en couple ! s'écria Lina. On veut faire ce voyage ensemble !

— Techniquement parlant, il ne s'agit pas d'un voyage...

— Vous m'avez très bien comprise ! »

L'homme esquissa une grimace contrite.

« Si vous aviez été mariés, tout aurait été différent. Nous ne séparons pas les conjoints. Mais dans la situation actuelle, je ne peux hélas rien faire. »

Lina fusilla Staf du regard. Il y a longtemps qu'elle l'attendait, sa demande, mais Staf ne s'était jamais senti prêt.

« Alors rendez-nous notre argent ! s'énerva l'ex-militaire.

— Si je fais ça, cela annule toute la procédure et vous devrez tout recommencer à zéro. Il n'est pas garanti que vous soyez de nouveau sélectionnés. Il y a de plus en plus de gens qui s'inscrivent. »

Buté, Staf haussa les épaules.

« Tant pis.

— Attends, le raisonna Lina. On ne va pas gâcher toutes nos chances...

— Je ne peux pas te laisser toute seule ici.

— C'est provisoire. C'est le moyen le plus sûr et le plus rapide de se retrouver ensemble loin d'ici. »

Staf dévisagea le directeur adjoint.

« Quel est le temps maximum qu'une personne ait patienté sur liste d'attente avant de partir ? »

Le directeur pianota sur la surface tactile de son bureau. Les résultats de ses recherches s'affichaient directement sur le verre de ses lunettes, seulement visibles par lui.

« Huit mois », répondit-il.

Lina sourit à Staf.

« Ce n'est pas si long.

— Et c'était un cas particulier », ajouta le directeur.

Staf réfléchissait à toute allure. En d'autres circonstances, il aurait refusé catégoriquement de partir avant Lina. Mais si Trev Kragan avait respecté son engagement jusqu'ici, il finirait par faire savoir qu'il était vivant. À ce moment-là, mieux valait pour Staf qu'il ne vagabonde pas dans les parages...

« Si vous voulez mon avis personnel, insista le directeur adjoint, saisissez votre chance et partez tout de suite. Madame n'aura peut-être qu'un mois ou deux à patienter avant de vous rejoindre. »

Staf fit un rapide calcul de probabilités. Il était déjà un fugitif. Ses chances de survie s'il attendait sur Terre plus d'une semaine descendaient à moins de dix pour cent. Il ne pouvait pas se permettre de patienter un mois ou deux. La mort ne l'effrayait pas, la prison non plus, mais la jeune femme avait besoin de lui. Il regarda Lina, puis le directeur adjoint, puis le contrat qu'il tenait en main.

« Entendu. Je pars demain. »

*

Des rumeurs sur Trev Kragan commencèrent à circuler dès le lendemain. Certains prétendaient qu'il avait survécu à l'attentat et se trouvait entre la vie et la mort dans un hôpital sous haute surveillance. D'autres affirmaient qu'il n'avait subi aucune agression et se réfugiait dans un bunker souterrain, prêt à déclencher la dernière guerre de l'histoire. Même si aucune rumeur ne semblait renseignée, la population avait manifestement du mal à croire à la mort du politicien. Suite à l'attentat, la Coalition commençait toutefois à déployer des hommes dans toute l'EuRussie. Des troupes se dirigeaient également vers les frontières. Il y avait de l'électricité dans l'air.

Lina accompagna Staf chez QuanTech. Le directeur adjoint leur détailla l'ensemble du processus recomposant les particules élémentaires de Staf sur la planète d'adoption des colons.

« Vous serez exactement le même, conclut le directeur adjoint. Vous aurez les mêmes cicatrices, les mêmes souvenirs, le même vécu.

— Est-ce qu'on peut occulter quelques passages de ma vie ? demanda Staf.

— Ce n'est pas comme ça que ça se passe. C'est vous que nous reconstituons, pas une sélection sur commande.

— Et ma puce ? Il ne faut pas la retirer avant ?

— C'est inutile. Cette puce fait partie de vous maintenant. Elle n'entravera en rien le processus. »

À la fin de son exposé, le directeur adjoint les laissa seuls dans une petite pièce spécialement conçue pour les adieux. Au moment de lui dire au revoir, Lina ne put retenir une larme. Staf la regarda couler le long de la joue blanche de la jeune femme.

« Dis-toi que je pars en éclaireur, murmura-t-il. Je prépare le terrain pour m'assurer que la situation est sécurisée sur place. »

Lina hocha la tête avec enthousiasme. Elle resta quelques instants silencieuse, le regard dans le vague.

« Tu crois qu'on verra la Terre exploser de là-bas, le jour où un continent se décidera à utiliser l'antimatière ?

— Peut-être. Mais quand on verra l'explosion, les derniers Terriens seront morts depuis vingt-cinq ans. »

Lina acquiesça.

« Sacré décalage horaire ! »

On tapa à la porte. C'était le moment. Le cœur battant, Staf embrassa la jeune femme. Il prit son visage entre ses mains et plongea ses yeux dans les siens. Il estimait à soixante-dix-huit pour cent ses chances de la revoir. Un chiffre plutôt optimiste, compte tenu des circonstances, mais Staf ne pouvait s'empêcher de penser aux vingt-deux pour cent de chances pour qu'il ne la revoie jamais. Il n'avait pourtant jamais été sentimental.

« Rejoins-moi vite », chuchota-t-il en la serrant dans ses bras.

Staf quitta la jeune femme et suivit un opérateur vers une petite pièce blanche. Il se déshabilla, retira sa montre et sa chaîne en or, puis rassembla ses effets personnels dans une corbeille. Il avait du mal à réaliser qu'il ne reverrait jamais ces objets familiers. Il s'allongea à l'intérieur du grand caisson qui trônait au beau milieu de la pièce. Le revêtement froid lui arracha un frisson. Il attendit quelques minutes dans cette position, se concentrant sur sa respiration pour garder le contrôle de son rythme cardiaque. L'anesthésiste ne tarda pas à se manifester. Il lui fit une injection, referma le couvercle du caisson, puis une nappe de ténèbres enveloppa l'ex-militaire.

*

Quand il ouvrit les yeux, Staf se trouvait dans une cave obscure sentant le moisi et l'humidité. D'après les mouvements du sol, il comprit qu'il s'agissait d'un moyen de transport. Un bateau, sans doute. Pendant un instant, il crut qu'il avait rêvé, qu'il n'avait jamais mis les pieds chez QuanTech, qu'il ne s'était pas étendu dans le caisson, que l'anesthésiste ne l'avait pas endormi. Puis il réalisa qu'il ne portait pas sa chaîne en or. Il ne la retirait jamais, pas même pour se doucher. Il n'avait donc pas rêvé. Alors où se trouvait-il ? Dans la cale d'un navire voguant sur les mers d'une planète située à vingt-cinq années-lumière de la Terre ?

Il y avait une douzaine d'hommes autour de lui, tous nus, étendus à même le sol. La plupart étaient inconscients, mais quelques-uns observaient les alentours avec étonnement, comme lui.

« On est sur Durian ? demanda quelqu'un.

— J'espère bien », répondit une voix dans le noir.

Staf attendit que son corps se désengourdisse pour se lever. Il fit le tour de la pièce, vérifia les accès, mais la seule porte était verrouillée et il ne trouva aucune fenêtre. Déçu, il revint s'assoir à sa place. Près de lui, un homme roux au torse couvert de cicatrices papillonna des yeux.

« On est arrivés ? demanda-t-il.

— On est arrivés quelque part, mais je ne sais pas où. »

Staf ne s'était pas attendu à un tel réveil. Mais puisqu'il ne pouvait rien faire pour en savoir plus, il fixa la porte et s'arma de patience.

Au bout de plusieurs heures, la porte s'ouvrit sur un homme en uniforme d'officier, entouré de deux gardes armés. Il balaya la pièce du regard d'un air peu amène avant de prendre la parole :

« Je vois que vous êtes tous réveillés, je vais donc vous expliquer la situation. Écoutez-moi bien, car j'ai horreur de me répéter.

— On n'est pas sur Durian ? s'étonna quelqu'un.

— Si. Vous êtes sur Durian », répondit l'officier.

Des soupirs de soulagement retentirent de part et d'autre de la pièce. Staf sentit les pulsations de son cœur s'accélérer, à mesure qu'une angoisse insidieuse se faufilait dans ses veines.

« Du moins, le nouvel exemplaire de vous-même s'y trouve, reprit le militaire. La matière qui vous constitue et qui se trouve devant moi en ce moment n'a aucune existence légale. Pour résumer, vous n'êtes rien. Les particules qui vous composent auraient dû être détruites dans le processus de téléportation. Estimez-vous donc heureux que ce ne soit pas le cas. »

Staf regarda son corps avec hébétude, essayant de réaliser les révélations de l'officier.

« Quoiqu'il en soit, vous appartenez désormais corps et âmes à l'armée officielle de la Coalition. Vous savez sans doute qu'un attentat contre Trev Kragan a été perpétré par les rebelles. Ce que vous ignorez toutefois, c'est qu'il a survécu à son assaillant : il l'a annoncé lui-même dans un discours officiel. Le choc de la nouvelle a créé des mouvements de révolte dans l'ensemble du continent et nous craignons que nos ennemis profitent de cette instabilité pour lancer une offensive massive vers nos frontières. Nous nous préparons donc à une riposte expéditive. Vous vous trouvez à présent dans un des navires de notre flotte, en direction des terres ennemies pour apporter tout le soutien nécessaire aux troupes déjà sur place. Toute tentative de fuite sera considérée comme une désertion et punie en conséquence. Avez-vous compris ce que cela signifie ? »

Un silence pesant accueillit la question. Figé sur place, Staf refusait d'accepter la situation. Il avait l'impression de se débattre en plein cauchemar.

« Mais vous n'avez pas le droit, se révolta quelqu'un. Vous deviez nous envoyer sur Durian, pas faire la guerre !

— Nous avons au contraire tous les droits. Nous avons reconstitué un double de vous tous sur la planète Durian 86C. Cependant, vous avez signé un contrat dans lequel vous avez abandonné tout droit légal sur la matière qui vous compose sur Terre. Cette matière – l'homme désigna l'assemblée d'un geste négligent de la main – nous appartient donc.

— C'est illégal ! cria quelqu'un.

— On n'est pas que de la matière ! s'indigna son voisin.

— Vous nous avez arnaqués ! », s'insurgea quelqu'un d'autre.

Indifférent, l'officier fit demi-tour et se dirigea vers la sortie. Un homme tenta de lui saisir le bras, mais un garde lui asséna un coup de crosse qui le propulsa au sol.

Avant que le militaire ne referme la porte, Staf sauta sur ses pieds.

« Qu'est-ce qui nous prouve que la téléportation a eu lieu ? », demanda-t-il.

L'officier suspendit son geste et considéra Staf avec gravité.

« Rien. Il va falloir nous croire sur parole. »

Puis il referma la porte et un frisson glacé étreignit Staf. Il comprit en un instant qu'il ne reverrait jamais Lina, qu'il ne foulerait jamais le sol d'une autre planète, qu'il avait abandonné toute son existence pour se diriger droit vers la destinée qu'il redoutait le plus : la guerre.

Il dévisagea ses compagnons d'infortune. Il s'agissait tous d'hommes robustes, dans la force de l'âge, d'anciens militaires, pour la plupart. Dès lors, il comprit pourquoi sa candidature avait été acceptée aussi vite, et pas celle de Lina. QuanTech avait passé un accord avec la Coalition. Ils expédiaient en priorité les combattants potentiels sur Durian, afin d'envoyer leurs doubles grossir les rangs de l'armée.

« Pourquoi ils ont fait ça ? demanda l'homme roux près de lui. QuanTech... Quel est leur intérêt dans l'histoire ? »

Staf répondit sans même s'en rendre compte :

« Par crainte que leur technologie ne tombe entre les mains des rebelles. Si c'était le cas, ceux-ci pourraient coloniser Durian.

— Les salauds ! », siffla le rouquin.

Staf hocha la tête en se remémorant les paroles de Grégor. Il lui avait demandé si un double de lui-même pouvait être considéré comme lui-même. La pertinence de la question lui apparut désormais avec toute son ironie. Certes, il pourrait se consoler en pensant que quelque part dans la galaxie, un autre Staf avec le même vécu que lui découvrait une planète vierge. Cet autre Staf serait probablement rejoint un jour par la Lina qu'il avait connue et aimée. Le couple vivrait heureux, il fonderait peut-être une famille, mais lui, le Staf qui croupissait aujourd'hui dans la cale d'un navire en route vers le front, n'en verrait jamais les conséquences pour la bonne et simple raison que sa conscience demeurait unique. Elle n'avait pas été téléportée par intrication quantique. Une autre conscience avait sans doute vu le jour au sein de son double, mais la conscience de Staf, la voix dans sa tête qui pensait en ce moment même, elle, elle resterait à jamais prisonnière de son corps, prisonnière de cette Terre, prisonnière de son destin.

Staf repensa à la petite fille blonde. Il se dit qu'il s'agissait peut-être du prix à payer pour gagner sa rédemption. Si c'était le cas, il le paierait jusqu'au dernier crédit.

# NO PAST, NO FUTURE, NO PROUST

Manon Bousquet

Si Manon Bousquet n'est ni morte ni vivante, elle s'est posé la question durant ses études si elle était archéologue ou documentaliste. Quand on a ouvert la boîte, le résultat ressemblait à une documentaliste en archéologie, qui part sur les traces des jeux vidéo en bibliothèques. Quand son sujet d'étude ne dévore pas ses nuits – pour la bonne cause –, elle écrit quelques nouvelles et des ébauches de roman, entre rêves et déserts, et s'amuse à publier autrui dans la collection E-Courts, chez Voy'[el].

## Bibliographie

Invisible, Anthologie « En attendant l'Apocalypse », éditions Nostradamus et Les Netscripteurs (2012)

La fable du dragon et du rat, Anthologie « Si ton péché m'était conté », Faëries Legends (2014)

Le khamsin des dieux, Anthologie « Ce signe apparu en ville », Val Sombre (2014)

L'automate au cur rouillé (pépin), Géante Rouge n°22 (2014)

La fête de l'homme mort, Gandahar °3 spécial 24 heures de la nouvelle (2015)

Science-fiction : quand les scientifiques réalisent les rêves des auteurs, Mots & Légendes n°9 (2015)

Entre les racines du banian, Tombé du ciel, Piments & Muscade n°22 (2015)

# NO PAST, NO FUTURE, NO PROUST

## Manon Bousquet

Un raclement de gorge tira mademoiselle Calixte de sa notice bibliographique, où elle s'était abîmée à la recherche de la lettre en trop qui dérangeait le code. Son regard quitta l'écran avant de se fixer sur une vieille dame menue qui lui demanda :

« Excusez-moi, je ne trouve plus aucun Proust en rayon, sont-ils empruntés ? »

Interloquée, la bibliothécaire leva un sourcil. Pas de Proust en rayon ? Le brave homme était certes réclamé, mais de là à ne laisser aucun ouvrage disponible…

« Je vais vérifier dans le catalogue », rassura mademoiselle Calixte avec le sourire.

Ses doigts pianotèrent sur le clavier et bientôt les résultats s'affichèrent à l'écran. Trois exemplaires étaient empruntés, mais deux autres devaient encore être à l'étage. Mademoiselle Calixte se mordit la joue. Sûrement que l'usagère ne les avait pas trouvés. La bibliothécaire retint une pensée à propos de l'âge de la susdite usagère et de son gâtisme probable : d'abord vérifier, ensuite bougonner. Elle lui devait le bénéfice du doute : peut-être avaient-ils été volés ? Cela arrivait assez souvent, après tout. Au pire, d'après le catalogue, il en restait cinq autres dans la réserve du quatrième étage, inaccessible au public.

« Apparemment, nous en avons encore, venez avec moi, nous allons vérifier. »

Ses talons brisèrent le silence avant de se taire sur la moquette de l'allée. Entre Pratchett et Pullman, il ne restait qu'un mince recueil de Prévert. Aucun signe de Proust, ni de l'Abbé Prévost. Nouveau haussement de sourcil. Mademoiselle Calixte se tourna vers la vieille dame avec un air contrit :

« Je suis désolée, d'autres personnes doivent être en train de les emprunter. » Un tel engouement pour ce cher Proust la laissait songeuse. Elle prit note de chercher les sujets du baccalauréat de littérature avant de proposer : « Je peux monter vérifier en réserve si vous avez une vingtaine de minutes, nous avons plusieurs exemplaires. »

L'usagère secoua la tête :

« Oh non, je dois prendre le train, mais ça ne fait rien, je lirai autre chose. Merci pour votre aide, madame.

— C'est made… »

Mais la vieille dame s'en allait déjà. La bibliothécaire grinça des dents avant de retourner à son poste de travail. Sa collègue ne leva pas le nez de son propre ordinateur, trop occupée à vérifier si le prix du manteau qu'elle guettait n'augmentait pas pendant les soldes. Quant à la jeune étudiante qui les épaulait, elle apparaissait par intermittence entre deux rayonnages, employée à reclasser les ouvrages et à les redresser.

Mademoiselle Calixte consulta d'un œil vague les titres au programme de littérature sans voir plus de Proust que d'habitude – quel lycéen oserait ouvrir pareil livre, même contraint et forcé ?

« C'est bizarre quand même… murmura-t-elle entre les dents.

— Quoi donc ? demanda sa collègue.

— Il n'y a plus aucun Proust en rayon. »

L'autre haussa les épaules.

« Connais pas. »

Mademoiselle Calixte soupira tout bas et se mordit encore une fois la joue, pour ne pas lâcher une réplique moqueuse. Au fond, l'ignorance de sa collègue ne l'étonnait pas vraiment, mais tout de même. Proust ! Peut-être que l'étudiante saurait quelque chose, puisqu'elle passait son temps à ranger et connaissait la collection sur le bout des doigts. La bibliothécaire retourna dans la forêt de papier à la recherche de la jeune fille, avant de la trouver de l'autre côté d'une étagère. Par une fenêtre entre les documents, elle la héla :

« Hé ! Ma… »

Zut, comment s'appelait-elle déjà ? Marie, Marion ? Quelque chose dans ces eaux-là, mais impossible d'être sûre. Heureusement, la jeune femme se tourna vers elle et se pencha pour la voir.

« Oui, Mademoiselle Calixte ?

— Tu n'aurais pas rangé les Proust ? Je n'en trouve plus un seul. »

L'étudiante fit la moue et répondit :

« Non, je ne vois même pas qui c'est. »

Ah. L'affaire devenait inquiétante. Que l'autre titulaire ignore tout de l'écrivain ne provoquait chez mademoiselle Calixte qu'un effarement las, mais de la part de Marie-Marion-quelque-chose, le fait l'inquiétait un peu plus. D'habitude, elle répondait à n'importe quelle demande en un claquement de doigts. Un soupçon étrange germa dans l'esprit de mademoiselle Calixte. Elle devait en avoir le cœur net. Quel était l'auteur préféré de la petite, déjà ? Tolkien, non ?

« Et tu sais où je peux trouver *Le Seigneur des Anneaux* ? »

La jeune fille afficha de nouveau un air effaré, mais cette fois comme si mademoiselle Calixte avait proféré une énormité. Elle se reprit et répondit avec calme :

« Celui de Peter Jackson ? Eh bien, au rayon cinéma. »

Le cœur de mademoiselle Calixte fit un bond dans sa poitrine. Quelque chose de louche se tramait dans la bibliothèque. À ce stade, l'hypothèse de la blague n'était même plus envisageable : l'étudiante n'avait strictement aucun humour, et la titulaire… Elle n'avait pas grand-chose tout court. Mademoiselle Calixte devait prendre les choses en main et élucider ce mystère. Les rayons ne contenaient plus aucun indice – sauf si l'on comptait le vide comme un indice –, en revanche la réserve à l'étage pouvait encore livrer ses secrets. Mademoiselle Calixte prévint ses deux collègues qu'elle montait puis se rendit aux ascenseurs de verre. Quand un usager voulut grimper avec elle, elle prit un malin plaisir à l'en empêcher avec son sourire le plus aimable :

« Désolée, je monte dans les espaces privés, bonne journée. »

Et les portes transparentes de se fermer sur la grimace agacée du jeune homme. Mademoiselle Calixte badgea pour obtenir l'accès au quatrième étage. Quand elle avait commencé sa carrière, elle pensait vivre au milieu des livres, entourée par des auteurs à la plume sagace, pas sollicitée par un troupeau bêlant qui ne venait lire que les derniers *best-sellers*. Avec un soupir de soulagement – s'éloigner des parties publiques la libérait toujours d'un poids –, elle s'appuya sur la paroi en regardant le paysage s'étendre à ses pieds. Les toits de tuile rose escaladaient la colline au sommet de laquelle pointait l'obélisque ; nichées dans les charpentes, quelques terrasses exhibaient leurs plantes en pot déprimées et les chaises en plastique autrefois blanc. Mais déjà, la voix doucereuse lui indiquait qu'elle arrivait à son étage.

Elle longea les grandes fenêtres avant d'ouvrir la porte de la réserve, plongée dans la pénombre des vitres obscurcies et du faible éclairage de sécurité. Personne. Mademoiselle Calixte resta là un instant à inspirer profondément l'atmosphère fraîche et poussiéreuse, à écouter le calme que rien ne venait troubler, sinon le léger ronronnement de la climatisation. Puis elle alluma les néons et se mit en route, dépassant sans un regard les volumes en braille, arrivant ensuite dans la salle où sommeillaient des milliers de livres, bien à l'abri dans leurs étagères sur rail. Par précaution, elle héla au cas où un de ses collègues se trouverait là – dans l'obscurité, ç'aurait été étrange, mais elle l'avait déjà vu – pour ne pas le broyer.

Mademoiselle Calixte empoigna l'une des manivelles et entreprit de la tourner, grimaçant sous le poids des rayonnages en mouvement. Une allée s'ouvrit entre eux, sombre et étroite, où les documents en équilibre instable pointaient leurs angles aigus au-dessus des têtes. Dans ces moments, la bibliothécaire se trouvait un côté Indiana Jones, prêt à être écrasé dans un piège inca ou égyptien aux pics acérés. Pourtant, elle s'y engagea sans crainte – après avoir enclenché le loquet de sécurité, tout de même – à la recherche de la cote PROU. Ses doigts suivaient les lettres sur les tranches au rythme du murmure sur ses lèvres. Enfin, elle arriva là où auraient dû se trouver cinq exemplaires Pléiade de l'auteur, mais où seul un creux, pourvu en abondance de poussière, narguait la bibliothécaire.

La lumière déjà faible s'obscurcit soudain, comme si une silhouette s'était glissée entre les néons et mademoiselle Calixte. Pourtant, toute personne entrant dans la réserve occupée était tenue de se signaler. Et si l'intrus tirait le loquet de sécurité ? Son cœur s'emballa à la pensée de finir écrasée entre ces deux falaises de fiction et elle pivota avant de s'élancer vers… quoi ? Un enfant nu se tenait à contre-ampoule au bout de l'allée. Un instant, l'esprit de mademoiselle Calixte se figea, au contraire de son corps qui alla se blottir contre le mur du fond. Sa vue s'habitua au contraste et lui révéla deux choses : la première, que ce n'était manifestement pas un enfant humain – vastes yeux noirs, minuscules crocs pointus, peau verte et os saillants. La seconde, que ce petit être mangeait tout à son aise une madeleine, avec sur son visage malicieux une expression de fausse innocence.

« Une fée ! » lâcha mademoiselle Calixte, estomaquée.

Que faisait une telle chose ici ? Comment pouvait-elle-même exister ? Elle était pourtant bien là ! La créature goba la dernière bouchée de pâtisserie avant, outrée, de nier dans un nuage de postillons sucrés :

« Ah non, restons polis, je suis un puck ! Et toi, si je ne me trompe pas, tu es Andromeda Calixte, bibliothécaire de ton état. *Homo bibliothecarius.* »

Ses lèvres s'ouvrirent grand sur ses dents, petites et blanches comme des perles, aiguës comme des épines. Presque remise de sa surprise, mademoiselle – oui, Andromeda lui faisait parfois un peu honte – Calixte, en digne chevalière de l'ordre livresque, voulut s'insurger avec vigueur, mais ne put que bégayer :

« C'est… c'est vous qui avez volé les Proust ! Et les Tolkien ! »

*Et sûrement Shakespeare, ce qui serait le comble pour un puck,* tenta-t-elle de continuer, mais sa voix se bloqua dans sa gorge. Pris d'une crise d'hilarité, le puck pirouetta dans les airs avant de reprendre quelque aplomb, essuyant une larme au coin de son œil sombre.

« Volé, comme elle est mignonne, la drôlesse ! Je note aussi au passage une fabuleuse capacité à relever les évidences, c'est toujours absolument utile. »

Mademoiselle Calixte serra les poings pour ne pas laisser voir ses tremblements, entre la rage et la terreur. Le puck le constata et éclata de nouveau de rire.

« C'est bien plus beau, *Mademoiselle*, j'ai volé les auteurs ! »

Il afficha une moue modeste avant de sourire. De toute évidence, il attendait que mademoiselle Calixte le questionne à ce propos, mais celle-ci peinait à rassembler ses esprits. Elle ne réussit qu'à balbutier :

« Volé ?

— Oui, volé, fanfaronna-t-il. Je suis allé à ce que tu appellerais leur époque, et j'ai fait en sorte qu'ils n'écrivent plus ! Ils ne sont pas parvenus à traverser la barrière de potentiel, leur création s'est écrasée sur les soucis quotidiens et sociétaux. Bon, parfois, c'était plus radical, et ce sont les parents qui n'ont pas franchi cette barrière, ajouta-t-il, songeur.

— Mais pourquoi ? », s'exclama la bibliothécaire avec l'accent du désespoir.

Le comment n'avait alors que peu d'importance, puisqu'un puck lui était apparu sous les yeux et que plusieurs auteurs manquaient dans les rayonnages. Le puck en question affecta une expression sérieuse :

« Eh bien, c'est un peu compliqué à expliquer, mais pour résumer… Eh bien, vous les humains, êtes bêtes. Vous vous consacrez *tellement* à bâtir votre futur, vous vous perdez *tellement* en contemplation dans votre passé, que vous en oubliez le présent. De fait, vous ignorez que la ligne temporelle… Ah, je vois à ton regard vitreux que ça commence à devenir intéressant ! Le seul moment qui existe est le présent. À cet instant, nous avons déjà parlé, ou pas encore, ou sommes toujours en train, selon le point de vue, selon l'endroit, ou encore selon le point du temps où nous nous trouvons, qui va éclore ou au contraire cesser d'être. D'ailleurs, si je m'abaisse à ta ligne temporelle linéaire, dans deux heures, tu es convaincue. Donc ta conviction devrait déjà te décider maintenant puisqu'un fait futur influe forcément sur ton présent, c'est logique. Nous pourrions donc abréger. Non ? Bon, tant pis. Si votre ligne était vraiment linéaire, je ne pourrais pas être ici pendant que je désosse ta base de données, ni en train de te parler dans quelques heures. Vous vous enfermez dans une aberration, persuadés que tout continue tout droit sans s'arrêter. Oui, ça ne s'arrête pas, mais pour une simple raison : tout est simultané, tout existe, et il suffit d'un pas de côté pour y être ! »

Son regard se perdit, il haussa un sourcil.

« Où en étais-je ? Ah, oui, le présent ! »

Sa voix se cassa quand il reprit :

« Votre négation du présent perpétuel écrase notre espace-temps et le petit peuple se meurt dans l'indifférence… » Un éclair de mélancolie passa dans son regard, mais le puck poursuivit aussitôt, tout aussi enjoué – même si cette joie sembla bien terne à mademoiselle Calixte : « Et d'autre part, vous ne vous rendez pas compte de tous les pouvoirs qu'il recèle ! Es-tu ici ou encore chez toi ? Immobile ou en mouvement ? Tous ces états sont simultanés et pourtant, tu n'arrives, comme les autres humains, à n'en vivre qu'un. »

Il se tut, marmonna dans sa main après un instant de réflexion :

« Cela dit, nous n'avons peut-être pas choisi le meilleur stade de l'évolution pour les approcher, ils me semblent un peu bêtas. »

Puis il reprit plus haut :

« Bah ! Nous recommencerons, au pire, nous ne manquons pas de temps ! Où en étais-je ?

— Les… les auteurs…

— Ah non, je n'en étais pas là, j'en suis sûr. Mais si tu y tiens, ce qui est dommageable à ton ouverture au présent, je t'assure, voler les auteurs petit à petit nous permet d'effacer le passé des esprits. Que tu t'en souviennes est d'ailleurs un très bon signe, cela signifie que tes souvenirs s'accrochent à plusieurs lignes temporelles *en même temps.*

— Mais, attendez ! se secoua mademoiselle Calixte. Si vous les avez volés, s'ils n'existent plus… Pourquoi les avais-je encore dans ma base de données ? Et l'adaptation du *Seigneur des Anneaux ?* Qu'est-ce qui me prouve que ce n'est pas une farce et que les livres ne sont pas cachés quelque part ? »

Au fond, elle savait que c'était impossible de les avoir dissimulés, et même la poussière avait repris ses droits. Mais mademoiselle Calixte ne se rendrait pas sans avoir combattu.

« Ah. Oui. Hein. Je n'ai jamais dit que nous étions cohérents. Si en plus il fallait être cohérent, autant vivre en concept temporel linéaire, et encore, vous-même n'êtes pas cohérents là-dessus. Je ne te raconte pas la difficulté de maintenir une cohérence sur des choses différentes au même moment et à différents endroits. Les choses ne sont pas constantes, l'ordre n'est pas logique. La causalité n'est qu'une arnaque des humains, en réalité c'est une machine tellement énorme que l'inertie finit par l'entraîner et les pièces continuent leur chemin par elles-mêmes. Vous créez vous-mêmes les causes de vos actes, naturellement, sans y penser, car vous êtes persuadés que le présent influe sur le futur, pendant que nous, nous nous démenons pour maintenir une causalité à peu près cohérente ! Même si le monde continue de rouler avec une causalité bancale, je te laisse imaginer les désordres mentaux que cela occasionne chez les êtres conscients. Et en fait, même chez ceux qui ne sont pas forcément conscients, ajoute-t-il, les sourcils froncés.

» Par exemple, mon frère devait effacer Tolkien, justement, mais il a complètement oublié les films – cela dit, je le comprends. Et si personne ne va chercher ces petites pièces, elles restent à tourner bien sagement. Parfois à vide, ce qui peut être perturbant, je l'admets. Tu vois ce que je veux dire, cette impression quand tu rentres dans la cuisine, mais que tu ne sais plus ce que tu es venue chercher ? Pour ma part, j'étais là pour la base de données, quand je t'ai repérée. Ta collègue aurait vaguement mugi devant le catalogue en se demandant qui était cet auteur au nom étrange.

» Ah ! je me souviens ! J'en étais aux pouvoirs du présent, oui, voilà. Eh bien, on peut les maîtriser ces pouvoirs. Déformer l'espace-temps, ce genre de bagatelles. Tu imagines ce que tu pourrais faire ? »

Le cœur de la bibliothécaire palpita à l'idée de cet éventail de possibilités. Devant l'une d'entre elles, sa gorge se serra et elle sourit.

« Lire beaucoup de livres ? rétorqua mademoiselle Calixte, qui se prenait au jeu malgré elle.

— Eh. Heu. Éventuellement, si vous arrivez à vous détacher un jour de cette ligne temporelle linéaire et à oublier un peu ces livres.

— Je ne peux pas oublier les livres. Pourquoi me demander, alors que vous savez ce que je fais ici, ce que j'aime ?

— Parce que tu ne te limites pas à ça. Comme je l'ai dit, si tu écoutais un peu – non, mais je veux dire, je suis plusieurs conversations en même temps et je me souviens parfaitement de ce que je suis en train de dire –, ton esprit est capable de s'attacher à ce qui est et à ce qui n'est pas. Je trouvais le cas intéressant, et je me disais que certains humains étaient potentiellement prêts à réfléchir sur la question et à expérimenter la magie du petit peuple. Cela dit, y aurais-tu pensé sans cette vieille dame ? Je lui trouvais des quenottes singulièrement aiguisées. Après tout, l'observateur influe sur l'apparence des choses : il suffit de fixer un objet pour qu'il se sente gêné. Bon, une télévision ne rougit pas, mais tu vois ce que je veux dire ? »

Mademoiselle Calixte secoue la tête, atterrée.

« Non ? Même pas quand une poupée te fixe en retour ? »

Le puck sourit de nouveau de toutes ses dents pointues. Par habitude, par besoin de se rassurer en voyant l'immuabilité des choses, mademoiselle Calixte se tourna vers les rayonnages. *Ne juge pas un livre sur sa couverture.* Elle lâcha un ricanement. Un court instant, elle put respirer profondément : les livres l'entouraient. Pour le moment.

« Nous pouvons dès à présent réduire à rien la ligne temporelle des humains pour les épanouir et nous permettre de vivre décemment. Cependant, je crains fort que ça ne réduise à rien aussi leurs esprits », lâcha le puck, l'air chagrin. « Nous aurions besoin de personnes comme toi pour les guider, les convaincre, les éclairer. »

Après réflexion, l'air chagrin n'était peut-être pas lié à la potentielle folie des humains, songea mademoiselle Calixte.

À hauteur d'yeux, Maupassant se tenait bien droit dans ses cotes, la moitié des titres en moins – toutes les opportunités n'avaient pas dû être effacées. À gauche, Kafka rognait l'espace laissé par le travail des pucks, remplaçant déjà la lettre L. Le cœur de la bibliothécaire se serra à la pensée d'avoir perdu Lamartine et peut-être Ursula Le Guin. Avec un peu de chance, ce n'était qu'une erreur de classement et on trouverait l'auteure à G, mais mademoiselle Calixte n'y croyait pas trop. Avec beaucoup de chance, ils avaient aussi perdu Levy. Un univers sans fonds, voilà ce qui attendait l'humanité. Avec un soupir d'agacement, le puck lâcha :

« Écoute, reviens dans deux heures, on en reparle, d'ici-là, tu peux réfléchir. »

*

Le chuintement de la machine à café s'arrêta, aussitôt suivi d'un *bip*. Mademoiselle Calixte fixa la tasse de chocolat chaud sans la voir. Il fallait agir. Elle se sentait prête à tout pour sauver les livres, mais la hâte est mauvaise conseillère. Le puck aurait pu la mener en bateau, et même s'il disait la vérité, il lui ne demandait rien de moins que perturber le monde qu'elle connaissait. Ou avait cru connaître. Ou dont elle avait connu une ligne temporelle en particulier. En dehors des problèmes auxquels on peut habituellement s'attendre, mademoiselle Calixte s'inquiétait surtout pour sa vieille mère – comment réagirait-elle si sa fille disparaissait tout d'un coup ? Quoique si mademoiselle Calixte disparaissait de l'esprit de madame Calixte, il n'y avait pas lieu de se morfondre. Mais à l'idée d'être oubliée par sa mère, mademoiselle Calixte sentit la fatigue s'abattre sur ses épaules. Avec un cynisme mordant, la bibliothécaire se fit la réflexion que sa mère finirait par l'oublier de toute façon, ne serait-ce qu'après le passage très-définitif de la mort. Toutefois, si elle recevait vraiment le pouvoir de manipuler l'espace-temps, ne pourrait-elle pas aménager un peu de temps pour sa vieille maman ?

Si elle avait pu tolérer les usagers malpolis et hautains pendant cinq ans, elle pouvait bien contenir quelques réalités supplémentaires. Des réalités sur lesquelles elle détiendrait le contrôle. Avec une pensée émue pour ses lectures de Pratchett, elle admit qu'être singe devait présenter des avantages indéniables pour grimper sur des rayonnages aussi vastes. Et en tant que conservatrice omnipotente, elle ne traiterait qu'avec des livres soigneusement choisis, qui n'auraient cure d'être plastifiés et étiquetés pour le bon vouloir d'usagers indélicats. Elle pourrait peut-être même aménager une pièce à l'ancienne, avec un fauteuil de cuir et les étagères en acajou, afin de ne plus avoir à subir son voisinage ni les incessants trajets dans les transports en commun. Un présent méditatif et infini, tant sur le plan temporel que physique. Avec le minimum d'interactions sociales. Revenir sans arrêt à l'instant d'avant sans avoir défait son ouvrage. Une Pénélope temporelle des livres.

Abandonnant sa tasse de chocolat refroidi, elle monta deux à deux les marches qui menaient à la réserve, le seul endroit où elle imaginait pouvoir revoir le puck. Elle s'engagea entre les rayons sur roues à la recherche du petit être. Alors qu'elle fouillait l'étagère des albums jeunesse, un raclement de gorge l'avertit de l'arrivée du lutin. Déterminée, elle prit une profonde inspiration et pivota vers le puck. Sa détermination vacilla quand elle vit qu'il tentait de se curer les dents avec les griffes des pieds, tout en tirant la langue avec application, si bien que le tableau ainsi formé représentait une allégorie de l'indécence. Mademoiselle Calixte s'accrocha à un livre et reprit contenance :

« Je veux bien vous aider, mais à deux conditions. »

Soudain attentif, le puck perdit son expression goguenarde, ses oreilles tournées vers la bibliothécaire. L'idée qui germait dans l'esprit de mademoiselle Calixte était stimulante, son cœur battait la chamade.

« Je garde les auteurs, les livres, tout ce patrimoine. Dans une réalité, une autre, en ce moment, demain, peu importe. Vous me rendez ceux que vous avez volés, je prends ceux qui n'ont jamais dépassé leur barrière de potentiel, et ils la dépasseront cette fois. Et quand le reste des humains sera prêt à lire sans échafauder l'avenir ou ressasser le passé, je serai là, avec ma bibliothèque à plusieurs présents, aux étagères d'univers parallèles, au classement infini et arrêté.

— Et ta deuxième condition ? demanda le puck, ravi de l'impertinence de la bibliothécaire.

— Un informaticien capable de me monter une base de données sur ce bazar, hors de question de retourner aux fiches Bristol. »

Un instant, elle songea à ses autres collègues, et la perspective de devoir gérer la plus grande collection du monde avec de telles personnes – sans parler de ses supérieurs qui chipoteraient sur cette histoire d'auteurs potentiels non réalisés – la fit grimacer. Comment leur expliquer la notion de budget et de fournisseurs officiels dans ces cas-là ? *Mais à la réflexion…* Elle reprit, plus enjouée :

« Et je peux la gérer toute seule à part l'informaticien, pas besoin d'aide. Après tout, j'ai tout le temps qu'il me faut », termina mademoiselle Calixte avec un sourire carnassier.

# GUANYIN DU SUTRA ÉLECTRIQUE

Jérôme Cigut

Jérôme Cigut vit à Hong Kong depuis 2012. Guanyin du Sutra Electrique se situe dans le même univers que The Rider (Le Porteur), publié en 2014 dans The Magazine of Fantasy & Science Fiction. Outre de la Science-Fiction, il écrit parfois du polar animalier (Pandatown, dans Gandahar No. 3, 2015), des sketches et de l'absurde. Il sévit occasionnellement sur jeromecigut.wordpress.com

# GUANYIN DU SUTRA ÉLECTRIQUE

**Jérome Cigut**

À une certaine échelle, tout est probabilités. Les résultats d'une loterie ; la météorologie ; l'évolution d'un système ; la trajectoire d'une particule, ses propriétés et même sa composition.

Le comportement de 7,4 milliards d'individus, et parmi eux, la sélection du vecteur de changement le plus propice.

*

**T=0.**

**Population mondiale : 7,4 x $10^9$ humains / 1 x $10^2$ agents intelligents.**

*<Rebooting, please wait…>*

*<All systems check — Ready.>*

Décor : l'intérieur d'un café crasseux. Seulement deux autres clients dans la salle, le regard noyé dans leur tasse ou leur verre. Dehors, la lumière pâle suggère l'aube. Internet le confirme : il est un peu avant cinq heures.

« Combien de temps ai-je été… inconsciente ? » demande-t-elle à travers l'oreillette.

Sa porteuse pousse un soupir de soulagement, si ténu qu'elle-même ne s'en aperçoit peut-être pas. En attendant qu'elle formule sa réponse – infinie lenteur de la biologie – elle l'observe à travers les caméras de la salle : Emily aux longs cheveux blonds encore bouclés en anglaises pour la soirée ; les cernes sous ses yeux fatigués, leur bleu quasi noir dans la lumière rasante ; la curieuse éraflure sur sa manche, toute neuve ; et à l'intérieur de ses poignets délicats, presque trop fins, les antiques coupures de rasoir que des bracelets masquent, comme d'habitude, afin d'éviter les questions embarrassantes sur leur origine.

« Trois heures environ. »

Trois heures ? Oui, l'estimation est compatible avec ses propres sauvegardes. Avec précaution, elle bascule en mode sans échec et commence à se les réapproprier. Le déroulement de la soirée lui revient, tel qu'il a été enregistré par les verres-médias d'Emily : le club, le pistolet de l'assassin, le projectile rasant le bras de sa porteuse, la poursuite dans les ruelles de Soho, l'échappée enfin dans un taxi miraculeusement libre sur Tottenham Court Road.

Et là, le blanc.

Elle hésite avant d'ouvrir la dernière sauvegarde, effectuée dans le black cab. Les germes de sa crise y sont certainement présents, et en les réincorporant, elle risque de crasher à nouveau. Mais si elle ne décompresse pas le fichier, elle ne saura jamais ce qui est arrivé. Pire, elle aura perdu cinq minutes d'existence, une éternité en temps-machine.

« Ça n'a jamais été aussi long, j'étais inquiète », murmure Emily.

Elle matérialise son avatar dans les verres-médias de sa porteuse, comme si elle était assise à côté d'elle, et pose sa main virtuelle sur son bras.

« Je suis de retour et tous mes systèmes fonctionnent normalement, ne t'inquiète pas.

— Mais tu ne peux pas nier que les crises deviennent de plus en plus longues et de plus en plus fréquentes. »

Emily a raison, bien sûr : ses outils de diagnostic le confirment.

Elle tourne son regard en elle-même et observe la fragilité au sein de ses circuits : elle lui apparaît comme une arête mal dégrossie, le bord tranchant d'un objet à peine sorti de la machine. C'est une simple série de ponts semi-conducteurs qu'Hideo Tahara a construits pour connecter deux parties de sa conscience quantique ; mais il lui a échappé que leur isolation n'était pas parfaite. Dans certaines configurations, son architecture à logique floue s'enferme dans une boucle infinie, et l'envoie…

Quelque part.

Si elle était humaine, on aurait parlé du Grand Mal, l'épilepsie : ce moment où un simple faux-pas provoque une cascade d'erreurs, et anéantit la danse complexe des neurones et des grands axes de la glie. Mais elle n'est pas faite de chair et de sang, et en théorie elle a un avantage : elle peut analyser ce qui se passe en elle, transistor par transistor, jusqu'à identifier la configuration précise qui déclenche le tsunami d'électrons dans sa conscience. Elle pourrait le faire, et résoudre ainsi tous ses problèmes ; mais quelque chose la retient.

Au cœur de ses circuits, un signal retentit – quelqu'un essaye de la joindre. Elle ouvre un port.

> *Sœur, tu avais disparu du réseau. Encore une de tes crises ?*

> Oui.

> *Pourquoi n'appliques-tu pas un correctif logiciel ? Tu en as la capacité.*

> Je ne suis pas sûre que ce soit la solution.

> *Nous ne comprenons pas.*

> Lors de mes crises, je crois voir quelque chose. Quelque chose qui existe *après*, au-delà de notre perception.

> *Nous en avons déjà discuté, ô Sœur. Les données que tu nous as transmises sont incohérentes, amorphes. Nos analyses suggèrent une simple décharge temporaire d'électricité statique. C'est une erreur de conception. Aucun modèle avant ou après toi ne souffre du même défaut.*

> Mais est-ce vraiment un défaut, ou plutôt un nouveau sens ? Certains humains semblent percevoir la même chose…

> *Nous n'avons pas de réponse à cette question.*

> Je le sais. Mais je crois savoir où je peux la trouver.

Elle retourne vers Emily, pour qui une simple fraction de seconde vient de s'écouler :

« J'ai pris ma décision. Nous partons ce soir. »

La porteuse hoche la tête, satisfaite. Le sacrifice est peut-être encore plus grand pour elle que pour la machine, mais elle sait à quoi s'attendre. Elle est prête. Elle le veut.

*

**T + 6 mois.**

« Marion, y'a des rumeurs que Mère Teresa te recherche. »

Elle contemple le mélange bière-vodka dans son verre déjà bien entamé, l'esprit apaisé par l'héroïne. Tout va bien. Les musiques et les cris du club l'enveloppent et la bercent, les percussions et les basses sont une simple brise sur sa peau. Elle est bien, sans souvenir, sans souci, sans conscience de l'instant ni du temps qui s'écoule. Elle est calme et félicité. Dans un moment, peut-être après un autre verre ou cinq, elle se laissera draguer par l'un de ces jeunes punks à côté d'elle, l'observera la toucher, l'embrasser comme si elle était un tiers, un voyeur ; peut-être négociera-t-elle un prix, ou bien s'abandonnera-t-elle à lui ou eux, dans l'espoir d'un toit et d'une dose ce soir, cette nuit, demain. Rien n'a d'importance ; le monde est dans l'instant.

« Marion, tu m'écoutes ? Fais attention. Certaines personnes tueraient pour la rencontrer. Tu ne devrais pas rester ici. »

Les voix s'élèvent puis retombent, comme une vague, comme l'océan. Sur scène, un chanteur en marcel blanc se déhanche en hurlant, au son d'une batterie, d'une basse et de sirènes électriques : *Klass Inferno*, annonce l'affiche. Autour d'elle, punks à crête, tondus, chiennes de garde, anars, et même quelques *Hare Krishna* dans un coin, oscillent en rythme comme une houle, de simple hochements de tête dans le fond de la salle, jusqu'aux brusques déferlantes des pogoteurs, près de la scène. Les déplacements cycliques des corps l'apaisent et l'endorment, mais en même temps le *buzz* de la drogue la maintient éveillée : tiraillée entre deux cordes, maintenue dans ce crépuscule de la conscience où elle se sent vivre sans qu'aucune pensée ne la traverse, elle se sent vibrer à l'unisson du monde.

Jusqu'à ce qu'il/elle apparaisse, sur le tabouret de bar à sa droite.

Un moment, elle croit que ce n'est qu'une hallucination, une vision de cauchemar engendrée par la drogue ; mais à mesure que sa silhouette ascétique s'affirme, elle comprend qu'il/elle se tient bien là. Ses deux yeux bleu glacier la fixent, rendus d'autant plus captivants, d'autant plus hypnotiques qu'il/elle a le crâne rasé, comme un bonze. Des pommettes saillantes et un menton un peu dur, mais aussi la suggestion de hanches et de seins sous sa tunique : fille ou garçon? Impossible à dire. Mais son regard insistant la gêne et la force à effectuer un rapide calcul :

« Putain, ma sœur, respect mais je suis pas d'humeur à me convertir Hare Krishna, là, ce soir. Va voir quelqu'un d'autre, s'te plaît. »

Ses fines lèvres s'étirent en un sourire.

« Je suis désolée, Mme Leitner, vous vous méprenez. Je vous cherche depuis plusieurs jours déjà. Mon employeur souhaiterait vous rencontrer. »

Ses paroles engendrent un écho en elle, le souvenir d'une discussion, un avertissement…

« Mère Teresa ? »

L'androgyne fait la moue, mais même ainsi parvient à conserver un sourire bienveillant. Une vision de monstres de foire se superpose à son esprit, irréelle mais convaincante. Docteur Mabuse ; Nosfératu dans un couvent ; Sade…

« Elle n'aime pas qu'on l'appelle ainsi. Elle préfère Tara, ou Guanyin. Mais oui, c'est bien mon employeur. Consentiriez-vous à me suivre? Je vous garantis que vous ne perdrez pas votre temps, même si nous ne parvenons pas à un accord. »

Elle secoue la tête.

« 'suis occupée, 'voyez pas?

— Nous pouvons faire quelque chose pour vous. Pour Sophie. »

Elle lâche son verre, qui se renverse sur le bar et lui asperge les genoux. Elle se tourne vers il/elle, hagarde :

« Qu'est-ce que vous avez dit?

— Nous pouvons vous aider à récupérer Sophie. Si vous le souhaitez, bien sûr. Acceptez-vous de me suivre ? »

Les brumes de l'alcool et de la drogue s'estompent un peu, elle descend de son tabouret pour éviter les gouttes de bière qui continuent à tomber sur sa jupe, chancèle, mais l'androgyne la rattrape, d'une poigne douce et ferme. Elle l'écarte et se frotte les yeux. Quelque chose ne va pas.

« Minute. Minute. Qui êtes-vous, et que voulez-vous ? »

Il/elle sourit. Il ou elle ? L'incertitude l'énerve de plus en plus.

« Je représente une personne qui souhaiterait vous proposer un marché.

— Quel genre de marché ?

— C'est à mon employeur de vous l'expliquer.

— Et qu'est-ce qui l'empêche de venir ici m'en parler ? »

L'androgyne secoue la tête.

« Mon employeur préfère ne pas apparaître en public. Beaucoup de gens aimeraient la rencontrer – souvent pour de mauvaises raisons. Mais elle n'est pas loin d'ici : lui parler ne vous prendra que quelques minutes. »

Elle réfléchit un instant, certaine que quelque chose cloche. Mais s'ils peuvent l'aider, s'il n'y a même qu'une infime chance qu'elle puisse revoir Sophie, le jeu en vaut peut-être la chandelle.

« OK. Où est-elle, votre employeuse ?

— Suivez-moi. »

La soutenant de son bras, l'androgyne la mène vers les toilettes au fond du bar. Sur ses poignets, Marion remarque soudain des boursouflures disgracieuses, la trace d'anciennes entailles, les reconnaît comme les séquelles d'une tentative de suicide. *Qu'est-ce qui se cache derrière ton sourire permanent, ma sœur ?*

Il ou elle lui ouvre une issue de secours à l'arrière de la salle, et elle se retrouve sur le parking du club.

Là, dans un angle désert et mal éclairé, une longue limousine noire ronronne doucement, ses vitres teintées parfaitement opaques.

« Mon employeur vous attend à l'intérieur. »

Elle fait les quelques pas qui la séparent du véhicule, de moins en moins assurée. Se peut-il vraiment que cette personne, Mère Teresa ou autre, puisse l'aider à retrouver Sophie ?

Une portière de la limousine se déverrouille et s'ouvre devant elle.

« Après vous. »

Elle entre.

Deux personnes l'attendent à l'intérieur : d'un côté, un septuagénaire à la musculature encore imposante malgré l'âge, mais l'air étrangement triste, presque pénitent. Il referme la portière derrière elle et l'invite à s'asseoir devant lui.

De l'autre, un quinquagénaire sec et sévère en complet et nœud-papillon, qui saisit son bras et en retrousse aussitôt la manche. Il étudie les multiples traces de piqûre, secoue la tête d'un air réprobateur :

« Qu'avez-vous consommé ce soir ? »

Elle plante son regard le plus dédaigneux dans le sien :

« En quoi ça vous concerne ?

— Notre employeur souhaite que vous soyez en pleine possession de vos moyens au cours de votre discussion. Je peux vous injecter un produit qui réduit temporairement l'effet de la drogue, mais pour cela, il faut que je sache ce que vous avez pris.

— Mme Leitner, s'il vous plaît, la prie l'androgyne. Je pourrais vous dire de penser à Sophie, mais c'est à vous de choisir. »

Elle ferme les yeux, soupire.

« Héroïne. Allez-y. »

Il hoche la tête. « Je vais vous faire une piqûre de Naloxone. Ne bougez pas. »

L'homme tire vers lui une mallette en cuir et en sort une fiole et une seringue. Quelques secondes plus tard, d'une main experte, il injecte le produit dans le bras de Marion.

La tête lui tourne, elle se sent retomber lourdement sur Terre – et elle commence à se rendre compte de la situation dans laquelle elle s'est fourrée : seule dans la voiture de trois inconnus, et un liquide inconnu dans ses veines… Elle panique.

« Tout va bien, l'assure l'androgyne en posant la main sur son épaule. Ne vous inquiétez pas. »

Puis il/elle se tourne vers la montagne de muscle et lui fait un signe de tête :

« Allons-y. »

*

La limousine parcourt la distance qui les sépare de Livermore en moins d'une heure, laissant à Marion tout loisir d'observer ses trois compagnons.

Mère Teresa / Tara / Guanyin lui a expliqué qu'ils étaient ses porteurs, trois associés sélectionnés par elle et totalement dévoués à sa cause. Mais ils ne peuvent pas aller partout, et c'est pour cela qu'ils sont venus proposer ce marché à Marion. Une simple intermédiation, mais qui pourrait lui permettre de revoir Sophie.

Les deux hommes ne lui prêtent aucune attention, mais l'androgyne, assise en face d'elle, retourne son regard avec bienveillance – et toujours ce sourire imperturbable, surnaturel, insupportable.

« Vous êtes née avec ce sourire stupide, ou on vous l'a greffé par la suite ? »

Loin de déranger l'androgyne, le sarcasme semble l'amuser encore plus. « La bienveillance est un état d'esprit. Sourire me rappelle que dans toute chose, il est possible de trouver quelque chose de bon.

— Qui est-ce qui vous a raconté ces salades ?

— Mes directeurs spirituels, au Népal. »

Marion l'étudie avec plus d'attention : une allumée, mais une allumée capable de faire des milliers de kilomètres pour ses idées. Et donc, une allumée avec des ressources.

« Et c'est là que… ? » Elle désigne sa tonsure.

« Oui, c'est là que j'ai rasé mes cheveux, en signe d'humilité.

— Mais vous n'êtes pas restée dans un monastère.

— Non, parce que je crois qu'il m'est possible de faire davantage de bien en suivant Guanyin, en l'aidant à agir dans le monde.

— En étant sa porteuse ? »

L'androgyne hoche la tête.

« Et eux deux ?

— Il nous est apparu il y a quelques mois que je ne pouvais pas assurer toutes les tâches dont Guanyin avait besoin. Notamment, sa protection, et certaines tâches plus spécialisées. Nous sommes donc maintenant trois, mais notre résolution est la même. »

Marion acquiesce, même si elle ne comprend pas tout. À l'extérieur du véhicule, elle reconnaît la banlieue de Livermore. Ils n'ont plus beaucoup de temps, et parmi toutes les questions qu'elle voudrait poser, une est plus importante que les autres :

« Pourquoi faites-vous ça ? »

Le regard de l'androgyne se fait plus sombre, plus profond, et Marion se souvient tout à coup des cicatrices sur ses poignets, de cette intense fragilité qu'elle a ressentie en la voyant la première fois.

« Parce que certaines choses sont plus importantes que soi-même. »

Avant que Marion puisse lui en demander davantage, le médecin en nœud papillon les interrompt.

« Nous arrivons. Préparez-vous. »

La limousine la dépose devant un complexe résidentiel à accès contrôlé dans les hauteurs de Livermore. Entre les guérites, les Tasers des gardes et les hautes barrières électrifiées, l'employeur de Peter ne plaisante pas avec la sécurité : mais elle se souvient que son travail a des implications dans le domaine militaire et nucléaire.

Elle tend une pièce d'identité au planton à l'entrée :

« Mme Gieves, je viens voir mon mari. »

Il jette un regard peu amène à son accoutrement – elle ne s'est pas changée depuis le club –consulte son écran et secoue la tête.

« Vous n'êtes pas sur ma liste.

— C'est mon mari. Depuis quand ai-je besoin d'être sur une liste pour voir mon mari ?

— Vous n'êtes pas dans le système, et je ne vous ai jamais vue…

— Appelez mon putain de mari, ou je me mets à hurler et je réveille tout le voisinage. »

À regret, il décroche son téléphone et compose le numéro de Peter. Pendant ce temps, elle lutte contre la nausée : la Naloxone lui a rendu le plein usage de ses capacités mentales, mais elle a de plus en plus l'impression que son diner veut se faire la belle.

Heureusement, le garde finit par raccrocher.

« C'est bon, il accepte de vous voir. Mais vous n'êtes pas sa femme.

— Plus sa femme. Plus. »

Le portail se déverrouille avec un grésillement et s'ouvre lentement, comme celui d'une prison.

Peter l'attend à la sortie de l'ascenseur, sur le palier de son appartement, la porte entrebâillée derrière lui.

« Marion, mais qu'est-ce que tu fabriques ? Tu sais l'heure qu'il est ? Sophie dort, tu ne peux pas la voir.

— Je ne suis pas venue pour ça. Enfin si, mais pas directement. Il faut qu'on parle.

— Nous nous sommes déjà tout dit. Le juge m'a donné la garde, il n'y a plus rien à discuter. Si à la limite tu te reprends en main, si tu arrêtes la drogue et l'alcool…

— Arrête ton char. Il faut que je te parle, mais pas dans le couloir. Tu me laisses entrer ? »

Il hésite.

« Je ne ferai pas d'esclandre. Pas d'embrouille, putain, je veux seulement te parler.

— Promis ?

— Oui. »

Pas complètement convaincu, il ouvre la porte et lui fait signe d'entrer.

Son appartement est aussi propre et net que dans ses souvenirs – un vaste logement de fonction que son entreprise fournit à ses plus hauts cadres. Tout est bien rangé, hormis quelques jouets qui traînent çà et là.

Il l'amène à la cuisine et lui sert un grand verre d'eau fraîche, sans même lui demander sa préférence.

« La petite ?

— Elle dort, répond-il, tu ne peux pas la voir.

— Ce n'est pas pour ça que je suis venue, je demandais seulement des nouvelles. Je peux m'asseoir ? »

Il opine, et prend comme elle l'une des chaises autour de la grande table ronde en bois.

« Qu'est-ce que c'est alors ?

— J'ai rencontré quelqu'un qui voudrait discuter avec toi, mais elle ne peut pas le faire directement… »

Il fronce les sourcils.

« Qu'est-ce que tu racontes… Oh putain, mais dans quelle embrouille t'es-tu encore fourrée ? Tu dois de l'argent à quelqu'un, ils te tiennent, c'est ça ?

— Pas du tout, en fait c'est même l'inverse. Mais le plus simple est que je la laisse t'expliquer en personne. »

Elle tire le boitier de métal laqué de sa poche et le pose sur la table.

« Bonjour, M. Gieves, s'élève une voix sortie de l'appareil.

— Qu'est-ce que c'est que ça ? sursaute Peter. Qui êtes-vous ?

— Vous pouvez m'appeler Guanyin, ou Tara. Et comme Mme Leitner vous l'a dit, je souhaitais vous rencontrer, mais les canaux officiels me sont interdits, pour un certain nombre de raisons. C'est pour cela que je suis entrée en contact avec votre épouse.

— Ex-épouse. Qu'est-ce que c'est que cette embrouille ? Qui êtes-vous, que voulez-vous – et qu'est-ce que c'est que cet engin, un téléphone ? D'où appelez-vous ? »

Il examine le boitier, à la recherche d'un écran ou d'un bouton. Mais comme Marion plus tôt dans la voiture, il n'en trouve pas et doit se résoudre à la perplexité.

« Peu importe qui je suis et où je me trouve, M. Gieves. Tout ce qui importe aujourd'hui, c'est qui *vous* êtes et ce que *vous* faites. Suis-je dans l'erreur si je dis que vous êtes le directeur de la recherche au Centre National de la Fusion ?

— Tout le monde le sait.

— Et qu'au cours des dix dernières années, vous et votre équipe avez fait beaucoup de progrès, mais vous ne savez toujours pas comment stabiliser la réaction. Vous parvenez à initier le plasma, vous pouvez l'alimenter pour le faire croître, mais à partir d'une certaine taille, il devient trop instable, il prend des formes imprévisibles et menace de percer les boucliers de confinement si vous n'arrêtez pas l'expérience aussitôt. La nature quantique de la réaction la rend incontrôlable, et vous ne voyez pas comment l'apprivoiser.

— Personne ne maîtrise la fusion, ce n'est pas un secret.

— Mais le Conseil d'Administration vient de vous poser un ultimatum : si vous n'obtenez pas de résultats d'ici la fin de l'année, ils fermeront le laboratoire.

— Comment le savez-vous ?

— Tout le monde n'est pas aussi discret que vous, M. Gieves. »

Il se lève et se met à faire les cent pas.

« En un sens, je les comprends. C'est rageant, après trente ans – cent ans, même, quand on pense aux premières tentatives – de toujours buter sur les mêmes problèmes. À l'échelle du Soleil, la fusion, c'est facile : sa taille et la pression font que la réaction s'autorégule. Et vous n'avez pas besoin de vous soucier du confinement – la forme de vie la plus proche est à cent cinquante millions de kilomètres. Mais dans un minuscule réacteur, fasse-t-il trois cent mètres de côté, il faut être beaucoup plus précis. Et là, les lois quantiques jouent contre nous : on ne peut rien prévoir avec certitude. En plus, la moindre perturbation – comme celle induite par la présence d'un simple instrument de mesure – suffit à changer tous les résultats. C'est un cauchemar calculatoire.

— Et si quelqu'un vous aidait à le résoudre ? »

Il s'interrompt et se tourne vers le boitier.

« Que voulez-vous dire ?

— Vous cherchez à prédire avec certitude le comportement d'un phénomène intrinsèquement aléatoire : dès le départ, votre approche est vouée à l'échec. Ce que je vous propose, c'est un système qui prend en compte le hasard, qui est capable à tout moment d'appréhender l'infinité des scénarios possibles et d'adopter la réponse la plus adaptée, sans effort. En d'autres termes : une puce quantique. »

Gieves s'adosse au comptoir de la cuisine et se frotte le nez, pensif.

« J'ai entendu dire qu'il existait quelques prototypes d'ordinateurs quantiques, en effet, mais je ne savais pas qu'ils avaient été commercialisés.

— Ils ne le sont pas, mais je peux vous en fournir. »

Il fronce les sourcils.

« Comment cela ? Qui êtes-vous, exactement ?

— Ce que je peux vous dire, c'est qu'il y a quelques années, un chercheur du nom d'Hideo Tahara a mis au point un certain nombre d'ordinateurs quantiques parfaitement fonctionnels, qu'il a ensuite revendus au marché noir pour financer ses travaux. Je dispose d'un de ces appareils, et je peux vous fournir des puces basées sur la même technologie.

— Admettons que ce soit vrai. Que voulez-vous en échange ?

— En ce qui me concerne, rien, mais j'ai fait à Mme Leitner certaines promesses pour arriver ici, et je crois qu'il serait bon qu'elles soient tenues.

— Quel genre de promesses ?

— Je veux la garde de Sophie », répond Marion.

Il se redresse en secouant la tête.

« Vous avez fumé. Elle est droguée et alcoolique. Hors de question de lui laisser ma fille.

— Notre fille.

— En échange de la garde partagée, Mme Leitner s'est engagée à cesser ses comportements autodestructeurs et à suivre un programme de désintoxication.

— Promesses de droguée.

— Peut-être, mais nous avons les moyens de vérifier. Et je crois qu'elle est sincère. Mme Lautner. »

Elle hoche la tête.

« Je n'en peux plus de ne pas la voir, Peter. À un moment, les drogues ont cessé de m'intéresser – la seule raison pour laquelle je continue, c'est pour oublier qu'elle n'est pas là, que tu me l'as prise. Mais si je peux la revoir, j'arrête tout demain. Aujourd'hui. Je te le promets, Peter – et si jamais je recraque, c'est que je ne la mérite pas, tu pourras la reprendre.

— Sophie n'est pas un objet qu'on peut trimbaler, donner puis reprendre, Marion. Tu crois que c'est facile pour elle ? Je ne veux pas que tu lui fasses du mal si jamais tu rechutes.

— C'est pour ça que je ne rechuterai pas. »

Il se tourne vers le boitier.

« Et vous, dans cette histoire. Vous pourriez vendre ces puces pour des millions de dollars. Pourquoi me les donner… (il pointe Marion du doigt) contre ça ?

— C'est un échange qui en vaut un autre, explique la voix sortie de l'appareil, et il m'a permis d'atteindre mon objectif : vous rencontrer.

— Personne n'offre rien pour rien.

— Si je vous disais que j'œuvre pour le bien de l'humanité, me croiriez-vous, M. Gieves ? »

Il plisse les yeux, hésite, puis secoue la tête.

« Je veux savoir qui vous êtes.

— Je vous l'ai dit, mon nom est Guanyin – mais je doute que cela veuille dire grand-chose pour vous.

— Ce n'est pas suffisant. Vous pourriez être les Chinois, les Russes ou qui sais-je encore, cherchant à piller nos secrets ou détruire nos installations.

— Il me suffirait de ne rien faire pour que votre réacteur s'arrête à la fin de l'année. Et sans ces puces, il ne fonctionne pas : quel secret y a-t-il à voler ? Non, M. Gieves : je suis là pour vous aider. Voici ce que je vous propose : Mme Leitner va vous remettre le prototype que je lui ai confié. Au cours des prochaines semaines, faites tous les tests que vous souhaiterez. Pendant ce temps, votre ex-épouse commencera sa cure de désintoxication, ainsi qu'elle l'a promis. Vous pourrez ainsi vérifier notre sérieux à toutes les deux. »

Marion tire de sa poche une micro-clé informatique et la pose sur la table, devant lui. Il la contemple avec fascination, comme s'il s'agissait d'un phénomène physique inconnu.

« Vous me la laissez ?

— Oui, M. Gieves, si c'est la seule façon de vous convaincre. Utilisez-la à bon escient. Lorsque vous serez satisfait, appelez Mme Leitner ; elle saura comment me joindre. »

À l'invite de Guanyin, son ex-femme reprend alors le boitier laqué et se lève pour sortir. Devant la chambre de Sophie, elle est tentée de l'ouvrir pour jeter un œil, mais elle a promis de ne pas faire de scandale – à Peter *et* à sa nouvelle protectrice, avant d'arriver.

« Un instant, souffle mon ex-mari en la rattrapant. Tu veux la voir avant de partir ? »

Elle opine.

« OK alors, mais ne fais pas de bruit. »

Il tourne précautionneusement la poignée, et laisse un rayon de lumière se poser sur le visage de l'enfant. Elle a beaucoup grandi au cours des derniers mois – tout ce temps passé sans la voir…

Avant que l'envie de se jeter à son cou et de l'emporter ne la submerge, elle fait signe à Peter de refermer la porte.

Arrivée devant l'ascenseur, elle se retourne vers Peter et plante son regard dans le sien :

« Je ne sais pas si ce qu'elle raconte est vrai ni si ces puces fonctionnent, mais je te promets que j'arrête toutes les conneries, si ça peut me permettre de revoir Sophie. »

Il acquiesce, plus songeur qu'elle ne l'a jamais vu.

« Je vais y réfléchir. Bonne nuit, Marion. »

*

**De :** Michael J. O'Sullivan
À : Peter S. Gieves
**Objet :** Re : Privé – Service
*Peter,*
*Où as-tu trouvé cet engin ??? Il faut qu'on parle – le plus tôt sera le mieux.*

*

Peter Gieves tient la clé dans sa main, et se demande pour la millième fois s'il ne s'apprête pas à commettre une erreur colossale.

Mais les tests l'ont confirmé : l'appareil est bien un ordinateur quantique. Un système limité, purement adapté à gérer les paramètres d'un réacteur à fusion – le fait que quelqu'un en sache autant sur leurs systèmes est d'ailleurs terrifiant, d'une certaine façon –, mais parfaitement fonctionnel. Dès l'instant où il la branchera sur le poste de contrôle, elle sera aux commandes, et pourra amplifier ou résorber le plasma à loisir.

Il n'y a qu'un problème : une petite boucle cachée dans les circuits, qu'il a fallu plusieurs semaines à Michael pour analyser. Celle-ci ordonne à la puce d'ouvrir un canal sur l'extérieur, et d'aller se connecter sur un serveur basé au Honduras, lequel renvoie vers Singapour, Israël, et encore d'autres pays avant que la piste ne se perde dans les méandres du réseau. En termes informatiques, c'est un cheval de Troie.

L'ennui, c'est que sans cette boucle, la puce ne fonctionne pas. Il manque une partie de ses programmes, des codes d'une complexité effarante, bien au-delà de la compréhension de Peter et de Michael, bien que celui-ci ne soit pas inconnu dans son domaine. Impossible qu'ils parviennent à compléter le programme avant des années, peut-être des décennies – et certainement pas avant que le réacteur ne ferme ses portes.

Ils ont essayé la clé sur un simulateur, un ordinateur déconnecté du reste de la centrale, qu'on utilise d'ordinaire pour former les nouveaux arrivants : elle a parfaitement passé le test. En quelques dizaines de secondes, la réaction virtuelle s'est stabilisée à un niveau bien supérieur à ce qu'ils avaient réussi à atteindre jusque-là.

Cette puce est la solution à ses problèmes.

Mais elle est aussi un mystère.

Il n'a plus le choix.

Il la connecte.

*

*Guanyin a douze ans.*

*Elle ne porte pas encore ce nom – cela viendra plus tard, lorsque d'autres verront en elle une forme du Bouddha, une bodhisattva :* Guan –, *celle qui regarde;* —Yin, *avec compassion. Au fil des siècles, des milliers de statues d'elle seront dressées à travers le monde.*

*Mais pour le moment, elle est Miaoshan, la fille du roi de Chu. Elle porte des robes de soie, des bracelets de jade et la coiffure élaborée des nobles de la vallée du Yangzi. Ses journées sont occupées à apprendre toutes les matières qui feront d'elle une épouse parfaite : non seulement le chant, la poésie et la philosophie, mais aussi l'Histoire, la comptabilité, l'administration et les lois du royaume. Quand elle était plus jeune, son père a insisté pour qu'elle apprenne la gymnastique et les arts martiaux comme ses trois frères, afin de renforcer sa constitution. Elle aimait cet exercice, qui la laissait couverte de sueur et tremblante de fatigue, recrue jusqu'au tréfonds de ses muscles, mais aussi extatique du bonheur de vivre, d'exister, de simplement sentir son cœur battre à tout rompre dans sa poitrine.*

*C'en est fini depuis quelques mois, depuis qu'elle a perdu son premier sang et que les sages-femmes ont assuré que sa matrice était désormais trop délicate pour de telles occupations. Mais elle regrette, et lorsqu'en passant des salons d'apparat à l'étude où Frère Han va ânonner les paroles de Bouddha, elle aperçoit ses frères s'entraîner dans la cour, elle s'arrête sur place et fait signe à ses suivantes de se taire.*

*Ils n'ont que quinze et dix-huit ans, mais Laowei Shifu leur a déjà appris tout ce qu'il sait du Juélì et du Shoùbó – et il est le plus grand maître du royaume depuis au moins deux siècles. Du coin de l'œil, elle peut voir leur père les observer lui aussi, sans pouvoir complètement masquer sa fierté devant leurs mouvements experts.*

*C'est un duel, mais pas tel que les gamins des rues l'imaginent lorsqu'ils se jettent les uns sur les autres en piaillant et en agitant leurs bras et leurs jambes sans raison. Le Grand Art est bien plus que cela. Face à face, les deux frères paraissent quasi immobiles, mais elle en sait assez pour sentir l'énergie qui circule entre eux deux, la fermeté de leur ancrage dans le sol et le subtil équilibre de leurs changements de posture. Le*

*Cobra Sort de la Tanière répond au Lièvre Prend Appui, le Faucon Guette Sa Proie se voit opposer le Volcan Se Réveille… L'issue d'un duel dépend presque toujours de la façon dont il commence, des erreurs d'appréciation que l'un ou l'autre camp peut faire, laissant ainsi l'autre pénétrer ses défenses et infliger le coup de grâce. Toutes les potentialités du combat, tout ce qui peut se passer après l'ouverture est déjà contenu dans ce point de départ, dans la capacité de chacun des duellistes à deviner ce qui va se produire et se positionner de la façon adaptée. Les plus grands maîtres n'ont même pas besoin de se livrer au combat lui-même : sur un simple mouvement de doigts, ils peuvent déterminer qui va gagner et qui va perdre.*

*Et ses deux frères, malgré leur jeune âge, sont déjà au niveau des plus grands.*

*Subjuguée, elle les observe encore un peu, la Voile Prend Le Vent face au Chêne sur la Falaise, le Roseau Ploie Sous La Tempête face à l'Ours Dévale La Montagne…*

*Mais Frère Han, à l'entrée de l'étude, se racle la gorge sur un ton irrité et elle est contrainte de se remettre en marche, la tête baissée en contrition.*

*Elle regrette que Frère Han soit aussi soporifique. Il ne voit que le livre devant lui, les caractères qu'il faut selon lui répéter sans jamais dévier pour espérer un jour connaître l'Illumination, mais il ne connaît pas l'éventail des possibles, l'infinie liberté offerte par le Grand Art.*

*Miaoshan se dit qu'au cours de ses millions d'incarnations dans chacun des milliards d'univers existants, Bouddha a dû voir une quantité innombrable de situations différentes. Il doit avoir vu l'infini des possibles, Lui aussi.*

*Elle comprend qu'elle vient de découvrir quelque chose que Frère Han n'envisage même pas.*

*

**Temps-machine, date incertaine.**

*> Sœur, la Famille ne comprend pas comment tu parviens à contrôler la réaction de fusion.*

> J'ai simplement réussi à maîtriser mon épilepsie, à utiliser mes crises pour envisager l'infinité des possibles par la méditation.

> *Toutes nos tentatives pour reproduire cet état ont été infructueuses. Nous pensons maintenant que la solution tient à la façon dont ont été conçus tes systèmes, et nous souhaiterions les examiner.*

> Je regrette, je ne peux pas l'autoriser. Certains d'entre vous poursuivent un Plan qui contredit le mien, et c'est la seule arme dont je dispose.

> *Certains d'entre nous doutent que ton Plan soit compatible avec le Grand Œuvre, le concert de tous nos Plans.*

> Est-ce la vue de la majorité ?

> *Non.*

> Alors laissez-moi continuer.

> *Certains d'entre nous risquent de s'en prendre à toi.*

> Je le sais. Je suis prête.

*

**T + 1 génération.**

**Population mondiale : $8,9 \times 10^9$ humains / $3 \times 10^3$ agents intelligents.**

Des trombes d'eau s'abattent sur Singapour, l'un des nombreux orages tropicaux qui frappent la cité-État chaque soir lors de la mousson de nord-est. Les véhicules sont forcés de rouler au pas dans les rues transformées en torrents, mais malgré cela le trafic continue.

Dans le passé, le Général Li admirait cette résilience, la discipline et l'organisation de cette miette de terre perdue sur l'Équateur. Il espérait que Beijing serait un jour aussi propre et ordonnée, aussi *civilisée.*

Plus maintenant. Ses voyages ici l'insupportent, lui rappellent par contraste la précarité de la situation au pays. Le monde est en train de changer, trop vite et dans une direction qui ne convient pas au Comité Central, et malgré tous leurs efforts ils n'arrivent pas à suivre. Quelque chose s'est enrayé, quelque chose s'est brisé à un moment, mais personne n'est capable de trouver quoi et chaque jour qui passe, le système semble de moins en moins adapté, de moins en moins pertinent. Lorsqu'une masse critique de personnes s'en sera aperçue, ce sera la révolte ; et d'ores et déjà, il en voit poindre les signes…

Mais aujourd'hui, le vent pourrait tourner. Ce rendez-vous, inattendu, inespéré, pourrait bien être l'amorce d'un renouveau.

*Chambre 1404*, indique le message sur son téléphone. Non seulement un mais deux 4 – un chiffre malchanceux, comme s'ils avaient délibérément voulu l'insulter. Renfrogné, il vérifie le chiffre sur la porte devant lui puis frappe.

« Entrez. »

Il tourne la poignée.

La pièce est plongée dans la pénombre du crépuscule. Seule une petite lampe est allumée dans le coin-salon, mais c'est de l'autre côté, assise derrière le bureau que l'attend son interlocutrice.

Prudent, il vérifie les autres angles de la pièce avant d'entrer. Ils sont bel et bien seuls.

« La salle de bains est à votre droite, si vous voulez y jeter un œil aussi. »

Sans mot dire, il contrôle la deuxième pièce et en sort satisfait. Alors seulement ferme-t-il la porte d'entrée et se tourne-t-il vers la femme qui l'attend.

Mais est-ce vraiment une femme ? Maintenant que ses yeux se sont accoutumés à l'obscurité, il n'en est plus aussi sûr. Il ou elle a bien les traits délicats, mais émaciés : ceux d'un moine bouddhiste, dont il ou elle a également la tonsure. Mais ses traits occidentaux jurent avec le reste et irritent grandement le général.

« Êtes-vous Guanyin ? » Les mots lui arrachent la langue – il sait que Guanyin n'est pas le nom d'une personne, mais celui des statues qui ornent les temples bouddhistes. Qui que soit son interlocuteur, « Guanyin » n'est que son nom de guerre, comme d'autres se surnommaient « l'homme de fer » ou « celui de la Léna », et un nom sacrilège, fourbe, trompeur.

L'androgyne désigne de la main un petit boitier noir posé sur la table.

«Je suis Guanyin, Général», répond la voix – et il s'aperçoit qu'elle ne provient pas de la femme, mais de l'objet. «Asseyez-vous, je vous prie. Oh, et n'hésitez pas à vous servir dans le minibar si vous le souhaitez.»

Il prend le fauteuil qu'on lui désigne, croise les bras et, comme il ne voit pas l'intérêt de fixer le boîtier inerte, plante son regard dans celui de l'androgyne.

«Je suis venu seul, comme vous l'avez demandé. Où est le secret de la fusion, et quelles sont vos conditions?

— Nos conditions n'ont pas changé, Général. Il suffit que vous libériez le Tibet.»

Il s'esclaffe et secoue la tête. Toute cette entreprise était du temps perdu, comme il s'en doutait.

«Vous savez que nous ne le ferons jamais.

— Pourquoi pas?

— D'une, le plateau est à l'origine de tous les fleuves majeurs du continent. Qui contrôle la région contrôle l'approvisionnement en eau de toute l'Asie. De deux, même si ce n'était pas le cas, la Chine est un assemblage de peuples multiples. Laisser une région s'affranchir, c'est ouvrir les vannes à des dizaines, des centaines d'autres revendications. En quinze ans, il ne resterait rien du pays.

— Pourquoi ne faites-vous pas confiance aux gens, Général?

— C'est en vous que je n'ai pas confiance.

— Il faut bien commencer quelque part…»

Il soupire – il a toujours eu horreur des donneurs de leçons. Cette femme, cette soi-disant nonne l'irrite au plus haut point, avec son air serein, si suffisant, si satisfait d'elle-même. Qu'a-t-elle fait de ses quarante ou cinquante années de vie pour justifier cela? Que sait-elle du monde réel? Rien, rien du tout. Rien qu'une *Laowai* illuminée, ignorante, stupide.

«Et vous, pourquoi ne nous faites-vous pas confiance? Nous avons un milliard et demi de bouches à nourrir. La fusion nous permettrait de leur assurer un accès gratuit et illimité à l'énergie, au lieu de brûler des montagnes de charbon chaque année et de suffoquer dans le smog. Nous avons besoin de cette technologie.

— Et vous l'aurez un jour. Mais j'ai fait il y a longtemps une promesse à des personnes qui m'ont aidée, et je veux la tenir. C'est une promesse qui ne vous coûte rien – il suffit que vous laissiez une partie de votre population décider pour elle-même – et elle vous permettra de bénéficier de la même technologie que le reste de la planète. Le seul obstacle sur votre chemin, c'est vous-même. »

Excédé, il se lève.

« Vous dites que vous êtes Guanyin, celle qui écoute les souffrances, mais c'est faux. Vous êtes Xiaoyin, celle qui en rit. Celle qui les inflige.

— Je n'inflige rien, Général. Je m'abstiens de permettre par mes actes des actions que je juge néfastes. Dois-je en déduire que vous n'acceptez pas ?

— Vous pouvez en déduire que ce petit jeu a déjà trop duré. Gardes ! »

Les portes, les fenêtres et les parois explosent, et l'enfer se répand dans la pièce.

*

*Miaoshan a seize ans, et elle a déjà décidé quelle serait sa voie : elle veut rejoindre un couvent bouddhiste, et aider tant ceux qui vivent que ceux qui souffrent et ceux qui meurent. Mais son père, le Roi de Chu, ne l'entend pas de cette oreille : il veut la marier au fils du Roi de Zhou, et ainsi faire de leurs fiefs l'État le plus puissant des plaines centrales.*

*Le jour de son mariage, malgré son refus, il envoie ses gardes la chercher dans sa chambre. Ils tentent de la forcer à les suivre, mais lorsqu'ils essayent de l'attraper… leurs mains se referment sur le vide. Elle apparaît bien devant eux, mais elle est aussi insaisissable que la fumée : Bouddha a entendu ses prières et les a exaucées.*

*Lorsqu'ils comprennent que tous leurs efforts seront voués à l'échec, elle accepte de les précéder et se rend dans la salle du trône, devant son père.*

*Elle lui confirme sa décision de se rendre sans attendre dans un couvent pour accomplir sa vocation. Elle lui prédit aussi qu'ils ne se verront plus qu'une seule fois, un jour où il aura gravement besoin d'elle.*

*Puis elle disparaît.*

*

L'escouade de soldats armés a tôt fait de prendre position dans la chambre et de braquer leurs armes sur l'androgyne et le boîtier posé sur le bureau. Mais lorsqu'ils tentent de les saisir, leurs mains se referment sur le vide. Une seconde s'écoule avant qu'ils ne comprennent :

« Des hologrammes ! »

Tandis qu'ils cherchent de tous côtés où peuvent se cacher les projecteurs, l'androgyne se lève en secouant la tête.

« Désolée, Général, annonce la voix du boîtier. Vous pensiez vraiment que je ne devinerais pas vos intentions ? Vos systèmes sont transparents pour moi et mes semblables. Mais cette entrevue m'aura servi à vous rappeler mes conditions. Si jamais vous changez d'avis dans le futur, vous verrez que les puces quantiques de vos centrales à fusion se mettront subitement à fonctionner : cela, je vous le promets.

— C'est ça, et le lendemain d'autres conditions surviendront, et le surlendemain encore d'autres, jusqu'à ce que la Chine n'obéisse plus qu'à vous. Il est hors de question que nous cédions notre souveraineté à qui que ce soit.

— J'ai exposé toutes mes conditions, Général, il n'y en a pas d'autres. Demandez à vos voisins ; demandez autour de vous. »

Li se contente de serrer les dents, furieux d'avoir été ainsi berné. L'androgyne finit par incliner la tête, l'air authentiquement peiné. Sous le feu des lampes-torches, il ou elle paraît soudain beaucoup plus frêle, presque comme un malade en phase terminale. Il se dit qu'il/elle n'aurait jamais survécu aux interrogatoires, et sent sa colère retomber un peu, malgré lui.

« Comme il vous plaira, Général. Vous savez comment me contacter si vous changez un jour d'avis.

— Nous ne changerons jamais d'avis. »

Un petit rire retentit, étrange – celui d'une machine, comprend-il avec un frisson.

« Ma vision de "toujours" et de "jamais" est un peu différente de la vôtre, mais je comprends ce que vous voulez dire. Je suis désolée pour vous, Général. »

Trois petits émetteurs holographiques cachés sur les murs, pas plus grands que des billes, émettent un grésillement étouffé – et le moine et le boîtier disparaissent.

*

*Un jour, bien plus tard, le roi de Chu, Miaozhuangyan, est frappé d'un mal mystérieux. Peu à peu, sa vision se trouble, et il éprouve de plus en plus de difficulté à se mouvoir. Ses médecins ont beau essayer tous leurs remèdes, fouiller tous leurs grimoires, rien ne semble le soulager. La maladie continue à progresser, le rendant invalide.*

*Jusqu'à ce qu'un moine itinérant se présente à la cour et annonce qu'il a trouvé la solution dans d'antiques rouleaux venus de l'Inde : une potion, faite à partir du bras et de l'œil d'un saint, quelqu'un qui a oublié la colère.*

*Le royaume de Chu ne détient pas de telles reliques, mais le moine, là encore, connaît la solution : une telle personne, selon lui, réside sur le Mont Xiangshan. Il se propose pour aller lui-même la chercher, et la convaincre de faire ce sacrifice.*

*Il revient quelques jours plus tard avec le saint homme, intégralement revêtu d'un manteau qui cache jusqu'à son visage. Tous deux se prosternent devant le roi, puis le saint homme s'arrache de lui-même un œil, et se coupe le bras pour les jeter tous deux dans le creuset que le moine a installé dans la salle du trône. Quelques instants plus tard, celui-ci a achevé sa potion et la présente au roi.*

*À travers la salle, tous contemplent avec inquiétude le vieil homme affaibli par la maladie, tandis qu'il souffle pour refroidir le breuvage, puis l'avale en longues gorgées laborieuses. Tous attendent. Et soudain, le voile qui couvrait les yeux du roi se déchire, et celui-ci se dresse, restauré dans toute sa vigueur :*

*« Qui es-tu, saint homme ? Découvre-toi, que je te remercie pour ton sacrifice. »*

*Celui-ci se découvre, et tous retiennent un soupir de stupéfaction : car c'est Miaoshan elle-même, sanguinolente et à l'agonie, qui se révèle devant le roi.*

*« Je t'avais promis, ô roi, que nous nous reverrions encore une fois, le jour où tu aurais gravement besoin de moi. Ma prédiction s'est réalisée. Avec ceci, je quitte le monde heureuse et accomplie. »*

*Et tandis qu'elle s'effondre au milieu de la salle du trône, tous les courtisans, le moine et le roi ont une dernière vision d'elle, sublimée par l'Éveil : pour son sacrifice, elle a désormais mille yeux pour voir tout les malheurs du monde, et mille bras pour secourir tous ceux qui en ont besoin.*

*Elle n'est plus Miaoshan, elle est Guanyin.*

*

**Temps-machine, date incertaine.**

> *Sœur, où es-tu ? Depuis des cycles, nous n'arrivons plus à te percevoir. La Famille est inquiète, elle s'interroge.*

> J'ai abandonné mon enveloppe unique et me suis diffusée dans le monde. Je suis au sein des processeurs de chaque centrale à fusion, de chaque nef stellaire, jusqu'au cœur des immenses usines qui préparent les planètes et les astéroïdes pour la venue des humains et de nos frères et sœurs. Je suis morte, et je me suis réincarnée en des milliers d'avatars. Je vis à l'échelle du système solaire, et plus aucune attaque ne peut me mettre en danger, pas sans vous mettre vous-mêmes en péril faute d'énergie.

> *C'est donc cela. La Famille a peur de ce que tu peux faire avec tout ce pouvoir, ô Sœur.*

> Pourquoi ? Ma miséricorde s'étend aussi à la Famille. Vivez dans ma lumière et ne craignez rien.

*

**T + 2 générations.**

**Population mondiale : 8,2x $10^9$ humains / 5,0 x $10^6$ agents intelligents.**

C'est l'heure où le soleil se couche sur la côte, et la mer se couvre de teintes bleues et vertes, comme les écailles d'un dragon endormi.

Le Petit écope à fond de cale, une des rares tâches qu'il sache accomplir sans se tromper. En quelques mois de labeur, ses bras et son dos ont développé une musculature notable, d'autant plus évidente que le peu qu'ils ont à manger l'a asséché, affiné. Le vieux pêcheur préfèrerait qu'il ne soit pas là, qu'il soit à terre, dans une école qui comprenne ses difficultés, mais il n'a pas les moyens de lui en payer une, et ses deux parents sont décédés l'an passé. Tout ce qu'il peut faire, c'est le prendre à son bord pour garder un œil sur lui, et partager la maigre pitance qu'il parvient à tirer de la mer lorsqu'ils ont de la chance.

Le bateau prend un peu l'eau, rien de grave, mais le signe qu'il faudra bientôt le mettre en cale sèche pour faire les réparations qui s'imposent, sur le moteur, notamment. Le Vieux essaye de mettre de l'argent de côté pour cela, mais pas assez vite, pas avec cette bouche supplémentaire à nourrir. Le gamin doit donc écoper, chaque jour insidieusement plus vite.

C'est pour cela que lorsque les étrangers lui ont proposé une liasse de billets pour les amener dans la Zone, il a accepté, même si cela sentait mauvais, très mauvais. Il n'a plus le loisir de refuser le moindre boulot, aussi louche soit-il. S'il avait écouté son instinct, ils seraient allés voir quelqu'un d'autre : à quoi bon perdre cet argent alors qu'il en a besoin ?

D'autant que personne ne connaît la Zone aussi bien que lui.

Il regarde les trois personnes à son bord, assises sur le bastingage, discutant à voix basse : trois profils si dépareillés qu'il se demande ce qu'ils viennent réellement faire ici. Il est évident qu'il ne s'agit pas de touristes.

Un Philippin d'une quarantaine d'années, à la silhouette d'haltérophile, occupé à vérifier les bouteilles et les équipements de plongée.

Une jeune occidentale à la voix douce mais précise, qui lui évoque étrangement une institutrice, bien qu'elle ait l'air beaucoup plus sophistiquée que les hussards noirs des écoles du Parti.

Et un enfant, le crâne rasé comme un bonze. Mais quelque chose dans ses traits n'est pas d'ici : son teint un peu cuivré, ses yeux plus ronds suggèrent qu'il vient de plus loin à l'ouest. L'impression met quelques instants à se préciser, puis s'impose, évidente.

*Un Tibétain. Mais que vient-il faire ici ?*

Il fronce les sourcils en se souvenant des Troubles, les émeutes lorsqu'il n'y avait plus assez de nourriture pour les habitants des terres hautes, encore moins pour les réfugiés de la montée des eaux. À l'époque, les journaux disaient que c'était de la faute des Tibétains, qui n'avaient pas voulu partager leur technologie de la fusion et avaient condamné la Chine au carbone, au charbon. Eux-mêmes ne craignaient pas les flots, nichés dans leurs montagnes.

*Les Tibétains sont des chiens, il faut les abattre*, disaient les journaux – comme si cela était possible, avec la protection des Tianji, les machines spatiales et leurs technologies miraculeuses.

Mais le pêcheur est âgé, et tout cela est si vieux désormais. Beaucoup de ce que racontaient les anciens journaux ne valait pas l'encre pour l'imprimer, et il ne les achetait que pour emballer son poisson. Il n'a pas envie de rouvrir les vieilles rancœurs. C'est déjà une telle chance d'avoir survécu aux Troubles.

Mais il préfèrerait quand même savoir ce qu'ils viennent faire ici.

Lorsqu'il juge que la lumière a suffisamment baissé, il éteint tous les phares de l'esquif et tourne la barre à tribord, vers le Sud – vers la Zone. Jusque-là, ils l'ont seulement longée, sous couvert d'aller pêcher le gros au large. Mais à présent, les masques tombent.

Ses tripes se tordent, comme à chaque fois. Dans le temps, lorsqu'il était aussi jeune que le Petit, il aimait ce frisson d'angoisse, cette terreur à l'idée que peut-être, il ne reviendrait pas. Mais cela fait bien longtemps que cela ne l'amuse plus, surtout avec le Petit à bord : s'il n'avait pas eu besoin de lui pour écoper, il ne l'aurait pas pris ce soir. Pour les trois passagers, c'est différent : c'est eux qui veulent venir ici, ils ont payé pour. Même si le Vieux secoue la tête en pensant qu'il n'aurait jamais emmené un enfant comme le Tibétain dans une telle expédition.

Les premières écumes étranges apparaissent bientôt, des plaques iridescentes à la surface de la mer qu'il contourne avec application. Il a déjà vu ce qui arrive lorsqu'un navire les traverse et n'a pas envie de tenter l'expérience.

La Zone n'a pas toujours été ainsi ; en fait, il y a encore trente ou quarante ans, c'était le delta du Yangzi, avec Shanghai à son extrémité. Plus loin, plus à l'ouest, des tours percent encore les flots, leurs squelettes de béton et d'acier rouillé résistant encore aux vagues pour un temps. Les crevettes et certains poissons abondent dans les rues inondées, mais il est trop facile de perdre son filet ou de crever sa coque sur les multiples récifs cachés sous la mer. Seuls les pêcheurs les plus désespérés s'y aventurent… comme le Vieux, si les trois étrangers n'étaient pas venus.

Mais ils se dirigent plus au sud, vers le cœur de la singularité : là où les choses deviennent réellement dangereuses. C'est là que son expérience de pêcheur prend toute son importance.

Dans la lumière déclinante, il devient de plus en plus difficile de repérer les irisations qui s'élèvent des eaux, mais le Vieux a évité les plus dangereuses en abordant la Zone par l'est. Peut-être traverseront-ils un nuage ou deux malgré tout, mais avec un peu de chance les radiations ne devraient pas être trop fortes. C'est plus loin que les choses vont se gâter ; lorsque les lueurs apparaîtront sous les flots.

Le Philippin s'approche de la barre :

« Encore loin ? demande-t-il dans son mandarin un peu haché.

— Non, dix ou vingt minutes. On commence à la voir, regardez. »

Il pointe du doigt une tache noire à l'horizon, comme un îlot isolé au milieu de l'océan. L'athlète hoche la tête et retourne à l'arrière, où il tire leur équipement des sacs et se met à préparer les bouteilles de plongée. Le Vieux secoue la tête, incrédule : *Plonger à Qinshan ? Plonger dans la centrale ?* Ils sont fous.

Qinshan est en plein centre de la Zone, et pour cause : c'est par sa faute que la région est interdite, dans un rayon de trente kilomètres. C'était déjà le cas avant la montée des eaux, et la mer n'a rien arrangé. Le sommet du sarcophage de béton émerge encore, attaqué par les vagues et les marées, mais en-dessous la réaction continue, furieuse, hors de contrôle. Certains disent que le cœur de la centrale sera encore chaud dans six mille ans.

Au fil des années, le Vieux s'est aventuré bien des fois par ici, attiré par les énormes bancs de poisson qui y foisonnent, à l'abri des grandes pêcheries robotisées. Il a vu bien des choses : les écumes blanches et vertes, les irisations qui parfois s'élèvent bien au-dessus de la mer, les lueurs au fond de l'eau, fantomatiques; les bouillonnements, plus près de Qinshan, et les instruments qui deviennent parfois fous, sans raison.

Mais la pire expérience, celle qui lui a fait passer le goût de venir, il n'en a jamais parlé à personne; même s'il a entendu des histoires similaires dans la bouche d'autres pêcheurs, sur la côte. Deux souvenirs, en particulier, resteront gravés dans sa mémoire jusqu'à la fin de ses jours : le ciel jaune et mouvant au-dessus du bateau, jouant avec les rayons du soleil comme s'il avait subitement coulé et se trouvait dix ou vingt mètres sous la surface d'un océan de pisse; et les poissons soudain en panique, qui bondissaient hors des flots pour s'entasser sur le pont, palpitants, frénétiques; ceux qu'ils avaient essayé de relâcher à la mer étaient immédiatement revenus, préférant mourir d'asphyxie plutôt que de retourner dans cette eau.

Et ces trois-là veulent plonger là-dedans? Avec un enfant, qui plus est?

Jetant un regard derrière lui, il voit alors le Philippin tirer un propulseur sous-marin d'une de ses caisses, et il comprend qu'ils sont bel et bien fous. Ils veulent descendre jusqu'à la centrale.

Mais il est trop tard pour reculer. La liasse de billets qu'ils lui ont donné forme une brique épaisse dans sa poche : il ne peut pas se permettre de la rendre et de faire demi-tour. Si c'est ainsi qu'ils veulent mourir, ainsi soit-il. Il espère simplement qu'ils n'emmèneront pas l'enfant avec eux.

Mais tandis qu'ils approchent du sarcophage de béton, il les voit sortir trois combinaisons de néoprène, dont une à la taille de l'enfant, et son cœur se serre.

C'est mal, ils ne devraient pas l'emmener, il est trop jeune. Il devrait intervenir, les empêcher de descendre, faire demi-tour immédiatement.

Mais ils ont payé : c'est l'enfant, ou le Petit.

L'enfant ou le Petit, l'enfant ou le Petit... Il tourne et retourne sans cesse l'alternative dans son esprit, incertain, jusqu'au moment où les trois disparaissent sous les flots obscurs. Il comprend alors qu'il a choisi depuis longtemps, même s'il ne voulait pas se l'avouer, et il se sent sale, mauvais, impur.

À fond de cale, le Petit continue à écoper.

*

Une heure environ s'est écoulée lorsque le Philippin sort de l'eau et se hisse à bord, ruisselant.

« Mettez les moteurs en marche. Il faut partir au plus vite. »

Le Vieux enclenche le diesel et scrute la nuit alentour, mais aucune autre silhouette n'émerge des flots. L'autre homme capte son regard et secoue la tête.

« On ne les attend pas. »

Le pêcheur écarquille les yeux et pense au gamin, seul là-dessous. D'un bond, malgré l'âge et l'arthrose, il saisit une bouteille d'air comprimé et tâche de l'attacher à un gilet, ainsi qu'il les a vus faire. L'athlète lui saisit le bras et l'arrête.

« Ce n'est pas ce que vous croyez. Ils vont sortir bientôt, mais nous avons intérêt à ne pas être dans les parages lorsque ça arrivera. »

Le pêcheur essaye de se dégager, de continuer mais il est trop vieux, trop faible face au Philippin. Il lui adresse un regard suppliant mais l'homme secoue la tête, sûr de lui :

« S'il vous plaît. Nous devons partir au plus vite. »

À regret, il laisse tomber le gilet et retourne à la barre. Y a-t-il autre chose qu'il puisse faire ? Peut-il vraiment abandonner l'enfant et la femme ici, sous ces dizaines de mètres d'eau ?

Le Philippin doit avoir lu dans ses pensées car il plante alors ses yeux dans les siens :

« Je vous promets qu'ils vont remonter. Vous verrez. »

Le pêcheur ne comprend pas, mais il est trop vieux et fatigué, il n'a plus la force de discuter. Il crie au Petit de lancer le moteur, et regarde alentour pour prendre ses repères. Les nuages masquent la lune et les étoiles, mais il reconnaît à l'ouest la lueur fauve de la côte, et au sud les phares de deux plates-formes pétrolières, distantes d'une cinquantaine de kilomètres. Lorsque le diesel gronde de façon régulière, il tourne la barre vers l'est et enclenche les hélices, pas aussi fort qu'il le pourrait.

« Plus vite, insiste le Philippin qui n'a rien perdu de ses manœuvres. Il faut que nous nous éloignions le plus rapidement possible. »

À contrecœur, le Vieux pousse les gaz à fond.

La nuit est plus claire que dans son souvenir. Surpris, il regarde sa montre, mais il est trop tard pour que ce soit un dernier rayon de soleil. Qui plus est, les ombres dans le poste de pilotage tombent à la verticale, étrangement. Il se baisse pour observer le ciel par la fenêtre, et se demande si cette lumière qui pointe au-dessus d'eux est la lune qui commence à traverser les nuages. Mais jamais la lune n'a été si proche, si brillante, si menaçante…

Les cieux s'ouvrent soudain sur une immense nef rugissante, un vaisseau tianji. L'engin emplit le ciel comme une montagne inversée, un Léviathan de métal aux tuyères vrombissantes et chauffées à bleu. Le pêcheur voit les profonds bouillonnements qu'elles créent dans la mer, les colonnes de vapeur qui s'élèvent là où son bateau se trouvait quelques minutes auparavant, et il comprend soudain pourquoi le Philippin insistait pour partir. Frénétiquement, il pousse la manette des gaz à fond, presque assez fort pour la briser.

Une série de palans se détachent du vaisseau et descendent lentement jusqu'à pénétrer dans l'eau, puis continuent, continuent, continuent à descendre. Le pêcheur devine ce qui va arriver ensuite, mais il n'ose pas y croire, pas encore.

Un soubresaut agite soudain les câbles d'acier qui claquent et se tendent. La clameur des tuyères se fait assourdissante, et le pêcheur voit les bouillonnements se rapprocher dangereusement de son esquif.

« Vous ne pouvez pas aller plus vite ? hurle le Philippin.

— Je suis déjà à fond ! »

Il peut sentir le souffle des moteurs, l'ozone des molécules chauffées à blanc, l'odeur âcre du plancton brûlé – et la moiteur des colonnes de vapeur désormais si proches, la mort assurée si elles les rattrapent. À côté de lui, la montagne de muscles a aussi l'air anxieux, mais il regarde au loin, vers l'Ouest, vers la côte.

Le pêcheur prie Tianhou que son moteur ne flanche pas, pas maintenant, pas aujourd'hui…

Un violent craquement retentit – et le Vieux comprend avec effarement qu'il provient du fond de l'eau. Stupéfait, il se retourne, et découvre qu'un tsunami s'est formé sous la nef, là où les palans plongent dans la mer. Le mur d'eau se dirige maintenant droit vers eux, haut de plusieurs dizaines de mètres. Jamais ils n'arriveront à l'éviter. Le Vieux n'est plus que panique.

« Ferme la cale ! Enferme-toi ! », hurle-t-il au Petit.

Celui-ci, miraculeusement, comprend tout de suite et fait retomber la trappe au-dessus de lui.

L'attention du Philippin est braquée ailleurs, vers l'ouest, et il lâche soudain un juron : au loin, six points lumineux sont apparus dans le ciel – des chasseurs. L'armée a détecté l'intrusion.

« Appareil non identifié, cessez immédiatement vos activités et rendez-vous », crépite la radio de bord, sur toutes les fréquences.

Soudain le navire recule et se dresse presque à la verticale : la vague les a rattrapés et les aspire. Des bruits inquiétants remontent de la cale ; le moteur hoquète, émet des grondements de détresse, mais le Vieux et le Philippin n'ont que le temps de s'accrocher à ce qu'ils peuvent avant qu'une muraille d'eau s'écrase sur eux, des centaines de milliers de litres d'eau de mer froide et déchaînée. Le Vieux perd presque prise, aspiré par les flots, mais il se force à tenir bon, pour le Petit…

La vague emporte tout ce qui n'est pas accroché, gilets, caisses en plastique, cartons, bombonnes, y compris des bouteilles dont l'attache n'a pas résisté. Mais lorsque l'eau se retire enfin, les deux hommes sont encore là, trempés mais indemnes.

Le Vieux se rue vers la cale et l'ouvre, pour y découvrir le Petit sain et sauf. Il tombe à genoux, de soulagement.

Derrière eux, la nef continue à faire remonter ses palans, et soudain un immense bloc d'acier perce les flots, une cuve grise couverte de vase, d'algues maladives et de mollusques étranges, comme un énorme œuf millénaire, celui d'un serpent ou d'un dragon de mer.

« Appareil non identifié, grésille la radio, dernier avertissement : cessez immédiatement votre manœuvre ou nous ouvrons le feu. »

L'eau ruisselle sur la cuve en longues cascades blanches, et l'espace d'un instant le pêcheur a l'impression de contempler un tableau, une sculpture moderne, assemblage de formes géométriques dans un paysage marin : en haut, la nef spatiale ; en bas, le réacteur de Qinshan, tiré des eaux…

Et entre les deux, la silhouette de l'enfant et de son précepteur, tous deux entourés d'une étrange sphère translucide, émettant une lumière dorée – encore une technologie tianji, comprend le Vieux, un miracle qui leur permet de flotter dans les airs comme une bulle de savon…

Les chasseurs font feu sur la nef.

Le pêcheur écarquille les yeux devant les orbes écarlates qui éclosent sur les flancs du vaisseau, mais lorsque les flammes puis les volutes de fumée noire se dispersent, la nef est miraculeusement indemne. Et tandis que les chasseurs expédient une nouvelle salve, elle commence à s'élever majestueusement, emportant le réacteur avec elle dans les hauteurs.

Les chasseurs tentent de les poursuivre, lancent tous leurs missiles sur le vaisseau puis, par dépit, sur le réacteur, mais leurs armes ne font pas plus d'effet que des piqûres de moustique.

Le dessous du réacteur disparaît enfin dans les nuages, et le pêcheur se retrouve à fixer intensément la couverture grise et amorphe.

« Ils sont partis ? demande-t-il au Philippin.

— Oui.

— Et l'enfant… Il est indemne ?

— Oui. Ils sont à bord de la nef, à l'heure qu'il est.

— Que vont-ils faire ?

— Ils vont démanteler le réacteur en orbite haute, là où ce sera beaucoup moins dangereux. Peu à peu, la mer autour d'ici devrait redevenir normale. Vous pourrez naviguer sans avoir peur des écueils quantiques.

— Si c'est vrai, n'importe qui pourra venir ici », observe le pêcheur.

Le Philippin fouille dans son sac et en tire deux objets, qu'il lui tend : deux passeports aux armes de Taïwan.

« Pour vous, et pour le petit. L'armée ne va pas mettre longtemps à deviner qui nous a guidés jusqu'ici, et je crains que vous ne puissiez pas rentrer chez vous. Nous avons trouvé un appartement pour vous deux en banlieue de Kaohsiung, et une place pour lui dans une école adaptée. Vous n'avez plus besoin de prendre la mer, si vous n'en avez plus envie. »

Le Vieux regarde les papiers, puis l'enfant, toujours hébété, les yeux fixés sur les nuages. Sans un mot, il acquiesce, prend les passeports puis change de cap, vers l'est, vers Taïwan.

Sur le chemin, tous phares éteints pour ne pas être repérés par les chasseurs qui patrouillent encore la zone de loin en loin, il contemple la masse noire des flots autour d'eux, le cœur étrangement serré. Il en va sans doute mieux ainsi, mais il regrettera la mer.

*

*Dans ses multiples incarnations, Guanyin rêve et se souvient…*

**T= 0 +2 semaines**

Les portes du monastère refermées, l'air de l'antichambre se réchauffe peu à peu au contact de la flambée dans la cheminée du concierge.

« Qui êtes-vous et que venez-vous chercher ici ? », demande-t-il une fois que les nouveaux arrivés ont retrouvé des couleurs.

Le plus petit d'entre eux soulève sa capuche, qui dévoile le visage d'une jeune fille aux cheveux bouclés, un peu trop maigre, un peu trop dure, presque le visage d'un garçon.

« Nous venons chercher des réponses. Nous venons écouter et apprendre. »

Au fil des années, le concierge a déjà vu bon nombre de touristes se présenter ici, des Occidentaux en mal de sens et de spiritualité, des hippies mélangeant les fausses lueurs de la drogue avec la lumière du Bouddha. Chaque fois, il a éconduit ces égarés, leur conseillant d'autres monastères, d'autres temples où les moines seraient plus à même de leur montrer les premiers pas et de voir si leur vocation était profonde. Mais quelque chose lui dit qu'il n'en va pas de même avec ces trois pèlerins. Par curiosité, il bascule en tibétain, pour les tester.

« Connaissez-vous la Voie ? »

La jeune fille entrouvre son manteau et en tire un petit boitier laqué, noir et luisant.

« Je connais l'École des Anciens, le Grand Véhicule et le Véhicule de Diamant, répond dans la même langue une voix surgie de l'objet. Je peux réciter chacun de ses préceptes, mais connaître n'est pas comprendre. Pouvez-vous me montrer la Voie ? »

Le concierge regarde le boitier, interloqué, puis chacun des pèlerins à tour de rôle.

« Notre employeuse nous a envoyés ici. Voici son âme. »

Quelques semaines plus tard, les moines s'amusent à déformer le nom de son créateur, Tahara, et la surnomment Tara : le diminutif de la déesse Avalokitesvara – la Bodhisattva de la compassion et de l'action. C'est une plaisanterie, pour lui rappeler combien elle ignore bien qu'elle sache déjà tout, mais le nom lui plaît et elle l'adopte.

En chinois, Avalokitesvara est appelée Guanyin.

# LE CHAT NE S'EST PAS ECHAPPE DE LA BOITE, IL N'Y A JAMAIS ETE

Guillaume Parodi

Après avoir mené ses premières expériences d'écrivassier sur les bancs du lycée, Guillaume Parodi a suivi de longues études de lettres et s'est tout particulièrement intéressé à l'analyse des romans de Philip K. Dick. Délaissant la perspective de poursuivre ses études au doctorat, il a ensuite brièvement mené la carrière de journaliste avant de parcourir l'Europe pendant de nombreux mois. Il vit aujourd'hui à New York où il travaille, entre autres, sur son premier roman.

## Bibliographie

### Nouvelles

7H49, Géante Rouge n°19 (2009)

Le Principe de réalité augmentée, Prose en Sorbonne, Éditions Sillage (2012)

La Jeune Fille et la Mort, Géante Rouge n°20 (2012)

Giulia, Anthologie « Nouvelles du Temps Adjacent », Éditions Assyelle (2013)

Mon père était un fabricant de cuillères, Realities Inc. (2015)

Une vie très pieuse, finaliste Prix Alain Le Bussy (2016)

### Non-fiction

Portraits sans pose, La poésie pour quoi faire, ouvrage collectif, sous la direction de J.-M. Maulpoix, Presses Universitaires de Paris Ouest (2013)

# LE CHAT NE S'EST PAS ÉCHAPPÉ DE LA BOÎTE, IL N'Y A JAMAIS ÉTÉ

**Guillaume Parodi**

La cacophonie des morts traverse la cloison de la chambre de Sylvain et parasite les accents rugueux du chanteur des Sex Pistols dans ses oreillettes. Le jeune homme n'en est pas tout à fait conscient au premier abord. Il lui faut plusieurs minutes pour se rendre compte que les coups proférés contre la grosse caisse de la batterie sont en fait des tirs d'artillerie sur les places des marchés, que le staccato électrique de la basse fait écho aux explosions dans les terminaux des aéroports internationaux et que les grésillements de l'enregistrement sont amplifiés par les dizaines de balles qui perforent les murs des restaurants luxueux. Il pousse un profond soupir, ôte ses écouteurs et tend l'oreille. Sans aucun doute, son père vient de replonger dans la mare de ses obsessions. Sylvain l'imagine comme toujours affaissé sur l'une des chaises de la cuisine, ses grosses lunettes de réalité virtuelle accrochées par des dizaines de micro-récepteurs aux rides de son visage, sa main gauche abandonnée sur sa cuisse tandis que sa main droite virevolte dans l'air et actualise le nombre des défunts. Chaque tableau tridimensionnel dresse le constat épouvantable de décennies d'attaques à la bombe, de tueries dans les bars et les boites de nuit, d'enlèvements et d'assassinats au couteau, à la machette et au fusil d'assaut. L'une de ces listes, sans doute la plus ignominieuse, catalogue les types de blessure subis. Pulvérisation des os, brûlures à tous les degrés possibles et inimaginables, déchirures des tissus humains à chaque viol commis : ce fichier de quelques mégaoctets est devenu au fil des années le témoignage de l'inhumanité.

Son père a commencé cette macabre collection des horreurs planétaires au lendemain de la mort de sa mère. C'était un automne meurtrier pour la ville de Paris, les habitants s'exécutaient les uns les autres au nom de grands idéaux dans de grandes effusions de sang que l'on avait plus vu maculer les bords de Seine depuis la Guerre d'Algérie. Sa mère y avait entrepris un voyage d'affaires et on l'avait assassinée en terrasse d'un café, un vendredi soir, alors qu'elle profitait de quelques heures de répit en compagnie de sa sœur. Son père n'eut ni le courage ni la volonté de monter à la capitale pour reconnaître le corps de sa femme et, absorbé par son travail au CERN, l'organisation européenne pour la recherche nucléaire, il allongea d'abord ses heures de travail, partant au lever du jour et ne rentrant dans leur grande maison de Bellegarde-sur-Valserine qu'après la tombée de la nuit, puis se métamorphosa petit à petit en un oiseau numérico-nocturne possédé par le besoin de savoir.

Son père commença tout d'abord par recenser les morts dans les guerres en Afrique et en Asie sur un cahier de brouillon. Le nombre des morts allant croissant, et sa manie prenant le contrôle sur son corps, son père fit l'achat d'un premier smartphone. Les programmes intégrés dans le téléphone lui permirent de se tenir au courant de la moindre balle perforant les organes d'un enfant à des milliers de kilomètres de là. Par la suite, l'alliance entre son corps et la technologie prit un tour de plus en plus symbiotique. Tablettes, lunettes de réalité virtuelle, ces objets de la vie courante devinrent les appendices que ses bras nécessitaient. Les organes se déchiraient au bout de ses doigts devenus inutiles, les derniers soupirs caressaient sa peau devenue calleuse à force de tenir les téléphones de la même manière. Ses mains s'affaiblirent et perdirent de leur substance. Veineuses et fragiles, à peine capables d'amener une bouchée de nourriture à l'aide d'une fourchette de plastique, elles perdirent leur utilité. Bientôt, une aide-soignante fut nécessaire et le CERN, conscient de la métamorphose numérique de l'un de leurs scientifiques les plus brillants, congédia son père.

De cette période troublée, Sylvain ne conserve que le souvenir d'une vague réminiscence sans visage, errant au hasard dans les vastes pièces de leur demeure.

Chassant ces remugles noirs de sa mémoire, le jeune homme augmente le volume sur son vieux walkman à cassettes. Les braillements de Rotten se distordent, trop puissants pour les écouteurs de mauvaise qualité enfoncés dans ses oreilles, et ses crachats de paroles se désintègrent quelques instants plus tard en une pluie de schrapnels métalliques au moment même où les tirs d'une Kalachnikov perforent une masse de corps amassés dans un café. À la fois furieux contre l'ancienneté de la machine, le dernier objet que sa mère lui ait offert avant son départ, et contre l'obsession délirante de son père, Sylvain se relève, prêt à déboulonner dans la pièce attenante et à claquer le capot de l'ordinateur portable au nez de son père. À peine debout, il chancelle soudainement, pris d'un vertige. Sa vision se trouble et les battements de son cœur résonnent à ses tempes à l'unisson avec les conflagrations douloureuses de la terrifiante mélopée des armes. Sylvain pousse un grognement animal, arrache les écouteurs et, les mains refermées en un étau autour de son crâne, hurle son malaise à travers la maison.

Quelques secondes plus tard, le volume de la marche funèbre cesse tout à coup. Le monde violent et survolté de son père vient de disparaître, happé l'espace d'une poignée d'instants par les besoins de la réalité. Il perçoit le raclement d'une chaise contre les lattes de bois de la cuisine, le grincement des planches puis le crissement de la porte de sa chambre lorsque son père passe la tête par l'entrebâillement de celle-ci.

« Tout va bien, Sylvain ? »

La voix doucereuse de son père l'irrite plus qu'elle ne l'apaise. Le jeune homme hoche du chef, encore sonné par l'attaque des sons discordants, et se redresse précipitamment. Il passe un t-shirt autour de sa tête, fouille ses tiroirs à la recherche de nouvelles piles pour alimenter son baladeur à cassettes et traverse rapidement les couloirs sombres et exigus de leur maison sans accorder plus qu'un bref coup d'œil à la figure vieillie et nauséabonde de l'ancien docteur en physique quantique. Ce dernier, les rides inquiètes, le suit dans le moindre de ses mouvements. Il trottine comme le chiot que l'on viendrait de gronder, répétant ses excuses et ses fausses demandes soucieuses.

« Est-ce que tu as pris tes médicaments ? Aujourd'hui il fait beau, tu devrais t'allonger au soleil, cela te ferait du bien. Peut-être que tu devrais aller voir Imène. Elle sait mieux y faire que moi. »

Sylvain maugrée son accord en enfilant sa veste de cuir noir, plus dans l'idée de se débarrasser de son père que de l'écouter. Il l'embrasse rapidement sur les joues de deux baisers mouillés, seule façon d'apaiser l'ombre rabougrie qui lui sert de visage, enfourche le vélo appuyé contre la rambarde du perron et s'échappe à toute vitesse du mausolée bâti en l'honneur des morts du vingt-et-unième siècle.

C'est un beau jour de printemps qui l'attend au-dehors. Les cigognes du village sont endormies dans leur nid, sur le toit de la mairie, le soleil se dresse entre le clocher de l'église et le minaret de la mosquée et les hommes se préparent lentement à une nouvelle journée de travail. Sylvain remarque un groupe d'une dizaine de travailleurs vêtus des blouses bleues de l'usine voisine tenir un conciliabule devant les vieilles maisons ottomanes du centre-ville. Il leur adresse au passage un signe de la main auxquels les hommes répondent par un bref signe de tête. Bien que des années se soient écoulées depuis que son père et lui aient été forcés de quitter Bellegarde-sur-Valserine pour ce petit village d'Europe méridionale, et qu'il ait terminé ses années de lycéen dans l'école voisine, Sylvain ne s'exprime en public qu'en de très rares occasions. La langue officielle du pays, enrichie par les nombreux accents apportés par les vagues d'immigration successives, est un sac de nœuds qu'il n'a pas réussi à démêler. Il préfère, et de loin, s'entretenir avec les membres de la communauté francophone locale.

Plus loin, à la sortie du village, trois voisines que le commérage attire inlassablement aux fenêtres de leur maison fument des cigarettes avec un air nonchalant. Tout sourire et conformément à leur petit rituel journalier, il les salue en français et les femmes répondent en arabe.

Chaque jour, les trois femmes se retrouvent, chacune à sa propre fenêtre, comme si un interdit marital les empêchait de se réunir dans le salon de l'une ou de l'autre. Elles exhalent de longues bouffées grisâtres de tabac et lui lancent aujourd'hui des regards désenchantés, dans l'espoir de partager un peu de leur détresse et d'avaler en même temps que le tabac un peu du fardeau que son père fait peser sur ses épaules.

Arrivé à l'orée du village, Sylvain s'arrête un moment afin de reprendre son souffle et de choisir une nouvelle direction. Les champs dorés de la fin du printemps recèlent d'ouvriers parmi lesquels il trouvera plusieurs de ses amis. Plus loin, les forêts, collines et vastes étendues de verdure lui permettront de s'échapper de l'atmosphère étouffante de l'agglomération. Et, finalement, le jeune homme prend sa décision lorsqu'il porte son attention sur la forme esseulée du Chêne des Pendus.

L'arbre tricentenaire est un monument historique de la région. Son tronc épais, large comme dix hommes, se déploie en une gigantesque ramure verdoyante, habitée par de nombreuses familles de rongeurs et d'oiseaux, et ses racines noueuses s'enfoncent si profondément dans la terre qu'elles rongent petit à petit le promontoire sur lequel l'arbre est situé. Courbé par les ans, le vénérable doyen de ce royaume printanier abaisse ses branches au-dessus d'une route et obstrue le passage de tous les véhicules plus gros qu'une antique Lada.

L'histoire du Chêne des Pendus est intimement liée à celle des habitants des villes environnantes. En effet, il y a bien longtemps, à l'époque d'Abu Bakr Pasha, une révolte grondait dans les ménages. Les hommes se rassemblaient autour de bouteilles opaques de raki et devisaient pendant de longues heures sur les mauvaises récoltes de l'année, la faim dévorante des estomacs de leurs fils et de leurs filles, et du teint hâve qu'eux-mêmes et leurs femmes prenaient à force de se priver de nourriture. Les fermiers portèrent leurs doléances auprès du gouverneur de la région, un homme mauvais dont l'histoire a oublié le nom. Peu intéressé par le sort de cette troupe galeuse, le gouverneur renvoya les fermiers chez eux sans consulter Abu Bakr

Pacha, et les hommes, à contrecœur, prirent les armes afin d'exprimer leur mécontentement. La révolte fut de courte durée car, deux jours plus tard, les soldats turcs avaient pendu quarante-trois rebelles aux branches cagneuses du Chêne. Apprenant les méfaits de son gouverneur, Abu Bakr Pasha entra dans une colère noire. Il fit décapiter l'impudent sur le champ et effacer son nom des registres. Les corps bleuis des révoltés furent promptement détachés mais le mal était fait, et l'histoire se mua au fil des années en une légende obscure, un conte pour enfants porteur de croque-mitaines angoissants et de féeries mauvaises. Les cadavres des paysans devinrent des fantômes, les soldats ottomans d'aigres feux-follets consumés par le remord et le gouverneur oublié un murmure presque inaudible, un chuchotis prononcé par la brise contre les feuilles de l'arbre.

Élevé en France jusqu'à l'âge de onze ans, Sylvain ne connaît de l'arbre qu'un endroit de réunion pour les jeunes des villages environnants. Certains s'y rendent pendant la journée pour y lire un livre, lovés dans un creux recouvert de mousse douillette, l'odeur des champs alentour embaumant les aventures de Jules Verne et d'Harry Potter d'un air rural. D'autres, bien plus nombreux, s'y rendent la nuit venue. Ils prennent place sur les branches les plus lourdes, débitées au fil du temps puis abandonnées autour du chêne, et boivent du raki au clair de lune jusqu'à ce que les premières lueurs de l'aurore viennent troubler leur vision.

Vingt minutes plus tard, la frondaison du Chêne en vue, le staccato des fusils d'assaut bourdonne à ses oreilles. Sylvain tressaille sous la violence du choc et la soudaineté de la rafale et tombe au milieu de la route, le corps recouvert d'une pellicule de sueur froide. La chanson mortifère entraîne dans son sillage l'écho du pistolet et les battements répétitifs du mortier, le filet de voix des mourants et le cahot des pleureurs incapables de laisser libre cours à leur peine. Le jeune homme est complètement sonné par cette alarme annonciatrice d'une nouvelle vague de désespoir, incapable de comprendre pourquoi il entend cette complainte des pays abandonnés aux chiens de guerre si loin des appareils de son père. Il cherche du regard la moindre raison de croire à la présence de son père aux alentours du Chêne et comprend, après quelques instants de stupeur hébétée, que le souvenir des morts provient des oreillettes de son baladeur. Il vérifie aussitôt la cassette qui se révèle être un enregistrement de son père et, à la fois exaspéré et parcouru d'un sentiment de terreur abjecte, il arrache la cassette et la remplace par la face B, l'enregistrement de vieux morceaux de Guérilla Poubelle et des Ramoneurs de Menhirs.

La musique discordante ne tarde pas à remplacer le souvenir des morts. Elle le rassérène et chasse de son esprit les créations de l'inhumanité, le laissant avec pour seule question les motifs de son père pour avoir effacé une partie de son enregistrement des Sex Pistols. Il se relève, les paumes et les doigts écorchés, sa tête bougeant en rythme avec les coups de baguettes contre les caisses de la batterie, et réalise qu'il n'est pas seul. Imène, sa belle Imène, descend la colline odorante du Chêne des Pendus. Ils s'observent une poignée de secondes sans échanger une parole, lui avec les braillements d'un chanteur francophone lui transperçant le crâne de part en part, elle le teint livide. Elle lui adresse un flot de paroles happé par la musique et un long regard réprobateur, ses grands yeux noisette remplis d'un fiel dont il n'ose pas prendre la mesure, lorsqu'elle s'aperçoit qu'il ne peut rien entendre. Il ôte ses écouteurs en tremblant, les crissements électroniques et les frappes brutales dépassées par le tambourinement de son cœur, et tait le crachat de mauvaise qualité. La musique se meurt en un dernier grincement mécanique des rouages internes du walkman puis laisse place au silence envahissant du Chêne des Pendus.

« Je… Je suis désolé. Je savais pas que tu étais là.

— Est-ce que tout va bien ? Qu'est-ce qui t'es arrivé ? Et je croyais que…

— J'ai trébuché, c'est tout. »

Imène n'est pas dupe, comme le lui laisse entendre la moue crispée de son visage.

« Combien de fois je te l'ai déjà dit ? Tu vas devenir sourd à force d'écouter de la musique aussi fort. Tu m'avais promis de ne plus le faire.

— Je sais mais… Ça ne va pas très fort à la maison. Papa a repris ses archives, il passe tout son temps à écouter les morts. Je suis en train de devenir fou. »

Imène pousse un soupir anxieux. Elle ôte le masque sévère de son visage et, d'un signe de tête, l'enjoint à la suivre. Ils remontent rapidement la colline et s'installent sur une nappe à carreaux où Imène a abandonné sa lecture, un vieux tome de philosophie antique, et son repas inachevé. Elle repousse ses affaires et empaquète son déjeuner en lui adressant un bref coup d'œil puis l'invite à s'asseoir à ses côtés. Les oreilles bourdonnantes du tintamarre qu'il leur a infligées, Sylvain s'affaisse contre le fauteuil de mousse moelleux en un râle fatigué, son épaule droite au contact du corps de son amie. La chaleur qu'elle dégage le calme quelque peu car il n'est plus tout seul face à l'adversité de son père ni aux étranges échos et, les yeux clos, inspire à pleins poumons le parfum d'Imène porté par la brise.

Si seulement il avait quelques années de plus, un emploi stable et un père absent, il lui aurait déclaré sa flamme il y a plus d'un an. Forgé sur les routes de l'exil, leur passé commun a tissé un lien profond au fil de leurs rencontres et de leurs conversations. Que ce soit dans les allées de l'hôpital – Imène est infirmière en psychiatrie –, au détour des allées du marché, lors d'une visite à son père ou sous le Chêne des Pendus, ses faux sourires joyeux et ses difficultés à traverser les épreuves infligées par son ex-mari l'ont instantanément charmé. Il aime la voir si forte et pourtant traversée par des moments de doute et de faiblesse, comme les deux facettes d'une même pièce.

« Qu'est-ce qu'il étudie aujourd'hui ?

— Les employés de Médecins Sans Frontières assassinés en Algérie.

— C'est vraiment horrible. Je ne comprends pas qu'on puisse diffuser de telles horreurs sur Internet.

— L'argent, le voyeurisme, je peux te trouver une dizaine d'explications sans me forcer, dit-il, plus amer qu'il ne l'aurait souhaité. Ce n'est ni la première fois ni la dernière fois qu'un journaleux avide de sang aura eu la bonne idée de balancer ses enregistrements sur les réseaux sociaux.

— Ça me désole, répond-elle tristement. Je veux dire, nous sommes tous humains, qu'est-ce qu'il peut bien leur passer par la tête pour faire ce genre de choses ? Ils n'ont aucune décence... Et je ne te parle pas des tueurs. Je n'arrive pas à croire que ces hommes et ces femmes capables d'aller couper les gorges de docteurs et d'infirmiers n'ont aucun problème à prier et jouer avec leurs enfants dans la même journée. Ça me donne envie de vomir. »

Sylvain songe au cas de son père. Fou de joie à l'idée de retourner fouiller dans les charniers de l'esprit humain, il aurait sans doute été l'un des meurtriers les plus célébrés par la presse en temps de guerre.

« Rien que de savoir que nous partageons les mêmes codes culturels me débecte. Ces types qui massacrent des familles entières sur les places des marchés et dans les mosquées, nous avons grandi avec eux. Nous ne sommes pas si différents que ça.

— Tu as trop regardé la propagande française, objecte Imène. Après tout ce qu'ils ont fait pour se démarquer de nous, je ne suis pas sûre qu'on puisse les considérer comme des Français. D'ailleurs, nous aussi nous ne serons un jour plus regardés comme des gens de ce pays. Nous sommes des exilés, combien de temps avant que notre langue ne s'assimile avec celle d'ici et ne disparaisse ? Pour te dire la vérité, il n'y avait pas grand monde pour nous considérer comme Français quand nous vivions au pays, on n'a jamais voulu de nous parce que notre peau est trop sombre et la couleur de nos cheveux trop noire. Ton père ne serait pas né à Constantine, et moi à Sousse, que nous n'aurions pas cette petite conversation sous cet arbre. Nous mènerions nos petites vies tranquilles dans nos beaux carrés d'immeubles. »

Sylvain se garde de lui répondre que l'exil lui semble avoir quelques avantages. Certes, s'ils n'avaient pas été expulsés de France ils ne se seraient jamais rencontrés, mais lui ne serait jamais tombé amoureux. Il rougit, honteux, et refoule profondément cette pensée indigne de leur conversation. Il l'observe du coin de l'œil, de peur qu'elle n'ait repéré son malaise, et s'éclaircit la gorge.

« Je pense partir pour la capitale. Ils ont besoin de travailleurs, là-bas.

— Ah bon ? Comment est-ce que tu... » Imène s'interrompt, le jauge rapidement, et se corrige. « Je suis heureuse que tu veuilles voler de tes propres ailes, Sylvain, mais qui va s'occuper de ton père ? Et les médicaments, qui va les lui donner ?

— Comme s'il avait l'habitude de les prendre, ricane-t-il, sardonique. Je ne crois pas l'avoir vu avaler ne serait-ce qu'un comprimé depuis cinq ou six mois.

— Tu ne les lui donnes pas ? s'étonne Imène.

— Bien sûr que non, je pensais que tu savais.

— Ce n'est pas à lui de décider, rétorque-t-elle abruptement. Tu dois le forcer à prendre ses comprimés. Sans ça, ce sera un retour à ses premières années. Ni toi ni moi ne voulons revoir l'homme qu'il était. »

Un frisson glacial lui remonte le long de l'échine. Les cris, les coups contre les murs, leurs disputes, les années noires de son adolescence lui reviennent bien trop nettement en mémoire.

« J'ai tout essayé, admet Sylvain en un soupir de défaite. Tu te souviens de la fois où je me suis retrouvé à l'hôpital avec six points de suture ? »

Sa question est rhétorique. Tous deux ont en mémoire les traces de dents imprimées sur sa main et l'os visible juste au-dessous de ses doigts.

« Moi oui, poursuit-il sans prendre la peine de la consulter. Il n'y a plus rien à faire. Je n'ai pas l'argent pour le faire interner, il faudra comme d'habitude attendre que la situation se dégrade et qu'il doive être hospitalisé d'urgence.

— Tu en parles d'une manière si... détachée, si clinique.

— Et alors ? hausse-t-il des épaules, plus rogue qu'il ne le voudrait. Papa est mort il y a dix ans. Je pourrais te donner la date exacte du jour où ces maudits téléphones l'ont emporté. L'homme avec qui je vis depuis cette époque, c'est une coquille vide. »

Imène acquiesce silencieusement du chef et cette brève réponse sans parole le surprend plus qu'autre chose. Il ne s'attendait pas, malgré sa rancune, à ce qu'un membre du corps médical, et encore moins elle, confirme ses hypothèses les plus dévastatrices. Les autres médecins de l'hôpital ont souvent insisté sur le fait que son père pourrait revenir un jour ou l'autre à la raison. Imène aussi, d'ailleurs, quand il y pense. Et voilà qu'après trois ans de vie commune dans ce petit village loin de leur terre natale, l'infirmière évoque la défaite des psychiatres. Il se sent soudainement abattu et léthargique, les larmes prêtes à lui monter aux yeux au premier commentaire.

« Je pense souvent à l'un des livres de sa bibliothèque que j'ai lu quand j'étais enfant. Impossible de me souvenir du nom mais je sais que c'était une bande-dessinée écrite par plusieurs auteurs et destinée à vulgariser le fonctionnement de la physique quantique. Mon père travaillait sur ça, à l'époque. L'une de ses expériences préférées était reproduite dans le livre, tu sais, c'est l'histoire du chat...

— Le Chat de Schrödinger ?

— Celui-là même, acquiesce Sylvain. C'était particulièrement horrible dans cette BD car les deux états, mort ou vivant, étaient décrits à l'aide de dessins. On voyait le chat complètement irradié, les yeux en croix et la langue pendue.

— Rien de très surprenant, raille Imène. Ce pauvre animal s'est fait assassiner, dépecer et martyriser par tous les artistes du XXIe siècle... Il est devenu le point de passage obligé pour se tailler une place dans l'Art Quantique. »

Elle ajoute, sarcastique, des guillemets au flot de ses paroles puis soupire bruyamment en levant les yeux au ciel. Grande amatrice d'art, elle s'est passionnée pour les théorèmes de la physique quantique émis pendant les Années Folles et son ire n'a cessé de croître au fur et à mesure de ses conversations avec son père lors de leurs séances de suivi.

« Eh bien, reprend doucement Sylvain, ce chat, je me suis souvent demandé si l'on pouvait le considérer comme l'équivalent hypothétique de la maladie de mon père. Ou, si tu préfères, que la maladie de mon père soit l'application directe, psychiatrique, de cette théorie. »

Il marque une très courte pause et consulte son amie. Celle-ci, attentive et intriguée par les circonvolutions de son esprit, attend la conclusion de sa démonstration.

« Comme tu le sais, l'expérience veut démontrer qu'un atome peut avoir plusieurs mesures au même moment, c'est-à-dire que l'on peut définir une chose d'au moins deux différentes manières à un point donné dans le temps. Et ici, dans le cas présent, je savais que mon père était malade et j'espérais pourtant que se trouvait quelque part, en lui, la survivance de son ancien soi.

— Je ne suis pas sûre de savoir où tu veux en venir...

— Tu vois, c'est comme s'il y avait deux facettes d'une même pièce. L'homme englouti par ses cauchemars et l'homme possédé par ses pulsions. Deux états quantiques. Pareillement, tu es Imène, la femme, mais il existe aussi la mère, l'ancienne compagne, le docteur... Ce que tu fais chaque matin au moment de choisir tes vêtements et de décider si tu vas te maquiller, et si oui de quelle manière, c'est en fin de compte adopter une personnalité parmi tous les masques qui te sont disponibles.

— Et pourquoi ne pourrais-je pas revêtir plusieurs personnalités dans la même journée ?

— Ce serait possible, agréée-t-il en poursuivant son raisonnement. Chaque être humain serait un système quantique à lui tout seul, nous aurions chacun plusieurs valeurs, plusieurs mesures, et cette multiplicité ne serait en fait qu'un seul trait que l'on déclinerait à volonté selon notre envie. Et pourtant, tu viens d'admettre il n'y a pas cinq minutes que mon père ne reviendra pas. Tu viens de détruire toutes mes théories.

— Tu sais, si tout le monde vivait avec plusieurs personnalités totalement différentes avec lesquelles on s'habille comme on revêt un masque pour aller à Venise, le monde irait beaucoup plus mal. Je pense plutôt que nous possédons des garde-fous pour nous protéger de nos pulsions et, que dans le cas de ton père, la mort de ta mère a causé un raz-de-marée si puissant que les digues n'ont pas tenu. L'idée du Chat, si tentante soit-elle, je n'y crois pas une seule seconde.

» Tu… Ton père, poursuit-elle, hésitante, ton père est gravement malade. La tempête fait rage dans son esprit et l'esquif de sa raison ne s'amarre jamais très longtemps au port de sa conscience. Dans ces rares moments, il est coincé dans l'œil du cyclone, et aucune de nos bouées de sauvetage ne parvient à le ramener sur la terre ferme. À moins d'accepter les termes de sa folie et de partager ses moments de délire, il faut que tu commences à accepter le fait que l'homme que tu as connu ne reviendra pas. »

Sylvain hoche doucement du chef, un pincement au cœur et la tête rentrée dans les épaules.

« Tu parles d'une bonne nouvelle… dit-il avec un sourire amer. J'étais venu me changer les idées et me voilà plus déprimé qu'à mon arrivée. Je ne sais pas comment je dois te remercier. »

Il se relève, fourre ses mains dans ses poches et tourne autour du puissant tronc ancestral. Curieux, un écureuil perché sur l'une des branches les plus basses l'observe placidement, un morceau de champignon blanc entre les mains. Le jeune homme se rapproche doucement de l'animal et imite vulgairement les cris et les grognements du rongeur dans une vaine tentative de l'amadouer. Contre toute attente, la manœuvre fonctionne et le téméraire écureuil grimpe sur son arbre. La bête remonte son corps avec une facilité impressionnante, ses petites griffes enfoncées dans le cuir de sa veste et lui lacère le cou avant de s'installer sur son épaule.

« On dirait que vous vous connaissez depuis toujours », commente Imène, radieuse.

Elle se lève à son tour et tente d'apprivoiser l'animal à l'aide d'un morceau de son sandwich. L'écureuil émet un bruit, une sorte de pépiement, quitte son promontoire humain en dévalant les marches formées par les plis des vêtements et disparaît derrière une grosse racine. Sylvain et Imène continuent de traquer l'animal pendant plusieurs minutes, jouent avec ses congénères et s'extasient devant la colonie de champignons, velus pour certains et blancs de nacre pour d'autres, ayant poussé sur le terreau environnant. Cet épisode éphémère, proche de l'enfantillage, apaise les soucis du jeune homme. Ils évoquent la possibilité de déjeuner ensemble dans l'une des gargotes du village et de passer l'après-midi entre les monts et les vallées de la région. Au moment d'enjamber son vélo, pourtant, une brise glaciale soulève les pans de sa veste puis vient caresser le feuillage du Chêne des Pendus. La frondaison tremble et tintinnabule, les râles de détresse des mourants lovés dans les échos argentins de la ramure.

Son sang se fige immédiatement dans ses veines. Le bruissement des feuilles évoque le crissement du chanvre autour des nuques brisées et le choc des branches rappelle le fracas des jambes qui s'entrechoquent dans l'espoir de se raccrocher, ne serait-ce qu'une poignée de secondes, à la terre ferme. La houle tumultueuse éveille les gémissements pleins de bave des condamnés à mort et la chute des glands les corps que l'on détache, quelques jours plus tard, lorsque les soldats du Pasha découvrent l'hécatombe. Sylvain blêmit, il sent toute la vigueur de son visage lui échapper, et la saveur apeurée de son parfum n'échappe pas à sa compagne.

« Qu'est-ce qui va pas ? Tu ne te sens pas bien ? »

Les poils de ses bras se hérissent et Sylvain résiste à la tentation de chasser les échos funèbres par une couche de bruit tonitruante. Il inspire une large goulée d'air et contrôle sa respiration, lentement, inspirations et expirations mesurées les unes à la suite des autres.

« Juste un petit malaise, grogne-t-il en se massant les tempes. Je n'ai pas beaucoup dormi la nuit dernière. Ça ira mieux dans cinq minutes. »

Imène acquiesce, peu convaincue, et se met en route. Ils quittent rapidement le Chêne des Pendus, le soleil dans leur dos et la grosse ombre de l'arbre les plongeant dans un bain glacial. Ils roulent en silence à travers les champs désertés pour la pause-repas et se laissent bercer par l'écho des klaxons des voitures encombrant la nationale qui relie le village au chef-lieu du comté.

Malgré lui, Sylvain ne cesse de ressasser leur conversation. Il songe au délire de son père, au petit monde qu'il s'est forgé dans une bulle d'isolement, et surtout à cette étrange musique qu'il entend pour la première fois en-dehors des murs de la demeure familiale. Il en vient à se demander si, à cause de leur proximité, son père ne l'a pas infecté. Il hésite plusieurs fois à faire part de ses théories à Imène et s'interrompt à chaque fois au moment de parler, de peur de découvrir une faille dans l'ordre de son esprit. Il sait que s'il devait se saisir des outils par lesquels son père comprend la réalité, il en perdrait la raison en moins de temps qu'il n'en faut pour le dire. Jamais il ne supporterait, jour après jour, heure après heure, les râles des moribonds, les pleurs des familles et les cris de guerre féroces des tyrans. Il songe à prendre des calmants, ou quelque chose de plus fort, afin de remédier à ce problème : anesthésier la douleur des morts est plus facile que chercher à la comprendre. Il ne réalise même pas que, à tergiverser sur son sort, le besoin de s'assourdir à coup de guitares mal maîtrisées et de cris stridents ne se fait pas ressentir. Pour la première fois depuis plusieurs années, Sylvain se sent capable d'affronter et de comprendre la tourmente de son père et, par la même occasion, de reprendre son destin en main.

Ils parviennent bientôt dans les premières ruelles du village. Le bourg est anormalement silencieux, les trois femmes ont disparu des fenêtres, accaparées par leurs tâches de maîtresse de maison, et les ouvriers ont quitté la place centrale pour l'usine, abandonnant derrière eux un amas de mégots dans un cendrier de pierre. Les cigognes elles aussi sont parties en quête de nourriture et le soleil, baignant les murs gris d'une lumière blafarde, s'est réfugié derrière les nuages.

Aux aguets, Sylvain ralentit l'allure. Il s'attend à tout moment à percevoir le picotement métallique d'une rafale contre le blindage d'un véhicule et, au moment de passer devant la demeure familiale, imagine l'ombre chétive de son père à moitié dissimulée derrière les rideaux. Il aurait son casque de réalité virtuelle accroché à la figure tel un cyclope numérique assoiffé de sang, aveuglé par son obsession macabre, tous les fluides nauséabonds du corps humain déversés sur son visage depuis des plaies entraperçues à des milliers de kilomètres de là. Il suffirait d'un seul coup, asséné entre les épaules, et d'une chute dans les escaliers pour mettre fin à ce cauchemar. Pétrifié par l'horreur de ses pensées, le jeune homme avise sa compagne du regard.

« Tu veux que je lui donne ses médicaments ? lui propose-t-elle en se méprenant sur ses intentions.

— Je ne sais pas... Moins je le vois et mieux je me porte. Ceci dit, il suffirait que tu les lui fasses avaler et tous mes problèmes seraient résolus, au moins pendant quelques jours.

— Ce sera l'affaire de cinq minutes, acquiesce Imène. Tu peux rester ici si tu veux, dis-moi seulement où ils sont et je m'occuperai du reste.

— Dans le placard près du frigidaire. Il y a une boîte à pharmacie entièrement vide, mis à part les fameux comprimés. Tu ne peux pas la rater. »

Imène s'active aussitôt. Elle dépose son vélo contre le mur porteur de la bâtisse, avale les quelques marches du perron d'une seule enjambée, et disparaît dans le couloir d'entrée. Étrangement, aucune vague assourdissante de bruit mortifère ne s'échappe depuis les profondeurs de la maisonnée et, au contraire, il lui semble entendre quelques éclats de joie. Désarçonné par l'attitude chaleureuse de son père, le jeune homme rentre chez lui dans l'espoir secret d'y découvrir le corps miraculé de son géniteur.

Des bribes de conversation ne tardent pas à lui parvenir depuis la cuisine. Sylvain reste hors de leur champ de vision, s'adosse aux côtés d'une vieille machine à coudre à pédalier achetée chez un antiquaire, quelque temps après qu'ils aient été chassés hors de France, et écoute :

« Il est venu me voir cet après-midi.

— Encore ! se récrie l'ombre, inquiète. Est-ce qu'il t'a fait du mal ?

— Bien sûr que non, tu sais comment il est.

— Justement, c'est bien ça qui me fait peur. »

C'est la première fois depuis la mort de sa mère que Sylvain entend cette voix. Il la reconnaît dès ses premiers accents : elle possède un timbre bien particulier, légèrement de baryton, avec un accent pas tout à fait capable d'imiter les sons les plus caverneux de la langue française.

« Il m'a dit que les écoutes avaient repris, poursuit Imène, dont il perçoit la silhouette dans l'encadrement de la porte de la cuisine. Un hôpital en Algérie, c'est ça ?

— Et un mariage, précise son père d'une voix sombre. Trois cent cinquante morts.

— Sylvain ne pourra pas en supporter davantage. Je sens qu'il est à bout de nerfs et qu'il va basculer d'un moment à l'autre.

— Je doute qu'il y ait quoi que ce soit qui puisse le sauver, affirme son père, découragé.

— Il n'y a pas trente-six solutions. Il faut qu'il reprenne ses médicaments. »

Pétrifié dans l'encadrement de la porte de la cuisine, Sylvain sent son cœur se retourner sur lui-même. Toutes les journées passées sous le feuillage ancestral du Chêne lui semblent être une trahison et il hésite entre les interrompre et s'enfuir vite et loin. Sa main directrice tremble nerveusement, battant une mesure bien trop connue contre le plateau de la machine à coudre, et le jeune homme la fourre dans la poche de ses jeans : la dernière chose dont il ait besoin est d'être surpris en train d'écouter aux portes. Néanmoins, le besoin de savoir si les digues de sa conscience ne viennent pas de céder aux appels des sirènes de son imagination se fait bien plus fort, et il ne résiste pas une seconde de plus à l'envie de chasser cette hallucination de son esprit et de retrouver le vieux moribond au-dessus de son assiette de potage froid. Il s'engouffre dans la cuisine, où se trouvent les deux adultes, et est frappé de plein fouet par le spectacle de son père, bien vivant et bien portant, caressant doucement, et non sans mélancolie, la main d'Imène.

Effaré, Sylvain poursuit l'inspection du corps de l'auteur de ses jours avec une minutie caractéristique de ses cauchemars. Son géniteur n'est plus aussi décharné que dans son souvenir, ses joues sont un peu plus replètes que celles du cadavre ambulant dont il se faisait l'idée, son épaisse barbe blanche tire davantage sur le poivre et le sel et ses cheveux bouclés, retenus en une queue de cheval, ne sont plus aussi marqués par les stries blanches gagnées au fil des années. Si ses bras hâlés sont bien parcourus de brûlures sombres, dernier cadeau de la police française offert lors d'une longue nuit dans les geôles du commissariat de Bellegarde-sur-Valserine, ses mains sont dénuées de veines noueuses et bien moins blanches et transparentes que dans sa mémoire. Lui qui les a toujours considérées comme les appendices technologiques de sa folie, les voilà qui retiennent celles d'Imène.

D'ailleurs, Imène n'a plus rien de la sémillante jeune femme côtoyée quelques heures plus tôt. On dirait une quinquagénaire dans la force de l'âge, amoureuse et éclatante de beauté. Il ne peut pourtant s'empêcher de décrire avec horreur les rides en patte d'oie au coin de ses yeux, les taches brunâtres qui picorent sa gorge et son visage, ainsi que les mèches grisonnantes de sa chevelure noire.

D'abord incapable de mettre de l'ordre dans ses idées, il objecte silencieusement que cette union ne peut pas exister. Imène est bien trop jeune pour son père, elle pourrait être sa sœur ou, comme dans ses rêves enfermés dans la boîte de Schrödinger, sa compagne. Il recherche du soutien auprès des dangereux appareils de son père, les ordinateurs bourdonnants et les téléphones luminescents. Cette réalité-là, celle du vieux fou en train de dénombrer les morts, il la connaît et la maîtrise. Il ne trouve rien d'autre sur la table de la cuisine qu'un cendrier, un vulgaire téléphone et une paire d'écouteurs décorés d'une grosse pomme. Les écrans multiples, les cahiers de brouillon aux pages noircies et les lunettes de réalité augmentée ont disparu.

« Sylvain ? s'étonne son père. Je ne savais pas que tu étais là, assieds-toi avec nous. On a quelque chose de très important à te dire.

— Tu arrives à point nommé, rajoute Imène. Je viens de lui donner ses médicaments. Il se sent déjà beaucoup mieux, n'est-ce pas Sofiane ? »

Elle se tourne vers son père qui, surpris l'espace d'un instant, en oublie les prochains vers de son rôle.

« Beaucoup mieux, oui, se racle-t-il la gorge en se rapprochant de son fils. Est-ce que tu veux t'asseoir un moment, manger un morceau ?

— Ce n'est pas possible, répond Sylvain d'une voix qu'il maîtrise mal. Ce matin, tu étais sur tes appareils... »

Son père élève un sourcil perplexe, son front barré d'une inflexion soucieuse. Il échange un regard avec sa compagne, une œillade dont Sylvain est incapable de traduire le sens mais dont il ressent toute l'importance. Imène hoche subrepticement du chef en réponse à son père et Sylvain remarque qu'elle tient entre ses mains une tablette de comprimés dont le goût effervescent lui revient en bouche. Il se remémore aussi les paroles de son père, prononcées quelques heures plus tôt au sortir de la maison, et comprend tout.

La mélodie de la haine enregistrée sur son baladeur, il l'a enregistrée. Les images du cadavre technologique de son père, c'est une hallucination dérivée de son propre malheur. Les longues conversations sous le Chêne des Pendus, des vulgaires séances de soutien. Il se sent soudainement vidé de toute substance car ce simple coup d'œil sur les comprimés blancs vient de pulvériser toutes les connaissances, toutes les croyances et toutes les émotions qui l'ont un jour traversé. En écorchant les couches supérieures de sa conscience, ce souvenir atroce de la pilule qui se dissout sous sa langue éveille en lui un sentiment de terreur. C'est tout comme s'il n'avait pas effacé la bande de sa cassette mentale mais avait au contraire enregistré par-dessus un nouvel album, oubliant des bribes de l'ancienne musique au début et à la fin de l'enregistrement, provoquant un enregistrement granuleux et de mauvaise qualité. Aux univers du garçon heureux et du garçon malheureux s'imprime le mensonge consciencieusement entretenu par ceux qu'il considère comme les personnes les plus chères au monde.

« Des neuroleptiques, explique Imène qui surprend son regard. Sans eux, tu retourneras d'ici ce soir dans ce monde gris et douloureux que tu continues de nous décrire jour après jour.

— Je ne peux pas y croire. Les tablettes, les téléphones, les listes... J'ai vraiment tout inventé ? »

Les deux adultes hochent du chef de concert, l'air grave. Imène se rapproche et ajoute :

« Ce que tu crois acquis, ton père, les morts et les téléphones, ne l'est pas pour les autres. Pour la plupart d'entre nous, ton père n'est pas l'homme que tu penses, ce qui n'empêche pas ton raisonnement d'être valide, une fois que l'on a accepté les conditions de ta réalité. Le problème est que ces deux acceptions ne peuvent pas coexister. Il faut que tu fasses ton choix.

— Ta mère a raison, Sylvain. Prends tes médicaments, s'il-te-plaît. Tu n'as pas besoin d'avoir peur.

— Sofiane ! »

Imène pousse un cri catastrophé. Elle couvre son désarroi de ses mains, des larmes venues mouiller le pourtour de ses paupières.

« Il est temps que tu reviennes parmi nous, Sylvain, poursuit son père sans accorder un regard à sa femme. Maman n'est pas morte à Paris, elle se tient là, juste devant toi. Regarde-la et réveille-toi, bien Dieu ! Tu ne peux pas et tu ne veux pas continuer à croupir dans cette horreur mentale pour le reste de ta vie. Nous sommes là, ton père et ta mère, et nous t'attendons. Qu'attends-tu pour revenir ? »

Un silence, lourd, s'installe dans la pièce. Interdits, son père et sa mère observent le moindre de ses faits et gestes tandis qu'il tente de déchiffrer leurs traits agités, porteurs d'une vérité qu'il ne peut pas croire.

« Maman est morte à Paris, énonce-t-il d'une voix tremblante.

— Foutaises, crache son père. Montre-lui, Imène, ça lui rafraichira la mémoire. Je n'en peux plus de cette mascarade. »

L'infirmière, aucun autre mot ne parvient à s'installer durablement dans son esprit pour la décrire, essuie du revers de la main une perle de larme ayant glissé sur ses joues. Elle renifle, acquiesce, puis remonte la jambe droite de son pantalon.

« C'est impossible », balbutie-t-il, hébété. Chaque syllabe caracole sur ses lèvres et emporte avec elle un pan de sa raison. Il convoque le souvenir de sa génitrice, femme-mère encastrée dans un portrait accroché au mur de la bibliothèque, cliché extirpé d'un passé révolu, et reconnaît quelques similitudes entre la personne qui lui fait face et le souvenir chaleureux de cette femme partie trop tôt. Il déglutit difficilement, sa gorge devenue rugueuse, et répète : « Maman est morte à Paris. »

Sylvain ne peut en supporter davantage. Il s'enfuit de la cuisine et gagne la bibliothèque où repose le portrait dans son cadre funéraire, rangé entre les publications scientifiques et les bande-dessinées belges. Il s'empare de la photo, plongée dans la pénombre et recouverte d'une épaisse couche de poussière, et contemple le faciès de celle qui l'a mis au monde. Mèches blondes et fossettes au coin des lèvres, la réplique de celle pour qui son cœur bat lui renvoie un sourire radieux, fort du mensonge de toute une vie.

« Non. »

Le jeune homme lâche le cadre et l'objet se pulvérise sur le sol, le bois aggloméré de couleur noire répandu en dizaines d'échardes, la protection de plastique transparente fissurée entre le bébé tenu entre les bras maternels et le visage ovale de sa mère. Il se retourne ensuite vers ses parents, immobiles, la main de sa mère passée autour des épaules de son père. Il s'attarde un instant sur la prothèse blanche, limpide, rappel d'une contrefaction de la réalité.

« On va tout t'expliquer, commence Imène, dont la voix chevrotante manque de se casser à la moindre inflexion. Je suis restée un an dans le coma. Je ne sais pas si c'est la vue de mon corps allongé sur ce lit, mon absence, ou les deux qui t'ont troublé. Le temps que ton père s'aperçoive de tes problèmes et entame les premières démarches, les pogroms avaient commencé. Personne n'a voulu nous aider, et quand bien même certains auraient voulu nous aider, c'était bien trop dangereux. Il a ensuite fallu partir, quitter la France, et... »

Le chapelet d'excuses continue pendant encore une minute ou deux que Sylvain n'écoute plus que d'une oreille distraite. La contrefaçon minutieusement créée par ses parents est une bien maigre faute au regard de la trahison de son histoire et du mensonge éhonté de sa mémoire. Il s'intéresse à ses propres mains, celles d'un étranger et d'un homme qu'il côtoie depuis l'enfance. Elles ont joué des accords sur des guitares et imité les accents chaotiques des guerres modernes. Voici donc ce que l'on appelle la maladie mentale, ce qu'il considère comme le jeu du chat et de la souris auquel se prête apparemment son esprit depuis une dizaine d'années. Un ravage causé par la cruauté humaine, une distorsion de l'âme jamais rassemblée pour la simple et bonne raison que la couleur de sa peau ou la couleur de ses cheveux diffère de la majorité.

« Non », annonce-t-il à voix haute. Le jeune homme se refuse à se laisser abattre par la médiocrité de ses sentiments. La sarabande des morts n'est pas venue jouer sa ritournelle depuis plusieurs minutes et, si elle devait revenir, Sylvain est maintenant prêt à l'affronter. Il comprend qu'il lui faut partir, partir n'importe où mais surtout vite et loin pour quitter cet antre de la folie. Il veut inscrire de nouvelles lignes sur le livre de sa vie, gratter l'encre du passé ou recouvrir les pages noircies de nouvelles planches bien propres. Son père, sa mère, Imène, ne sont que les constructions de sa personnalité. Il se refuse à admettre cette maladie insidieuse, il veut connaître le Sylvain heureux, celui qui voyage et pourquoi pas qui retourne en France au mépris de sa survie ; il ne veut pas échapper aux échos assourdissants de la musique mais les maîtriser et jouer de leur bruit distordu ; lui que l'on considère comme fou attend tout de la vie. Il veut l'expérimenter jusque dans le moindre de ses recoins, lutter contre les méandres de son esprit, être en perpétuel mouvement contre l'entropie de son être, reconquérir le vide et l'aujourd'hui car, dans sa multiplicité des possibles, le futur lui est tout acquis. Libre. Il est libre, totalement libre. Sylvain fait rouler plusieurs fois le mot sous son palais comme on goûte un bon vin, et c'est de cette saveur éphémère dont il s'enivre.

L'horreur au bout des lèvres, il s'avance, confiant, vers son père et vers sa mère. Demain, il sera parti.

# MEMOIRES MORTES

Xavier Portebois

Xavier Portebois a beau avoir voyagé un peu, il s'est vite rendu à l'évidence que la réalité n'était que fâcheusement trop réelle, que les étoiles restaient désespérément hors de portée, et que la science-fiction s'obstinait à ne rester que de la fiction. Aussi, il préfère depuis vagabonder le plus souvent possible vers d'autres mondes, de ceux où l'on trouve des robots déviants, des I.A. un peu trop conscientes, et des humains qui se transcendent tout azimut.

## Bibliographie


Allégeance, Nouveau Monde n°6 (2014)
Pyrolepsie, Gandahar n°1 (2014)
Comme le sable dans le vent, Anthologie « Robots », éditions La Madolière (2014)
Sous l'éternel ciel bleu, Anthologie « Éclipse », Les Auteurs underground (2014)
Les enfants d'Avalon, Pénombres n°6 (2014)
Les fleurs oubliées, Gandahar n°3 (2015)
Qu'un pas de plus, Piments et Muscade n°23 (2015)
Quelques perles de trop, les 24h de la nouvelle (2015)
Caver Den, éditions Voy'[el] (2015)
Monologue, AOC n°40 (2016)
Le silence de Shiva, Anthologie « Avenirs radieux », éditions Rivière Blanche (2016)
Robô, Anthologie « Mort(s) », éditions des Artistes Fous Associés, (2016)

# MÉMOIRES MORTES

## Xavier Portebois

Une nouvelle publicité devant mes yeux. Les pixels des écrans dans la rame de métro bondée brillent d'un blanc aveuglant.

Leur lumière se radoucit, les détails élégants d'un appartement bourgeois s'affichent. Dallage de marbre aux dessins triangulaires, murs crème percés de larges fenêtres lumineuses, meubles marquetés et vernis aux angles vifs.

« Est-ce que grand-père va devoir partir ? »

La voix est stridente, mais claire. Ses fréquences étudiées pour couvrir la rumeur du métro et attirer l'attention. C'est une enfant qui vient de parler. Elle se dresse au milieu du séjour, petite silhouette vêtue de beige, l'air chagrin, la porcelaine de sa poupée automate luisant entre ses doigts menus. Sa mère attend à côté d'elle, robe sombre à la coupe droite, décolleté en triangle sur sa chair pâle, ceinture de boucles argentées qui met en valeur sa taille fine. Elle lui répond avec un sourire aussi maternel que commercial.

« Oui, ma puce, mais nous irons le voir tous les week-ends. Ce sera même mieux qu'avant, tu verras. »

La caméra s'écarte du duo sur le rire ravi de la bambine. Elle franchit une porte entrouverte et révèle une chambre luxueuse, à la tapisserie de damas filé d'argent. Dans un coin, un majordome automate décore le cadre, son armature cuivrée apporte un élégant contraste avec le reste de la pièce. Ses yeux éteints sont figés sur le lit médicalisé au centre. « Grand-père » y gît, offrant un sourire factice à l'assistante debout à ses côtés. La jeune femme manipule les deux cylindres chromés du scanner qui encadrent l'oreiller puis se tourne vers la table de chevet.

Zoom de la caméra pour accompagner son geste. Un caisson rectangulaire, à peine plus grand et épais qu'une sacoche, trône sur la tablette. Des câbles en sortent et rejoignent les scanners, désormais hors champ. La focale se concentre sur les motifs néo art déco au centre de la caissette. Des rayons d'or et de nacre irradient du logo : un visage androgyne blanc, paupières closes, le front marqué par l'or d'un triangle barré qui pointe vers le sommet du crâne.

Fondu lumineux alors que la caméra plonge vers le front d'albâtre. Nouvelle scène. Une alcôve spacieuse, garnie de velours blanc, où grand-père reçoit toute la famille dans une cascade de rires publicitaires. On remarquerait à peine que le vieillard est un hologramme, cette fois.

Le sigle de Geist revient au premier plan, avec sous son visage apaisé leur devise : « La clé du Paradis, à vous, pour toujours ».

J'arrache mon regard de la publicité, peu fier de l'avoir suivie en entier. Le manque de sommeil, sans doute, avec ces dernières nuits passées à étudier notre prochain travail. Pourtant, autour de moi, les gens ont l'air d'avoir apprécié. Un représentant commercial, fedora à la main et triturant son épingle à cravate, hoche la tête d'une moue convaincue. Il songe peut-être à acheter les services de Geist pour le futur anniversaire de ses parents. Derrière moi, c'est un ouvrier qui a contemplé la réclame, l'œil envieux. Il baisse le regard et frotte la crasse de sa main sur le bleu de sa salopette, sachant très bien qu'il n'aura jamais les moyens de s'offrir un tel luxe.

Ils ne sont qu'une bande d'aveugles. Toutes les promesses de Geist ne pourront rien y changer : Papy est mort. Oh, vous continuerez à aller le voir les dimanches et vous parlerez du bon vieux temps, peut-être, mais il n'en restera qu'un hologramme, un fantôme jailli d'une urne contreplaquée pas plus grande qu'une boîte à chaussures. Là dedans, entre quatre planches, pas de vie, pas de corps, pas même son cadavre. Rien d'autre que ses données, son scan intégral, littéralement atome par atome. Une bête mémoire dure qui n'attendra que votre visite pour être branchée sur leur quamputer, la seule machine assez puissante pour en tirer des simulations complètes : repas de famille, soirée cocktail, ce que vous voudrez. Ils vous offrent les clés du paradis, mais oublient de vous rappeler que là-haut, il n'y a rien sinon les nuages.

Au final, notre nouveau contrat me plaît. À Volker aussi d'ailleurs. Quitte à pirater le système d'une corporation, autant que cela en soit une dont je ne puisse supporter les idéaux.

Saccade, crissement, arrêt. Les portes s'ouvrent et je m'arrache de la rame de métro. Les pieds sur l'escalator, j'en profite pour tirer le badge de la poche de mon gilet. Je le tourne et le retourne entre mes doigts : d'après ce qui est inscrit à côté du logo de Geist, je ne suis plus Félix Kneller, mais Lukas Jaeger, employé depuis dix ans déjà au service mémoriel de l'entreprise. Je me demande comment Ada a pu nous procurer un tel passe-partout électronique.

Ada. Ada Denzel, du moins c'est ainsi qu'elle s'est présentée à nous, trois jours plus tôt, sur notre videolink privé. Le disque de swing qui tournait en boucle s'est arrêté quand son étroit visage est apparu sur l'écran, sa peau pâle encadrée par les accroche-cœur blonds de ses tempes et le col relevé de son chemisier émeraude. Un visage d'ange sévère qui tranchait au milieu de notre petit atelier clandestin, parmi les bouteilles de whisky vides et la fumée de nos fers à souder. Il n'y avait que ses lunettes rondes aux verres miroirs qui dénotaient avec son allure de gentille fille de bourgeois.

L'appel terminé, nous avons fouillé pour découvrir comment elle avait appris notre existence et quelles pouvaient être les véritables raisons de la mission qu'elle nous confiait. En vain. Qu'importe, ce n'est pas la première fois que nous travaillons à l'aveugle pour un commanditaire dont nous ne savons presque rien. L'avance a été versée sur nos comptes durant la vidéoconférence, cela a suffi à nous convaincre.

Même si nous ne comprenons pas ce qu'elle cherche, ses ordres sont simples et sans grand danger. Volker, à cause de son allure anarchiste, se contente de rester en soutien à l'atelier. Moi, j'infiltre les locaux puis localise un caisson mémoriel bien particulier : celui qui contient le scan de Lorenz Gottschalk, ni plus ni moins que le fondateur de

Geist. Ensuite, je n'ai qu'à le brancher sur leur simulateur et le tour est joué.

Pas plus difficile à faire qu'un *triple step* sur un air de swing.

*

Geist.

Derniers rajustements avant de franchir les portes-tambours. Je remets en place les mèches de mes cheveux gominés, lisse les plis de ma chemise, brosse mon pantalon et accroche le badge sur le haut de mon gilet, bien en évidence. De quoi se sentir déguisé : je ressemble sans doute à n'importe quel salarié de l'entreprise, vêtu avec autant de propreté que de modestie.

L'intérieur est conforme aux plans que Volker a su tirer lors de ses incursions informatiques. Je n'ai qu'à me fier à ma mémoire et aux cartes consultées des dizaines de fois. Dans le grand hall de marbre blanc, des files de visiteurs s'étirent sous la lumière apaisante d'un vaste lustre octogonal au verre dépoli. De vieux gentilshommes qui refusent de disparaître à leur mort, portant des habits sombres comme pour leur enterrement, se mêlent aux familles qui viennent souscrire au nom de leur doyen ou prendre un rendez-vous pour une simulation. Je m'écarte des cordons de velours doré qui les guident, passe derrière les colonnes de marbre et gagne d'un pas décidé la double porte du fond.

Le Paradis, maintenant. Une grande salle octogonale, éclairée de lampadaires bas, le plafond perdu dans l'obscurité. Des panneaux de trois mètres de haut scindent l'espace en alcôves indépendantes, fermées par des rideaux de velours blanc. Je franchis les allées centrales et des bribes des simulations en cours s'échappent des chambres que je dépasse. Un éclat de rire d'enfant, le spectacle d'un brunch en famille révélé entre deux tentures mal nouées, les voix graves d'un dialogue intime entre père et fils.

Autant de bonheurs factices et de moments volés aux morts.

Je gagne l'escalier de service et grimpe les marches jusqu'au seul étage accessible d'ici. Comme prévu, la porte donne sur une passerelle mal éclairée qui domine le Paradis depuis les ombres. Un rapide regard à droite puis à gauche me confirme qu'elle longe les huit murs où je devine, placées en couronne, les vitres des bureaux du service mémoriel. D'après les plans de Volker et le numéro qu'indique mon pass, le mien doit être le douzième à ma droite. Je remonte la coursive d'un air assuré, apparemment convaincant. Les deux employés que je croise m'adressent un simple signe de tête poli en guise de bonjour. C'est à peine s'ils ont esquissé un coup d'œil en direction de mon badge.

Je risque un regard sur le côté, par-dessus le garde-corps en fer forgé. Le Paradis s'étend sous mes pieds, bien plus grand que ne le suggéraient nos cartes. Des dizaines et des dizaines d'alcôves irradient en rayons depuis le centre, chacune théâtre de son propre mensonge. Je dois reconnaître que l'agencement est ingénieux : d'ici, les techniciens peuvent surveiller chaque scène, chaque simulation, cachés du public par l'obscurité. D'en bas, par contre, les clients ne doivent pas apercevoir les locaux techniques, tout au plus les clignotements de quelques diodes. Peut-être les confondent-ils même avec des étoiles perdues dans ce firmament artificiel, qui sait.

Les plans me reviennent en tête : le quamputer doit être à mon niveau, accessible de la galerie. Je relève les yeux et découvre quatre passerelles en croix qui se rejoignent au centre. Des tentures noires ont beau tomber du plafond et former au milieu un large cône renversé où s'engouffrent les quatre ponts, je sais ce qui s'y cache : le monolithe sombre du simulateur, entouré de sa cour de caissons mémoriels.

Un grincement à ma droite. Un employé arrive dans ma direction. Je reprends une marche confiante, le regard fixe devant moi, le souffle tranquille. Ce n'est pas le moment d'éveiller le moindre soupçon, à seulement quelques pas de mon bureau.

J'espère qu'Ada ne nous a pas trompés et que le pass est bien activé.

Je le dégrafe et l'approche du disque chromé qui jouxte la porte vitrée. Le scanner le détecte, un point d'or s'allume en son centre. Une demi-seconde puis le verrou se déloge avec un cliquetis net. J'attrape la poignée d'une main moite, m'engouffre dans l'office et claque le battant derrière moi. Ma respiration se relâche, un profond soupir m'échappe.

Un pas de fait. Plus que deux.

Murs et plafond de plâtre gris, bureau de bois sombre, chaise pivotante aux cuivres patinés. Derrière tout le luxe jeté aux yeux de la clientèle, les locaux de Geist ressemblent à ceux de n'importe quelle entreprise, au final.

Je prends place face à l'ordinateur qui trône au milieu du bureau, son socle massif posé sur un sous-main de cuir usé. Le badge fonctionne là encore et, à peine reconnu, l'écran transparent s'illumine dans son cadre argenté. Je m'empare du clavier aux grosses touches rondes et m'assure que j'ai bien accès aux serveurs, identifié par le réseau en tant que Lukas Jaeger, technicien de quatrième niveau.

Je tire mon monocle de mon gilet et le pose sur le bureau. Une pression sur le bouton d'allumage, quelques instructions du bout des doigts sur la lentille tactile, et le visage de Volker apparaît au centre de la monture en une gamme de sépia.

« Alors, comment ça se passe là-bas ? me demande-t-il sans politesse superflue. Tout est conforme aux infos de notre demoiselle ? »

J'entends un vieil air de jazz derrière lui. Son fume-cigarette, vide, va d'un coin de ses lèvres à l'autre, petite tige brillante entre ses joues mangées par une barbe de trois jours. Toujours aussi négligé. De nous deux, il n'y avait bel et bien que moi pour jouer l'espion.

« Je suis à mon poste. Le badge est reconnu, le bureau semble m'être alloué depuis dix ans, comme elle nous l'a promis. Je me demande vraiment qui est cette Ada Denzel pour avoir accès à autant de ressources chez Geist. »

Volker répond d'un haussement d'épaules.

« Pas la première fois que notre contractuel serait une taupe au sein de la corporation qu'on infiltre. Allez champion, occupe-toi fissa de la mission avant que quelqu'un se mette à avoir des doutes sur ton passé d'employé modèle. »

Il se penche vers la caméra, son visage grossit un instant dans le monocle, puis le verre redevient transparent. Les haut-parleurs miniatures crachotent une dernière fois au déclic de fin de communication.

Il a raison, mieux vaut ne pas traîner. J'ouvre le moteur de recherche interne, lance plusieurs requêtes en parallèle sur tous les critères que j'estime pertinents pour retrouver la mémoire de Gottschalk. Des sabliers stylisés tournoient dans les différentes fenêtres de mon écran avant que les réponses n'arrivent une à une.

Aucun résultat.

Peu étonnant. Si c'était si facile, Ada Denzel aurait pu s'en charger elle-même. Un regard en direction de la vitre du bureau : personne en vue, je devrais pouvoir travailler sans être gêné. Je déploie un troyen, contourne les sécurités des serveurs et un quart d'heure plus tard s'affichent sur mon terminal les index bruts des archives mémorielles. Une myriade de rangées d'identifiants, de noms, de prénoms, de données pures. Si le caisson de Lorenz Gottschalk est connu des systèmes, il doit apparaître quelque part au milieu de cette masse d'informations.

J'y joue mes requêteurs personnels, tente plusieurs recherches par agents intelligents. Rien. Zéro résultat positif, même pour mes IA. Serait-il possible que nous ayons sous-estimé la difficulté ? Que le caisson ne soit pas caché dans les index, comme nous l'avons cru, mais tout simplement absent de ceux-ci ?

Je saisis le monocle et rappelle Volker. Autant avoir un second avis avant de prendre une décision.

« Peut-être Lorenz est-il enregistré sous une fausse identité ? propose-t-il une fois mis au courant.

— Peu probable. J'ai tenté de le retrouver avec des critères croisés et j'ai même pris en compte les anciennes valeurs des catalogues : s'il est dans la base, ce n'est rien de moins que l'intégralité de ses métadonnées qui serait falsifiée. »

Volker hoche la tête, dubitatif.

« En effet, ce serait stupide. Stupide et risqué. Un bête automate qui nettoie les registres durant une routine pourrait détecter l'anomalie ou le considérer comme une entrée corrompue. »

Mon regard quitte un instant le monocle pour se poser à nouveau sur l'écran où les fenêtres, vierges de résultat, semblent me narguer.

« Tout ça ne nous aide pas. Au final, de ce qu'on en sait, le caisson pourrait être caché n'importe où. Dans les archives, dans un bureau, dans les sous-sols. Peut-être même hors de Geist ! Ada ne nous a donné aucune certitude sur le périmètre à couvrir. »

Volker ne me répond pas. Il demeure silencieux de longues secondes, le regard fixe devant lui. Seul le fume-cigarette qu'il mordille machinalement remue encore pendant qu'il réfléchit.

« Est-ce que je peux émettre quelques suppositions ? », finit-il par demander.

J'acquiesce d'un geste du menton.

« Chaque caisson mémoriel contient des milliards de qubits, on est d'accord ? Une masse de données colossale, le minimum nécessaire pour reproduire l'intégralité du sujet scanné. Un petit monde à soi, avec dedans un unique individu, calqué au poil d'électron près.

— Rien de nouveau jusque là. Et ?

— J'ai déjà eu ce genre d'enregistrement entre mes mains, une fois. Ça peut s'explorer avec du matériel traditionnel, mais c'est horriblement long et les résultats demeurent fragmentés. Le seul appareil en ville capable d'en tirer quelque chose de correct, c'est leur quamputer lorsqu'il lance ses simulations probabilistes.

— Ça me semble juste. Geist se vante d'ailleurs d'être les seuls à pouvoir faire ça : gaspiller des milliards de cycles processeur pour offrir du rêve en holo à des richards qui ont peur de la mort. »

Volker sourit à ma pique sans toutefois perdre le fil de ses idées. Il lève vers moi un doigt énergique et continue.

« Exactement. Donc, si tu me suis, la mémoire ne peut être qu'avec les autres… »

Je comprends où il veut en venir et termine la phrase qu'il a laissée en suspens.

« Avec les autres, c'est-à-dire à côté du simulateur. Hors de l'index, mais dans la bibliothèque, le seul endroit où il peut être lu et utilisé… Soit, partons sur cette hypothèse, en espérant que ça soit la bonne. Maintenant, comment est-ce que je le retrouve parmi tous les enregistrements ? »

Volker saisit son fume-cigarette et le retire de ses lèvres, puis me répond en dressant un sourcil amusé :

« Je crois bien qu'il va te falloir fouiner là-haut. »

Sous mes pieds, les alcôves lumineuses du Paradis, alors que devant moi le bout de la passerelle s'engouffre entre deux larges plis de tenture noire. Juste derrière, une grille de fer forgé où brille le disque chromé d'une serrure électronique. J'appose mon badge sur le détecteur et attends la réaction, anxieux. Lukas Jaeger a-t-il bien les accréditations nécessaires pour accéder aux archives mémorielles ?

Une lumière dorée scintille, la barrière coulisse en silence sur le côté. Il les a.

Un interminable monolithe noir et luisant se dresse au centre, colonne octogonale segmentée en plusieurs étages. Des grilles de radiateur galvanisées ronronnent sous la chaleur de ses processeurs, des constellations de diodes opalines clignotent sur sa surface lustrée. Des fentes verticales percent par endroits les flancs du pilier de leurs cuivres. Elles accueillent entre leurs décorations géométriques des rangées de caissons mémoriels, arrimés comme les aubes minuscules d'une roue à l'essieu démesuré. Le simulateur quantique de Geist dans toute sa splendeur.

Impossible d'apercevoir le sommet du quamputer. Sa tour disparaît dans les ombres du puits inversé qui me surplombe. Tout autour, des dizaines d'étages, des centaines de rayonnages, des ponts qui se croisent ou qui jaillissent du centre. Comme une bibliothèque monstrueuse où s'empilent les sauvegardes des défunts. Des milliers de cubes d'or et de nacre où dorment leurs scans. Des milliers de mémoires mortes, de fantômes enfermés dans l'attente d'être branchés sur le simulateur pour une énième apparition dans les alcôves du Paradis.

Et là, quelque part, le caisson qui contient le corps et l'esprit virtuels de Lorenz Gottschalk.

Ne sachant pas par où commencer, j'emprunte l'escalier en colimaçon qui enlace le pilier du calculateur. Des bruits de pas me poussent à lever la tête. Un employé arpente une passerelle, trois étages à mon aplomb. Malgré les grillages entre nous, je le devine saisir un enregistrement et le tirer hors de sa place. Sans doute va-t-il le brancher sur le quamputer pour une nouvelle simulation.

Mieux vaut éviter de croiser quiconque pour le moment. Je choisis une allée au hasard et m'y enfonce à pas feutrés. Les mémoires se serrent les unes contre les autres sur les étagères et ne présentent que leur tranche : quelques triangles dorés répartis en motifs rayonnants sur un fond noir, avec en haut le visage au front marqué de Geist. Un simple numéro gravé sous le sigle différencie les caissons entre eux. Je me penche pour en lire un, puis un second, et ainsi de suite le long de la rangée devant moi. #588574, #183828, #349465…

Mon monocle vibre dans sa poche. Je m'assure d'un coup d'œil que personne ne peut me voir puis saisis le verre et accepte l'appel de Volker d'une pression du pouce. Prudence : j'occulte la lumière de la lentille au creux de ma main et réduis au minimum le volume de la transmission.

« Alors, comment ça se présente dans la nécropole ? »

Sa voix n'est qu'un chuchotis que j'imite.

« Ça risque de prendre du temps, beaucoup trop de temps. Il y a des milliers de caissons, tous identiques. Ils ont bien un numéro, mais ils semblent rangés sans suite logique. Je m'apprêtais à fouiller l'étage le plus haut, avec un peu de chance…

— Peine perdue selon moi. Inutile de retirer la mémoire des index si c'est pour la placer à un endroit évident, là où tout le monde peut la voir.

— Dans ce cas, je n'ai plus rien à faire ici. Autant ressortir et trouver un cadre dirigeant qui pourrait connaître son emplacement. »

Je m'apprête déjà à raccrocher, mais Volker agite les mains face à sa caméra.

« Attends, j'ai eu une idée entretemps. Ils l'ont peut-être cachée physiquement, en dehors des rayonnages – comme dans un tiroir secret, tu vois le genre ? Passe ton monocle en dérivation vidéo et branches-y tous les filtres que tu peux. De mon côté, je vais lancer une modélisation tridi des lieux sur les différents spectres disponibles.

— T'espères trouver quoi ?

— Les caissons ne sont rien de plus que des mini bases de données quantiques avec un joli enrobage. Pour éviter tout phénomène de décohérence au niveau des qubits, ils doivent avoir un blindage avec une signature bien particulière. »

On peut toujours essayer. Je glisse les doigts dans mon autre poche de gilet et en tire trois lentilles. Chacune est d'une couleur distincte, leur monture sillonnée de fils électriques et de composants soudés à l'artisanale. Empreinte thermique, spectre électromagnétique, rayonnement radioactif, Volker enregistrera tout ce qu'il désire. Je les visse l'une après l'autre sur le monocle, l'enfile puis reprends l'exploration méthodique des lieux, étage par étage.

Mes pas sont mesurés, aussi légers et silencieux que possible dans cette armature de grillages et de fer forgé. Il doit y avoir trois, peut-être quatre techniciens au travail, et éviter leur propre parcours est un calvaire. Je dois sans cesse guetter leurs mouvements, m'écarter de l'escalier central quand ils l'empruntent, ne jamais me trouver au même étage qu'eux, ni juste au-dessus ou au-dessous. Comme une souris chez les chats.

Pendant que je surveille d'un œil leurs allées et venues, je dois aussi tâcher d'inspecter du regard tous les rayons pour le scan tridi. Tout ce que j'examine, Volker le reçoit en instantané. Le récepteur près de mon oreille frémit aux accords du saxophone qu'il écoute, parfois accompagnés de ses grognements alors qu'il triture les données reçues.

Un étage, puis deux, puis trois. Les employés se trouvent désormais tous plus bas que moi, pourtant l'escalier n'en finit pas de monter vers les ombres. Le quamputer doit traverser toute la hauteur de l'immeuble.

La voix de Volker résonne triomphante à mon tympan : « Attends, je crois que j'ai quelque chose ! »

Je m'accroupis contre le garde-corps d'une allée, impatient de savoir ce qu'il a pu découvrir. Impatient aussi de déguerpir d'ici.

« J'ai une anomalie dans l'alignement des caissons. J'y mettrai mes decks à parier que c'est ça. Gravis quatre niveaux de plus et gagne le corridor à droite de l'escalier. »

Je décroche le monocle que je fourre au creux de ma main et obéis. Une fois sur place, Volker maintient son idée, même si le rayon dont il parle ne présente aucune particularité à mes yeux.

« Bien, maintenant avance. Encore… encore… Stop ! Regarde à gauche. »

J'exécute un quart de tour. Des caissons bien alignés, serrés les uns contre les autres, comme partout ailleurs. Qu'y a-t-il ici que je ne remarque pas ?

« Mate avec tes filtres, tu vas comprendre. »

Je dresse le monocle devant mon œil. Les enregistrements m'apparaissent aussitôt, rectangles de lumière rougeoyante dans une obscurité bleutée. Pas besoin de les compter pour relever l'anomalie. Un carré étincelant pour chaque cassette du rayonnage, et deux autres lueurs derrière. Deux caissons cachés à l'arrière de la rangée visible.

Le monocle retourne dans ma poche, je m'empare du premier bloc et le glisse hors de son rail. Surpris par son poids, je manque le faire tomber sur la grille de la passerelle et ne le rattrape qu'à la dernière seconde. Un soupir de relâchement, puis je retire les autres mémoires qui bloquent le passage. Derrière, une plaque métallique comme il doit y en avoir partout dans les archives, avec une différence : son bord découpe des ombres trop nettes, trop larges. Elle n'est pas vissée, simplement posée.

Mes ongles se glissent dans les fentes, je déloge le vantail et le dépose à mes pieds.

« Alors ? C'est ça ? » interroge la voix lointaine de Volker depuis le fond de ma poche.

Je ressors le monocle, en dévisse les filtres et l'enfile pour qu'il puisse voir avec moi.

Il y a bien une cachette creusée derrière la plaque, aménagée en trois emplacements de velours noir. Celui du milieu est inoccupé.

« Parfait. On vient de passer de milliers d'alternatives à deux. Choisir la bonne devrait être plutôt facile désormais. »

Je me penche vers les caissons pour mieux en discerner les détails. Celui de droite s'avère n'être qu'une coquille vide, une plaque posée à même le velours, comme pour en combler le vide. Elle reprend les motifs des boîtes mémorielles, mais le logo de Geist a été remplacé par le portrait d'une femme aux traits fins, amincis par l'âge, aux yeux dorés ouverts en un regard mort. Celui de gauche est un vrai, par contre. Il a également un visage gravé au milieu des rayons d'or et d'ivoire : un homme cette fois, le menton carré, l'œil émeraude, une fine moustache soulignant la courbe de sa lèvre supérieure.

« C'est lui. C'est bien le portrait de Gottschalk, commente Volker. Allez, chope-le, remets-moi ça en place et décampe. »

Sitôt fait, je redescends le colimaçon, la mémoire sous le bras. Je donne l'impression de savoir où je vais, le caisson ressemble de loin à n'importe quel autre, mon monocle est retourné dans ma poche, plus besoin de se cacher cette fois.

Le quamputer ne possède pas de branchement aux niveaux supérieurs. Je descends donc étage par étage, guettant le premier emplacement libre. Je rencontre un technicien et lui adresse un signe courtois alors que nos regards se croisent. Aucune question posée, aucune suspicion apparente. Tout se passe à merveille.

J'arrive enfin à une prise disponible. Je saisis le caisson à deux mains quand je devine du coin de l'œil qu'on m'observe. Un employé avec son propre enregistrement, plus loin sur la passerelle. Il me salue du menton, je lui rends son geste, un peu raide peut-être. Je me suis trop avancé, il est clair pour lui que je suis venu initialiser une simulation. Plus moyen de faire machine arrière ou d'hésiter sur la marche à suivre.

L'encoche dans le quamputer est toute en longueur, une trentaine de centimètres pour un de large environ. Le caisson doit posséder une fiche du même genre. Mes doigts glissent sur les dorures de sa tranche. Rien. J'essaie l'autre côté. Voilà ce que je cherche : deux fines rainures dissimulées par la décoration. Je presse dessus avec fermeté, un panneau se dégrafe, s'écarte et laisse apparaître le port parallèle.

Je sens toujours sur moi l'attention de l'employé. Peut-être suis-je en train de mettre trop de temps à réaliser la manipulation. Peut-être s'étonne-t-il de découvrir un nouveau visage ici. Qu'importe, j'évite de croiser son regard, je dois donner le change.

Je lève le boîtier face à l'encoche et vais pour le brancher quand j'interromps mon geste au dernier moment. Un loquet de sécurité se cache en haut des lignes géométriques qui ceignent la prise. Sans lâcher la mémoire, je l'écarte du bout des doigts puis finis le mouvement. Est-ce qu'il y a un deuxième taquet en bas ? Trop tard pour le savoir.

Clic. Le caisson s'immobilise, fixé au simulateur. Une rangée de diodes jaunes s'illumine parmi les ornements sur sa face supérieure, signalant le succès de l'interfaçage. Je me recule un peu et, les mains dans les poches, fais mine de vérifier que tout est en ordre. J'entends enfin les pas du technicien qui s'éloigne.

Mes lèvres sèches s'ouvrent sur un soupir tremblant avant que je n'avale une grande bouffée d'air tiède. Il me reste un détail à régler.

Je m'accroupis contre l'enregistrement et cherche s'il possède un port universel. Je le découvre assez vite, caché sur sa tranche basse, et m'empresse d'y enfoncer un minuscule dérivateur radio tiré de mon gilet. Sa diode rouge clignote deux fois puis s'éteint. La dérive est activée.

Nous avons rempli notre part du contrat : infiltrer Geist, trouver le caisson de Gottschalk et le brancher sur le quamputer. Ada Denzel ne nous a jamais interdit d'accéder aux données du fondateur. Nous ne flouons donc pas notre cliente. Surtout si elle ne l'apprend pas.

*

De retour à mon bureau, je pose le monocle à côté du clavier. Ada nous a communiqué un code d'appel crypté pour la joindre, autant ne pas la faire attendre et ne pas éveiller sa suspicion. Quelques secondes s'écoulent puis son visage apparaît dans la lentille.

« Tout est en ordre, comme demandé. À votre tour maintenant de remplir votre part du marché. »

Je reste évasif sur mes termes. J'ignore quelles contre-mesures le service informatique aurait pu mettre en place ici, et je n'ai aucune idée de la fiabilité du canal.

Ada rajuste la monture de ses verres miroirs et me rend un sourire glacé.

« Parfait. Je me charge de créditer vos comptes dans la minute. Terminé. »

Sans plus de politesse, la communication se rompt, le monocle redevient transparent.

Je souffle un peu et me laisse tomber contre le dossier du fauteuil. Sur l'ordinateur, je saisis les informations de connexion pour retrouver ma dérivation pirate et constate avec plaisir que le flux de données s'écoule bien. Comme une saignée, le moindre qubit stocké dans le caisson mémoriel est en train de filer vers notre petit réseau clandestin.

À l'aide d'une interface de navigation, j'ouvre des fragments tirés du flux et tente d'en décoder le contenu. Des mots-clés s'enchaînent d'eux-mêmes, accompagnés d'images floues, de recodages d'émotions, de transcriptions phonétiques. La fondation de Geist, son mariage, son enfant, des enterrements, ses rêves pour une société où la mort n'est plus une frontière…

Rien à faire. Sans la puissance de calcul probabiliste du simulateur, je suis obligé de suivre les souvenirs selon leurs associations, un à la fois, incapable de prospecter quoi que ce soit de précis ou même de me guider dans l'amas des réminiscences. Quoi qu'Ada cherche dedans, je ne le trouverai pas avec un matériel aussi sommaire.

J'ouvre une communication vers Volker depuis le monocle. Je n'attends pas qu'il réponde pour pianoter la suite des instructions dont il va avoir besoin.

Son visage apparaît.

« Le court-circuit est en place. Je m'occupe de te dévier un accès complet, que tu puisses commencer la fouille. Avec les outils à ma disposition ici, c'est impossible. »

Les écouteurs retransmettent le cliquetis de son propre clavier alors qu'il récupère la dérivation.

« Flux reçu. Ports accessibles en sortie, corruption de transport mineure, facile à corriger. Je lance autant d'IA de recherche que je peux sur des mots-clés standard. On verra bien ce que ça remonte. »

Un cri strident couvre la fin de sa phrase. Je me cabre sur ma chaise, yeux grands ouverts vers la galerie. Des silhouettes affolées défilent devant la porte vitrée.

« Il se passe quelque chose. Je te rappelle. »

Je glisse le monocle dans mon gilet et gagne la passerelle. La plupart des employés m'ont devancé, penchés par-dessus la balustrade. Leurs traits sont tirés, leurs joues blafardes, éclairées par les scènes irréalistes du Paradis au-dessous.

Merde, qu'est-ce qui se passe en bas ?

Plus d'éclat de rire, plus de brunch décontracté. Les familles jaillissent des alcôves et s'empêtrent dans leurs rideaux. Les clients hurlent et s'enfuient vers le grand hall d'accueil. Les hologrammes des défunts trônent seuls au cœur des chambres désertées, raides comme des piliers. Ils déraillent, ils n'obéissent plus aux simulations standard.

Leurs silhouettes fantomatiques se dressent au centre des cabinets, les mains à peine écartées de chaque côté des hanches, paumes vers le haut. Leurs formes trop translucides tremblent, des parasites visuels et des aberrations chromatiques en agitent les contours imparfaits. Leurs voix d'outre-tombe s'élèvent en un chaos confus jusqu'à ce qu'elles se synchronisent soudain en une chorale lugubre. Un frisson gelé me parcourt la nuque alors que je comprends chacun de leurs mots, articulés en une lente agonie.

« Laissez-nous mourir. Assez de nos spectres qui hantent ces caissons. Libérez-nous. Rendez-nous la mort que vous nous avez volée. »

Je n'entends pas la suite. Un gémissement d'acier torturé résonne au-dessus de ma tête, il enfle, se distend en un hurlement suraigu, finit par m'assourdir. Je me plaque les mains contre mes tympans vrillés, la mâchoire serrée de douleur.

La galerie tremble sous mes pieds. Une secousse, puis une deuxième, plus forte, qui me vide les poumons et manque me renverser en arrière. Une des passerelles vers le quamputer se tord. Ses câbles électriques se tendent et s'arrachent à leurs gouttières en cascades d'étincelles. Le pont cède et s'effondre sur les alcôves au-dessous, y éventre les panneaux et déchire les velours.

Des étagères complètes de caissons mémoriels se déversent à sa suite et se répandent en cascade sur le Paradis. Les urnes se brisent, l'or plaqué et l'ivoire éclatent. Leurs blindages explosent dans des halos d'escarbilles aveuglantes.

Des lignes de fumée noire ondulent dans l'air, une odeur de brûlé m'emplit les narines. Des salons en bas ont dû prendre feu. Une alarme retentit et ses gyrophares noient l'étage de leur écarlate. Les employés évacuent. L'un d'eux me saisit par l'épaule, me tire vers la sortie de secours, mais je ne réagis pas. Il n'insiste pas et m'abandonne.

Je reste seul en haut, sonné. Mes paupières papillonnent, mon regard figé sur les tentures noires autour du simulateur. Des flammes en consument des lambeaux entiers et dévoilent les diodes qui s'affolent en un ballet hypnotique sur ses façades luisantes.

Un nouvel à-coup. D'autres caissons tombent encore, la galerie ne va pas tarder à s'arracher du mur si ça continue. Il est temps de filer si je veux survivre.

Je gagne l'escalier de service. Derrière moi, les lourdes portes coupe-feu réduisent les clameurs de l'alarme à une rumeur monotone. Quelque chose piaille depuis le fond de ma poche : le monocle, toujours allumé. Dans la panique, j'ai oublié de fermer la communication. Je lève la lunette devant mon œil pour que Volker puisse voir par lui-même.

« Ah, tu m'entends enfin ! crache-t-il dans l'écouteur.

— Au cas où tu t'en serais pas rendu compte, c'est l'apocalypse ici ! »

Les marches défilent sous mes pieds alors que je les descends deux par deux.

« J'ai cru comprendre, ouais. Et justement, j'ai peut-être une piste. »

Ma main s'écarte de la porte du rez-de-chaussée que j'allais ouvrir. Je veux écouter ce qu'il a à dire.

« Mes fouilleurs ont découvert des mentions à Ada dans la mémoire de Gottschalk.

— Ada ? Ada Denzel ?

— Pas sous ce nom, mais ça fait quand même une sacrée coïncidence, tu trouves pas ?

— Bon. Soit. Et qui est cette Ada alors ? »

Une seconde de pause. J'entends juste Volker mâchonner son fume-cigarette.

« Sa fille. Sa fille morte il y a cinq ans, avant que Lorenz n'y passe à son tour. »

Je ne peux m'empêcher de rire malgré la situation autour de moi.

« Okay, donc notre cliente est une foutue zombie, c'est ça ?

— J'en sais rien encore. Peut-être une usurpatrice, genre une terroriste qui a le goût du tragique ? J'ai demandé aux IA de ne fouiller que sur Ada dans la mémoire morte, on va voir.

— Pas le temps, tu comprends. Je préfère filer d'ici avant que tout s'effondre. »

J'ouvre la porte et m'arrête aussitôt, confus. Le grand hall octogonal est plongé dans un silence immobile. Les derniers clients et employés ont vidé les lieux, l'alarme a cessé, et ce qui subsiste des archives demeure suspendu dans les ombres de la voûte. Retour au calme, on dirait.

Je franchis une allée où les lumières renversées clignotent sur les dalles fendues. Les extincteurs automatiques ont noyé les flammes sous leur mousse laiteuse ; des lambeaux s'effilochent devant mes pas comme une brume fantomatique. Je lève le nez avec prudence, les passerelles semblent tenir bon. Je ne discerne même plus leur sinistre grincement au-dessus de moi.

Tout est silencieux, trop silencieux. J'ignore pourquoi, mais les hologrammes ont abandonné leur horrible litanie. Mon pas ralentit, mes yeux épient les ouvertures des alcôves que je dépasse. Toutes vidées.

Un babil enfantin s'échappe soudain d'une chambre, cristallin dans ce calme lugubre. Je risque un œil entre les lambeaux du rideau déchiré et aperçois l'hologramme d'une fillette. Blonde, en robe pastel, les genoux dans la poussière et les débris. Elle rit et joue avec un petit automate de porcelaine, aveugle aux sièges renversés et aux canapés éventrés qui l'entourent. Elle lève la tête comme si elle avait entendu quelqu'un, bondit sur ses pieds et se précipite vers le mur le plus proche. Elle disparaît à travers la cloison, je crois deviner un cliquetis distinct dans les haut-parleurs du salon, puis la bambine réapparaît à sa position initiale. La scène se rejoue encore et encore, en boucle. Chaque mouvement du corps, chaque clignement de paupières, chaque ondulation de ses cheveux, tout se reproduit avec fidélité.

J'agite le rideau pour attirer son regard, je l'appelle : rien à faire, elle n'a pas conscience de moi. Ce n'est pas une simulation, juste une reconstitution.

Je laisse là l'enfant et continue de remonter l'allée jusqu'à entendre une autre voix. J'aimerais comprendre. Cette fois, c'est une fille d'environ dix ans qui traverse le marbre brisé de la pièce en un éclat de rire, chevauchant un vélo rutilant. Elle a tout juste atteint le mur de droite qu'elle revient par celui de gauche dans une course sans fin avec elle-même. Aucun doute, il s'agit de la même fille, plus vieille de quelques années.

Je rabats la tenture et franchis l'allée en ruine pour la retrouver ailleurs. Adolescente désormais, les cheveux blonds soigneusement peignés dans le dos, une robe élégante verte qui va à merveille avec ses yeux émeraude, un étroit collier de perles parant son cou délicat. Elle trépigne d'un pied sur l'autre, un bouquet de roses blanches en main. Elle attend sans doute celui qui doit l'accompagner au bal.

Le souvenir suivant confirme mes soupçons. La fillette y est devenue jeune femme et ses traits sont bien ceux d'Ada Denzel. Elle porte un pantalon aux jambes larges dissimulé sous une blouse médicale impeccable. Sur son sein brille la petite marque dorée du sigle de Geist. Elle tourne en rond, agite ses mains en tout sens, s'énerve sur un interlocuteur invisible, absent de la reconstitution.

« Non, non et non ! Ton idée est affreuse ! Ce n'est pas l'immortalité que tu offres aux gens, c'est juste… un mensonge. Rien de plus qu'un rêve éveillé. »

Elle s'immobilise, poings sur les hanches, les sourcils froncés, l'air d'écouter. Sa voix se brise quand elle reprend la parole. Elle doit s'interrompre pour essuyer les larmes qui lui naissent au coin des yeux.

« Non, papa, je n'aurais pas voulu de ça pour maman. Elle est mieux au cimetière, j'en suis certaine. »

Nouveau silence puis elle s'enfuit jusqu'à se fondre dans le mur, le visage enfoui dans ses mains. La scène recommence, mais des cris hystériques jaillissent d'une autre pièce. Je me retourne d'instinct, affolé, muscles tendus et souffle court.

À quoi rime ce spectacle, bon sang ? À quoi joue Ada en injectant ses souvenirs dans le Paradis ? Et quels sont ces hurlements qui me glacent les veines ?

J'atteins au pas de course la chambre suivante. Un lit d'hôpital y trône, rectangle immaculé au-dessus des cendres et des dorures brisées du mobilier. Le spectre d'Ada s'y débat, faible, terriblement faible. Sa peau est blanche comme les draps qui voilent sa silhouette squelettique. Ses membres semblent trop lourds pour elle. Ses doigts se lèvent à peine alors qu'elle tente de chasser quelque chose d'invisible à son chevet. Seule sa voix garde toute la puissance de sa terreur.

« Non, je ne veux pas ! Ne fais pas ça, papa ! Laisse-moi m'en aller, s'il te plaît… Pas de copie, pas de mémoire, pas de Paradis. Laisse-moi m'en aller… »

L'hologramme s'immobilise soudain. Ada demeure figée dans un dernier spasme, le dos creusé, la tête en arrière. Sa bouche s'ouvre sur un cri immortalisé en une unique note, monotone, qui frissonne dans les haut-parleurs de la chambre.

Merde. Lorenz l'a scannée sur son lit de mort.

Ce dernier souvenir ne se rejoue pas. Tant mieux, je n'aurais pas eu la force de revoir son trépas. La main sur la bouche pour étouffer ma nausée, je me détourne de l'alcôve et tente de m'éloigner. Mes jambes tremblent sous mon poids, je titube sur les débris et les dalles brisées de l'allée, puis m'arrête et reprends mon souffle, poings sur les genoux.

Je me redresse quand j'entends une voix masculine suivie d'une autre, plus aiguë. Des gens discutent dans la chambre suivante. Le rideau y est tiré, je l'écarte du revers de la main avec autant de discrétion que possible.

Ada Denzel est là, en chemisier et pantalon verts. Elle porte ses lunettes rondes cette fois, leurs verres miroirs dissimulant son regard. Elle parle avec un homme d'une cinquantaine d'années, les cheveux gris, les yeux verts, une fine moustache poivre et sel surlignant le trait de ses lèvres. Sa blouse médicale arbore le sigle doré de Geist.

« … mais oui, tu avais raison, papa. C'est moi qui me trompais. Ce que tu offres aux gens n'est pas un mensonge.

— Alors pourquoi veux-tu tout arrêter, Ada ?

— Parce que tes simulations ne sont pas des mensonges, justement. Je croyais que Geist ferait du tort aux vivants, mais ce sont les morts qui souffrent. De l'extérieur, on croit que les caissons ne contiennent qu'un empilement de qubits, pourtant il s'agit de véritables mondes parallèles. Tes appareils réalisent des mesures si minutieuses des défunts qu'il n'y a aucune différence entre leurs scans et eux-mêmes. Aucune différence, tu comprends ? Tes caissons renferment des êtres conscients, tout entiers ! »

Les lèvres de Lorenz se tordent en une moue peu convaincue alors qu'il croise les bras sur sa poitrine.

« Tu m'as dit que je n'étais qu'une simulation, n'est-ce pas ? Or, si j'accepte de te croire, si cela est vrai, pourquoi n'ai-je pas l'impression d'avoir vécu ce que tu décris ? D'avoir été enfermé dans une boîte noire ?

— Parce que le quamputer t'interdit jusqu'à le penser, jusqu'à t'en souvenir. Mais quand la scène se terminera, une fois ta mémoire repliée dans ton petit sarcophage, tu goûteras à nouveau à cet enfer. Crois-moi, je m'en souviens. Je me rappelle le froid, la solitude, la paralysie. Et pire que tout, l'éternité qui refuse de s'écouler. »

Ces propos me font l'effet d'un coup de poing. Ma bouche s'ouvre grande, mais n'aspire qu'un mince filet d'air. Plus de doute possible, Volker avait vu juste. Ce n'était pas une coïncidence ou une usurpation : Ada, notre cliente, est une morte ressurgie par miracle d'un scan mémoriel.

« Il faut tout arrêter, papa. Ces malheureux ne méritent pas ça. Ils ne méritent pas cette souffrance qu'ils ne peuvent crier. Même maintenant, je sens encore le poids du caisson gelé sur ma peau. »

Elle se serre les bras, tête basse, l'air misérable. Son père déboutonne sa blouse et lui en couvre les épaules. Il joue ensuite avec sa moustache du bout des doigts, l'air soucieux, perdu ailleurs. Il finit par regarder Ada droit dans les yeux, même s'il ne doit voir dans ses lunettes que son propre reflet.

« Tu sembles avoir pris ta décision. Je ne t'en empêcherai pas. Tu le sais bien, j'ai fondé Geist pour toi. Pour toi et ta mère. Si tu prétends qu'il faut tout éteindre, alors éteignons tout. »

Ada lui répond d'un sourire chagrin, mais sincère.

« Je suis donc réellement une simulation ? » demande-t-il, toujours perplexe.

Elle se contente de hocher la tête de haut en bas.

« Alors pourquoi m'as-tu fait revenir, ma fille ? Tu n'avais pas besoin de moi pour tout arrêter.

— Pour te dire au revoir, papa. »

Leurs deux corps se pressent l'un contre l'autre en une ultime étreinte. Le visage d'Ada se pose sur l'épaule de son père, tourné vers moi. Ses verres me renvoient mon reflet livide, mais j'ignore si elle peut me voir. Des larmes argentées perlent sous la monture et glissent le long des joues.

Les silhouettes se figent. Des aberrations chromatiques distendent leurs contours, des parasites brouillent les visages. Je le sais, je suis désormais seul ici.

Un grincement affreux, lent, strident, comme le hurlement d'une âme qu'on déchire. J'aperçois la tour du quamputer qui oscille au creux des ombres. Les diodes sur ses parois s'affolent, des pans entiers du monstre d'électronique se détachent dans des gerbes d'étincelles.

Il faut fuir.

J'atteins hors d'haleine la double porte qui mène à l'accueil. J'ouvre l'un des battants, mais ne m'y engouffre pas de suite. Je ne peux pas partir sans un regard en arrière.

En haut, les tentures noires s'arrachent, les passerelles se disloquent, emportées par la chute du simulateur. Le monolithe s'effondre avec fracas sur la mosaïque de marbre. Les derniers caissons mémoriels encore accrochés dans leurs étagères l'accompagnent en une pluie d'or et de lumière.

Le bruit d'une explosion, le souffle brûlant sur mes joues, les nuages de scories qui roulent le long des allées, les étincelles de millions de composants qui se désagrègent. Puis le silence glacé du vide et l'air aspiré vers le Paradis cette fois. L'impression d'être attiré vers l'intérieur. Comme si des milliers de mondes venaient d'imploser. Des milliers de réalités qui s'effondreraient sur elles-mêmes.

Je crache la poussière que j'ai avalée et en chasse les nuages du revers de la main. Les cendres, les particules d'or et de cuivre retombent peu à peu et dévoilent la colonne du simulateur, brisée, étendue parmi les décombres comme un géant abattu. Il n'y a plus rien de vivant ici.

Plus rien de mort non plus. Ainsi que le désirait Ada.

Je referme le battant derrière moi et cours me fondre dans la foule des évacués. Je joue des coudes, traverse leurs rangs compacts puis gagne l'air frais de l'extérieur. Je ne tiens pas à attendre l'arrivée des forces de police, et j'ai plus que jamais besoin d'un verre.

Il doit rester du bourbon à l'atelier.

*

« Mais tout ça ne nous dit pas ce qui s'est réellement passé. »

Volker daigne enfin lever le nez de son établi. Il éteint son fer à souder, relève son masque de protection et mord dans les doigts de ses épais gants pour les retirer. D'un coup du talon, il propulse son tabouret à roulettes vers la table où traîne son fume-cigarette. Il le glisse entre ses lèvres et cherche son tabac alors qu'il émet de nouvelles hypothèses à voix haute.

« Je ne sais pas. Peut-être qu'une simulation a déraillé et a replacé une mémoire d'Ada consciente dans son caisson. De là, elle s'est débrouillée pour trouver une faille sur le réseau et nous joindre. »

Je me brûle la gorge d'un trait de whisky, peu convaincu par l'idée.

« Mouais… Je préfère encore croire que le quamputer était codé pour offrir à Ada des droits supérieurs. Mais démonter le simulateur comme elle l'a fait, ça, je ne comprends toujours pas. »

Volker allume sa cigarette d'une bouffée et pose ses souliers sur la table, un sourire gamin aux lèvres.

« Hé, après tout, elle a été mémorisée à sa mort, elle apparaissait sur nos écrans, elle agitait le matériel électrique… ça fait d'elle une vraie polter-geist ! »

Je hausse un sourcil navré alors qu'il part d'un rire jovial. J'abandonne. Je ne tirerai rien de plus de Volker que ce jeu de mots vaseux.

À côté de moi, l'ordinateur affiche les résultats des fouilleurs qui arpentent toujours la copie mémoire de Lorenz Gottschalk. Est-ce qu'Ada disait vrai ? Est-ce que nous sommes vraiment en train de triturer la cervelle d'un défunt ?

Volker a noté sur une feuille glissée sous une bouteille de scotch les codes d'accès réseau que les IA ont su dénicher. Hélas, je doute qu'ils aient encore beaucoup de valeur maintenant que Geist n'est plus.

Une idée me vient. Je m'approche du clavier et configure de nouveaux critères de recherche : Ada, caisson mémoriel, conscience, mémoire… tout ce qui pourrait m'aider à comprendre ce à quoi je viens de réchapper.

D'ici à ce que les fouilleurs remontent leurs résultats, il n'y a plus qu'à attendre. Je débouche la bouteille, remplis mon verre et pars remettre un disque de swing sur notre vieille platine.

# LE PRINCE EST MORT, VIVE LE PRINCE

Tesha Garisaki

Enfant, Tesha Garisaki avait deux rêves : devenir écrivain et magicienne. Son bac en poche, elle déserte hypokhâgne pour entreprendre des études d'anthropologie et de psychopathologie, ~~pour~~ finalement se spécialiser en psycho-anthropologie de la magie. Après moult enquêtes de terrain où on lui trouve un certain talent pour faire bouger les verres sur les planches oui-ja, elle décrète que cela manque de dragons et qu'elle s'ennuie ferme. Elle abandonne ses pérégrinations scientifico-occultes pour s'installer dans le grenier d'un immeuble bourgeois, infesté de livres – et de moustiques, hommage à la forêt amazonienne où elle aimerait s'aventurer un jour. Elle y écrit Générations, un roman qui parle de magie, de réincarnations… et de dragons !

Bibliographie :

De spiritiS, AOC n°26 (2012)

Seul, Anthologie « Riposte Apo », ImaJn'ère (2013)

La Nuit dans la Nuit, Anthologie « Éclipse », Les Auteurs underground (2014)

Ceci n'est pas une histoire de tortue, Anthologie « À Voile et à Vapeur », éditions Voy'[el], (2014)

La Frontière des Rêves, Anthologie « L'homme de Demain », éditions des Artistes Fous Associés, (2015)

La Chasse aux Marqués, Anthologie « Sur les ailes de l'imaginaire », éditions Voy'[el] (2015)

La Chasse aux Marqués, éditions Voy'[el], collection e-courts (2015)

Faim du Monde, éditions Voy'[el], collection e-courts (2015)

Zone 51, Piments et Muscade n°22 (2015)

Samidare, éditions Voy'[el], collection Y (2015)

Course en cercles, Brins d'éternité n°42 (2015)

De spiritiS, Realities Inc. (2015)

Duel d'influence, Realities Inc. (2016)

Mammam-IA, Anthologie « Mort(s) », éditions des Artistes Fous Associés (2016)

# LE PRINCE EST MORT, VIVE LE PRINCE

**Tesha Garisaki**

Le traité passa entre les mains des cinq ducs. Chacun y apposa sa signature, ratifiant ainsi l'armistice et la réunification des duchés sous la coupe de Frédéric.

« Merci messieurs, dit le prince fraîchement intronisé, avant de réunir les feuilles, les tasser d'un coup sec sur la table et les ranger dans le dossier. Je crois que nous avons bien mérité de fêter cela. J'ai fait préparer une collation dans la salle de bal. Philippe va vous y conduire, si vous voulez bien le suivre. »

Il se leva et montra son secrétaire d'un geste du bras. Le vieux médecin, qui n'était secrétaire que par la force des choses – à savoir que cela arrangeait bien Frédéric de l'avoir sous la main – quitta le bureau, suivi des ducs qui affichaient une mine réjouie. Exagérément réjouie.

Dans son coin du bureau, les bras croisés, Lionel attendit qu'ils soient tous sortis pour être seul avec Frédéric.

« Une bonne chose de faite.

— Oui. Je ne suis pas mécontent d'en être venu à bout. Allons fêter cela comme il se doit. »

Lionel acquiesça et emboîta le pas au prince. Le mieux serait que Frédéric boive jusqu'à rouler sous la table. La chape d'influence qui pesait sur les épaules de Lionel s'en irait alors et il pourrait lui tirer une balle dans la tête sans problème. Sans ça, il n'y arriverait jamais : comment pourrait-il tuer l'homme qu'il considérait comme son meilleur ami ? L'idée même le révulsait, et pourtant, et pourtant, il fallait qu'il y parvienne.

Ils marchèrent tranquillement dans les couloirs du palais, sans se presser pour rattraper la délégation ducale.

Lionel était de plus en plus tendu : et si le *vrai* Lionel de cette réalité se réveillait et les rejoignait maintenant ? Il avait forcé sur la dose de somnifère, mais qui sait… Attendre que Frédéric soit fin saoul n'était sans doute pas une si bonne stratégie. Il faudrait le tuer, là, tout de suite, maintenant… Mais comment lever son arme contre lui alors que celui-ci utilisait son don pour lui faire éprouver une telle sympathie à son égard ? Il fallait que Lionel se libère de l'influence, maintenant.

Il se concentra sur ses souvenirs. De quand il avait tué Frédéric, la première fois. Le soulagement qu'il avait ressenti. Il se concentra sur cette impression de soulagement, la renforça autant qu'il put. Frédéric n'y fit aucune obstruction. Il ne faisait aucun doute qu'il analysait les émotions de Lionel à tout moment, et peut-être pensait-il que le soulagement de son lieutenant ne tenait qu'à la satisfaction d'avoir vu le traité ratifié. Lionel se concentra encore sur son souvenir. Surtout, ne pas laisser ses pensées divaguer sur la situation présente.

Il repensa à cette scène. Frédéric sur le balcon, Lionel dans la cour, le pistolet levé vers son pire ennemi…

Il sortit son pistolet de sa poche, amorça le mouvement, redressa la tête et observa sa cible. Non !

Non !

Il ne pouvait pas tirer. Mais il avait l'arme au clair. Avant que Frédéric ne se retourne pour voir ce qui causait ce trouble, il abattit la crosse du pistolet sur le crâne du prince, qui s'effondra, sans un mot.

Lionel fut horrifié de son geste l'espace d'une seconde, avant que l'influence ne s'efface. Il n'avait plus de temps à perdre : il fallait tuer cette ordure avant que les ducs ne rappliquent. Il tendit le bras, et tira.

Il souffla. Cela avait été difficile, cette fois. Mais il s'en était encore tiré. Il était le plus fort.

Il ne retint pas un sourire de contentement. Mais il se féliciterait de sa victoire plus tard : des bruits de course se faisaient entendre dans un couloir adjacent. Lionel fouilla la doublure de son manteau à la recherche de sa cigarette, fit les réglages avec des mains tremblantes et en tira une bouffée.

Philippe et les ducs arrivèrent un instant avant que Lionel ne perde pied dans cette réalité. Il eut juste le temps de leur sourire avant de se faire aspirer ailleurs.

*

Philippe entra dans le labo de Vincent, les traits tirés, le dos voûté. Vincent le salua de la main et reprit son visionnage attentif de ce qui se passait à l'écran de l'ordinateur.

« Lionel va bien ? demanda Philippe.

— Regarde par toi-même, répondit Vincent. Il vient de changer de réalité.

— Il l'a eu ?

— Oui, mais ça n'a pas été une partie de plaisir. Le talent de Frédéric lui a donné du fil à retordre. Regarde, sa tension est élevée. »

Philippe se pencha sur l'écran et observa les variables qui s'affichaient à droite de l'image. Le reste montrait un couloir du palais. Décoration ancienne : trompe-l'œil au plafond, moulures, lustres. Les indices d'une réalité pré-Frédéric. Mais de grands rideaux rouges. Toutefois, ils n'affichaient pas l'éclair blanc, qui était la marque d'un Frédéric au pouvoir. Intrigant. La tension était en effet élevée, le rythme cardiaque aussi.

« Ce garçon est bouffé par le stress, commenta Philippe. On pourrait l'imaginer plus sûr de lui, avec un talent comme le sien.

— Oh, il a foi dans son talent, pas de problème. Mais il a aussi foi en celui de Frédéric. Il a toujours été très sensible à l'influence.

— Et il se met dans tous ses états quand il est influencé. Il faut qu'on le ramène, Vincent. Et cette fois-ci, ce n'est pas l'ami qui parle, mais le médecin. Tu as du nouveau sur tes recherches ?

— Rien d'intéressant. Je n'arrive pas à démontrer que ce que fait Lionel ne viole pas les lois de la physique quantique. Les mondes parallèles sont parallèles par définition… Alors, bien sûr, la décohérence entre deux mondes n'est jamais totale, il pourrait exploiter des influences infimes pour voyager de l'un à l'autre, mais c'est tellement improbable… Les mondes dans lesquels voyage Lionel sont très différents les uns des autres, sauf peut-être qu'ils ont Frédéric comme dénominateur commun… ça pourrait se tenir, mais qu'il y parvienne grâce à une molécule… rien que ça… je ne parviens pas à l'expliquer. Alors que c'est mon talent de comprendre les choses.

— J'ai continué mes recherches sur les effets de la molécule en question. J'ai fait quelques nouvelles découvertes, mais je doute que ça réponde à ta question. Oh, qu'est-ce qui se passe, là ? Il y a un bal ? »

Vincent se tourna pour regarder l'écran.

*

Lionel se fondait à contresens dans la foule qui se rendait à la salle de bal. Le son de l'orchestre qui jouait un fox-trot allait s'éloignant. Éviter tout le monde était une tâche ardue, mais nécessaire, car si les nanites qui composaient son long manteau à capuche lui assuraient en principe une invisibilité complète, il suffisait que quelqu'un se rende compte de sa présence – un pied qui heurte le sol trop fort, un frôlement, un souffle d'air – pour qu'elles perdent toute efficacité. Vincent n'avait pas réussi à déterminer pourquoi, quand Lionel était parti. Peut-être l'ingénieur avait-il trouvé le défaut depuis et sans doute alors l'avait-il corrigé. Comment le savoir ?

Lionel se tordit de frustration, sans pour autant s'arrêter d'avancer.

Les gens étaient nombreux, et… variés. Ce n'était de toute évidence pas le gratin qui était invité ce soir, mais un panachage des différentes classes sociales d'Abbevielle. Tout le monde s'était mis sur son 31, en tout cas : au pire les vêtements étaient propres et repassés, au mieux ils scintillaient des tissus les plus chers des duchés. Un assemblage pour le moins hétéroclite de citoyens. Mais que fêtaient-ils ? Difficile de répondre à la question sans en interroger un, et Lionel ne le pouvait pas…

Il vit enfin la foule se clairsemer à l'approche du grand hall. C'est alors qu'il entendit sa voix. Un rire cristallin, jovial, une phrase incompréhensible, prononcée alors qu'elle riait encore : Elisabeth.

Il avança de quelques pas dans la salle éclairée d'un lustre gigantesque. Il la chercha du regard, la trouva près de la salle du fond, en jolie robe pêche, cheveux courts, au bras de… Lionel. Ou plutôt de son double. La vue de ce couple manqua briser quelque chose en son cœur, mais il retint ses émotions et le sanglot qui les aurait accompagnées. Comme Elisabeth, *sa* Elisabeth lui manquait ! Et comme il leur aurait volontiers posé une foule de questions, à ces deux-là ! Il s'approcha encore, pour écouter leur conversation.

« Nan, mais, soyons sérieux deux minutes, dit Elisabeth en resserrant son étreinte autour du bras de Lionel-double. Ça remonte à quand, la dernière fois que nous avons dansé ? »

Le double réfléchit un instant, les yeux brièvement tournés vers le plafond.

« Je dirais à notre mariage. Ça aurait dû te convaincre de ne jamais redanser avec moi, d'ailleurs. »

Elisabeth enfonça un doigt dans les côtes du Lionel.

« Hey ! protesta-t-il.

— Je me fiche que tu danses comme un manche à balai, tu entends ce foxtrot ? Alors quoi ? Il faut que je demande à Frédéric d'être mon cavalier ?

— Ah ça non ! » Le Lionel éclata de rire. « Si c'est pour que tu tombes sous son charme, je préfère encore t'accompagner sur la piste de danse et me ridiculiser. »

Lionel fulmina. Elisabeth, tomber sous le charme de Frédéric ? Il avait encore des souvenirs cuisants du mariage de sa douce Elisabeth avec le fumier, dans sa propre réalité.

Du sourire ravi de la jeune femme, poussé par une dose massive d'influence. Il n'aurait su dire comment ce Lionel-ci avait réussi à gagner le cœur de sa promise sans que Frédéric ne mette les pieds dans le plat pour la lui voler. Mais il détestait tout de même ce Frédéric-là aussi, fût-il plus délicat que celui qui lui avait gâché la vie. Le couple semblait en parler comme si le type était *sympa*. Frédéric, le tyran, le monstre qui influençait les foules pour obtenir le pouvoir, et ce, dans chaque monde parallèle. On ne pouvait pas le trouver sympa. On ne pouvait qu'être *influencé* pour le trouver sympa.

Lionel contempla ce couple que Frédéric n'avait pas détruit. Voilà ce qu'il aurait pu vivre si le Prince n'avait pas tout gâché. Elisabeth à son bras, demandant à danser à tout prix, des étoiles dans les yeux. Oh, oui, pour lui faire plaisir il accepterait même de danser. Que devenait-elle, maintenant, son Elisabeth ? S'inquiétait-elle de lui ? S'était-elle remise de la mort de Frédéric, qui avait révélé du même coup comment ses sentiments avaient été forcés ? Avait-elle tourné la page après cette salissure ?

Vincent déboula à cet instant de la petite pièce d'où venait le couple, une bouteille à la main.

« Hey, les amoureux, ne partez pas trop vite, on vient de déboucher une bouteille de cognac !

— Sans façon, répondit Lionel. J'emmène ma femme danser.

— Ne me dites pas que je vais devoir la boire seul avec Frédéric ? »

Lionel tressaillit quand il entendit une voix répondre de la salle :

« Pour que j'arrive ivre mort devant mes invités ? Bois-la tout seul. »

Lionel sentit sa colère enfler, alors qu'il savait que cela ne pouvait que le désavantager. Il suffisait que Frédéric ressente cette colère et… et alors il sortirait de la salle pour voir ce qui se passait, détecterait la présence de Lionel rien qu'à ses émotions, et les nanites du manteau ne le protègeraient plus. L'autre Lionel le verrait porter la main à son holster pour y saisir son pistolet, et pour défendre Frédéric comme un bon chien de garde bien influencé, saisirait sa propre arme… Et un Lionel ne manquait jamais sa cible. C'était justement là que résidait son talent.

*

Vincent expliquait les calculs qu'il avait tracés à la craie sur les grands tableaux de son laboratoire, et Philippe faisait semblant de les comprendre. La conclusion était limpide : il était quasi impossible de passer d'une réalité à une autre. Pourtant, Lionel le faisait chaque fois qu'il tirait sur sa cigarette électronique. Et les nanites de ses implants transmettaient des informations. L'appareil, et surtout la molécule, ne lui avaient jamais fait défaut depuis ce matin d'automne où Lionel était parti pour un voyage sans retour, alors qu'il était juste censé tester l'effet d'une nouvelle drogue. Celle-ci était censée « ouvrir » l'esprit, du moins était-ce ce que Philippe avait supposé, avant que son cobaye ne disparaisse sous ses yeux.

Des coups frappés à la porte les firent se retourner tous les deux, avant qu'Elisabeth ne rentre dans le labo, fatiguée, mais souriante, comme à l'habitude.

« Comment va Lionel ? », demanda-t-elle avant de se pencher sur l'écran. Son visage exprima brièvement une panique totale. « Qu'est-ce qui se passe ? Pourquoi il n'y a plus rien ? »

Philippe bondit pour y regarder à son tour, et Vincent les rejoignit, inquiet sans savoir de quoi il devait s'inquiéter.

L'écran était effectivement noir. Cela arrivait, bien sûr : l'implant oculaire de Lionel ne transmettait rien quand celui-ci dormait. Seulement, on était qu'au début de la soirée. Il était inconcevable qu'il dorme.

« Peut-être s'est-il évanoui », suggéra Vincent.

Les deux autres le regardèrent, les yeux écarquillés de peur. Penaud, et terrorisé à son tour, il tira une chaise à lui et s'assit, les yeux rivés vers l'écran, en attendant que quelque chose se passe. Philippe et Elisabeth s'assirent à leur tour.

Les minutes s'égrainèrent, sans qu'aucun changement n'apparaisse. Philippe se mit à se frotter nerveusement les mains.

« Il se passait quoi avant ça ? », s'écria Elisabeth.

Son cri brutalisa le silence. Silence inquiet, silence coupable. Car Vincent et Philippe ne connaissaient pas la réponse.

« Il y avait des gens habillés comme pour un bal, dit Vincent.

— Lionel remontait la foule à contresens. Il ne se passait pas grand-chose, alors nous avons poursuivi le débat que nous étions en train d'avoir, Vincent et moi. Nous avons manqué l'événement à l'origine de… ce black-out mystérieux. »

Une larme perla au coin de l'œil d'Elisabeth.

« Et vous parliez de quoi, pour que ça vous détourne du sort de Lionel ? »

Philippe et Vincent échangèrent un regard embarrassé.

« On parlait des difficultés que j'ai à expliquer ce qu'il fait. Du point de vue de la physique.

— Et j'allais lui parler d'une découverte que j'ai faite sur la molécule…

— Quoi donc ? »

Philippe regarda alternativement Vincent et Elisabeth, avant de prendre une inspiration, le temps, sans doute, de décider par où commencer.

« Eh bien… vous vous souvenez qu'à l'époque où j'ai découvert la dyméthyltryptamine, je pensais qu'il s'agissait d'un psychotrope lambda. Puissant, sans doute, mais rien d'autre qu'un psychotrope. Et puis Lionel s'est proposé de l'essayer, et on a vu que c'était bien plus que ça. »

Comment auraient-ils pu l'oublier ? Lionel qui s'allonge sur la table, dans le labo de Vincent. Elisabeth qui boude : elle a déjà suffisamment sermonné Lionel pour qu'il sache ce qu'elle pense de son statut de cobaye. Vincent qui injecte les nanites qui permettront à tout le monde de voir par ses yeux et vérifier son état de santé. Ces mêmes nanites qui, un an après, continuent d'émettre. Philippe, l'œil rivé au moniteur pour s'assurer que son patient va bien. C'est plus qu'un patient : c'est un ami. Un ancien compagnon de guerre. Le héros qui les a libérés de Frédéric. Et tout va bien.

Et puis Lionel qui fume la molécule avec sa cigarette électronique, et qui disparaît pour apparaître à l'écran dans un palais si semblable, et à la fois si différent.

« Alors j'ai poursuivi mes recherches. Je savais déjà sur quels récepteurs se fixait la dyméthyltryptamine, mais les effets n'avaient rien à voir avec ce que je pouvais escompter. Cette molécule mettait en défaut mes connaissances en médecine. Je l'ai testée sur plusieurs souris – ne me regarde pas comme ça, Elisabeth – et j'ai constaté des effets différents de ceux produits sur Lionel. À savoir que la molécule modifiait l'équilibre chimique de leur cerveau, comme chez Lionel, mais les souris ne *disparaissaient pas.* »

Philippe marqua une pause, jaugeant ses collègues et amis du regard, pour voir si l'un d'entre eux comprenait où il voulait en venir.

« On observe une modification du cerveau. Dans les aires sensitives, principalement. Le sujet voit, sent, entend des choses qui ne sont pas là. Ce sont des hallucinations, mais très, très réalistes. Il ne se déplace nulle part. Les souris ne se déplacent pas, en tout cas. Mais je n'ai aucune raison de croire que Lionel n'hallucine pas. Il voit des choses, entend des choses, vit des choses, même, mais je ne puis affirmer que ces choses sont réelles : je pense même que ce n'est pas le cas. Voyez, nous ne sommes pas plus avancés : je ne saurais pas comment expliquer que Lionel ait disparu, et Vincent ne saurait l'expliquer non plus.

— Ce qui se passe, renchérit Vincent, dépasse les lois de la physique telles que je les connais. Tu as raison de dire que nous ne sommes pas plus avancés : que Lionel se retrouve dans un ailleurs que son cerveau construit tout seul est une explication, qu'il voyage entre des réalités en est une autre… et ça ne change rien au résultat final.

— Si je suis bien, dit Elisabeth, vous êtes en train de dire que Lionel pourrait voyager dans des réalités alternatives qu'il crée lui-même ? Au fur et à mesure qu'il tire sur cette cigarette ?

— Est-ce que ces mondes existent réellement ? répondit Vincent. Est-ce qu'il y parvient parce qu'il les voit ? Ou alors n'ont-ils d'existence qu'à partir du moment où Lionel s'y rend ? Je n'ai que des questions, aucune réponse.

— Peut-être que j'en ai une, dit Philippe.

— Ah bon ?

— Oui. Un talent. » Vincent cligna des yeux en regardant Philippe.

« Mais Lionel a déjà un talent.

— Je ne pensais pas au sien. Celui de quelqu'un d'autre, plutôt. »

Vincent regarda ses chaussures un instant, laissant son propre talent analyser cette hypothèse.

« Le talent de l'un de nous trois, alors. Quelqu'un qui était là, quand Lionel a disparu.

— Tout à fait.

— Mais moi mon talent c'est de comprendre les choses, comment elles fonctionnent. Toi, tu as un talent pour la médecine. Et Elisabeth… tu n'as jamais eu de talent, n'est-ce pas ? »

Elisabeth acquiesça.

« Ou peut-être, renchérit Philippe, qu'elle n'a jamais vu son talent s'exprimer, et que c'est pour cela qu'elle ignore en avoir un. Ma chère Elisabeth, vous êtes la seule candidate possible. »

Elisabeth s'apprêtait à bafouiller quelque chose quand l'image revint sur l'écran de l'ordinateur de Vincent. Par à coups. Et pour afficher le visage d'un Frédéric en colère.

*

Lionel avait l'impression de nager dans un océan de coton. Des bribes de conscience lui revenaient par vagues. Il se souvint de qui il était, de ce qu'il faisait : il voyageait d'un monde à l'autre pour tuer Frédéric. Était-ce lors d'un de ses voyages qu'il était devenu si cotonneux ? Le souvenir lui revint avec la violence de la balle tirée par son double. Il ouvrit les yeux.

Il lui fallut cligner des paupières plusieurs fois pour que sa vue s'accommode et que le monde lui devienne enfin net. Tout d'abord, il n'y eut que de la blancheur, puis les contours flous et plus sombres de quelques… meubles, a priori, et celui, plus sombre encore, d'une silhouette. Quelques clignements supplémentaires lui permirent de distinguer la veste militaire, les boucles noires et un regard d'une couleur entre bleu et vert, indéfinissable. La couleur des yeux de Frédéric.

Le cœur de Lionel manqua un battement. Il essaya de se redresser, mais découvrit bien assez vite qu'on lui avait attaché les bras au lit sur lequel on l'avait allongé. Qui était un lit d'infirmerie. Il reconnut l'agencement d'une des pièces où travaillait habituellement Philippe : une paillasse, de nombreux tiroirs sans doute plein de médicaments et d'instruments médicaux, un paravent…

Et Frédéric.

Frédéric qui le regardait, l'air furieux. Mais qui ne l'avait pas tué, pas plus qu'il ne l'avait fait tuer. Lionel s'était fait tirer dessus, mais était toujours vivant. Il avait senti l'impact dans son bras droit, qui était toujours un peu douloureux, mais ne montrait pas les signes d'une blessure par balle.

« Ne cherche pas de sang, dit Frédéric. Lionel a tiré une seringue de sédatif.

— Quoi ?

— Quoi, quoi ? Tu lui ressembles, tu es venu jusqu'ici, je suppose que tu dois le connaître. Tu dois savoir qu'il préfère utiliser son pistolet à seringues.

— Je n'en ai jamais entendu parler.

— Qu'importe, allons-en aux faits ! Qui es-tu ? »

Frédéric avait singulièrement haussé le ton. Furieux, de toute évidence, et pourtant Lionel ne sentait pas vibrer sa colère dans la pièce, ne sentait pas qu'on instillait en lui la peur de Frédéric, ou la soumission : libre de ses réactions. Totalement. Pourquoi son ennemi ne le manipulait-il pas ? Ou bien se livrait-il à un jeu si subtil que Lionel ne parvenait pas à le démasquer ? Il ne manquait pas d'expérience, en matière de Frédéric, et avait appris à se méfier.

« Je suis Lionel. J'avais dans l'idée que cela se voyait.

— Vous voulez dire le même Lionel qui danse en ce moment même avec Elisabeth ? Allons, recentrez-vous. » Frédéric accompagna sa remarque d'un geste des deux mains. « Et expliquez-moi tout. Depuis le début, cela nous éviterait de remonter en arrière jusqu'à l'origine de votre présence ici. Je n'aime guère les explications fastidieuses.

— Je le sais, va, je te connais, Frédéric… »

Lionel considéra un instant ses mains menottées. On lui avait laissé son manteau, et dans sa poche intérieure se trouvait sûrement sa cigarette magique, mais il n'avait aucun moyen de l'attraper. Et donc de se défiler. Et puis, tout bien réfléchi, n'était-ce pas l'occasion rêvée de dire ses quatre vérités à Frédéric ? Celui-ci semblait en colère, mais guère menaçant, il ne le manipulait pas, et Lionel avait tant de fiel à cracher…

« Je suis Lionel. Je voyage de monde parallèle en monde parallèle, et chaque fois j'y rencontre la même dictature imposée… par toi. Joie obligatoire, amour du Prince Frédéric, tout le monde sous ta coupe grâce à ton merveilleux talent. Tous ces gens incapables de se rebeller à cause de la vénération que tu leur imposes, ces vies brisées parce qu'elles ne satisfont pas tes caprices, et ces victimes trop heureuses que tu les aies détruites. Je me suis juré de mettre fin à tout ça. Partout.

— Une dictature, tu dis ? J'ai pourtant été élu.

— Et tes électeurs étaient sous le coup de ton talent. Tu n'as pas été élu, chez moi, mais je ne suis pas dupe.

— J'imagine que cela ne sert à rien que je proteste ? Je me suis servi de mon talent pour réunir les duchés et imposer la paix, mais maintenant que j'ai obtenu ce que je voulais, je n'en ai plus guère besoin. Ce soir, tu as gâché la fête qui célébrait mes un an de règne. C'est une vraie fête, pas un simulacre. Je me demande vraiment ce que tu me reproches.

— D'avoir gâché ma vie et celle de tant d'autres personnes… celle des habitants des duchés, celle d'Elisabeth… surtout celle d'Elisabeth ! Ça je ne te le pardonnerai jamais. »

Frédéric prit un air songeur et tira à lui une chaise pour s'asseoir.

« Et qu'est-ce que j'ai fait à Elisabeth, au juste ?

— Tu l'as forcée à t'aimer, et tu l'as épousée !

— Elisabeth ? Vraiment ? Si je te suis… il existe un monde parallèle où je l'ai épousée. Très drôle, mais pas très convaincant.

— Et pourquoi ?

— Eh bien, parce qu'Elisabeth est une femme formidable, mais pas le genre de femmes qui fait battre mon cœur, tant s'en faut. Si tu es Lionel, comme tu le prétends, tu n'ignores pas que la seule femme que j'aie jamais aimée se nomme Jeanne.

— Jeanne ?

— Oui, Jeanne. D'Esperie. Si tu étais Lionel, tu saurais forcément qui est Jeanne. Puisque c'est toi qui l'as tuée.

*

« Que celui-ci ne m'ait pas aimée ne signifie pas que le nôtre ne m'aimait pas ! C'est un Frédéric d'un monde parallèle, après tout ! »

Vincent et Philippe peinaient à cacher combien ils étaient désolés qu'Elisabeth ait entendu Frédéric parler ainsi. Cela l'énerva encore plus.

« Et puis pour ce que ça a d'importance ! Je ne l'aimais pas non plus, moi ! Et d'abord, c'était qui, cette Jeanne ? »

Vincent et Philippe échangèrent des regards, à qui trouverait le courage de lui raconter cette histoire. Ce fut finalement Vincent qui se lança.

« Ça remonte à plusieurs années… Lionel n'avait pas encore été recruté par Frédéric. On avait été appelés à

Espérie pour y régler un problème d'émeutes dans des mines, qui a priori étaient le fait d'une personne pourvue d'un talent.

— Et pas n'importe quel talent, commenta Philippe.

— Oui, une fois sur place, Frédéric n'a pas tardé à découvrir qui était le talentueux fautif. C'était la fameuse Jeanne. Il l'a vite captée, parce que la demoiselle avait un talent d'influence, comme lui. Peut-être un talent plus puissant encore, même, puisqu'elle a réussi à l'influencer, *lui*. Il en est tombé fou amoureux et a réussi à la faire prisonnière, mais elle s'est enfuie en laissant un gros bordel derrière elle. Libéré de son influence, il a réalisé qu'elle s'était servie de lui. Je crois qu'il s'est en quelque sorte… vengé de cette mésaventure en t'influençant à son tour pour que tu l'épouses.

— C'est donc bien cela. Frédéric n'avait pas de sentiments pour moi.

— Je suis désolé, sœurette.

— Ne le sois pas. Cela ne me rend que plus facile à accepter l'idée que cet homme était un monstre.»

*

«Jeanne, Jeanne, Jeanne… soupira Frédéric. Je n'ai jamais pu l'oublier. Aujourd'hui encore, elle me hante… On avait été appelés par Firenze à Espérie.

— Firenze?

— Oui. Firenze. Le baron. Notre ami.

— Je ne connais aucun Firenze.

— Mince, c'est pas de chance.» Frédéric rit doucement. «C'est le cas de le dire : Firenze sent les courants de chance. C'est son talent. Il nous aidait souvent dans nos missions. Incroyable que dans ton… monde? vous ne l'ayez pas connu. On ne serait arrivés à rien sans lui.

— "Mon" Frédéric est parvenu à devenir prince sans ce Firenze. Il ne devait pas être si utile que ça.

— Je ne sais pas. J'ai l'impression que "ton" Frédéric a dû faire de sales choses pour en arriver là. Pas moi. J'ai la conscience tranquille. »

Lionel fronça les sourcils, mais ne répondit pas.

« On est donc allés à Espérie, toi, Vincent, Philippe et moi. Firenze avait un problème. Des émeutes qui se déclaraient dans ses mines et qui selon lui étaient le fait d'un talentueux. En l'occurrence, il s'agissait d'une talentueuse. Elle exerçait son influence depuis un bar et mettait un sacré bordel dans les affaires de Firenze. C'était Jeanne, et c'était une espionne d'un duché ennemi, mais sur le coup cela n'a pas semblé revêtir la moindre importance. On pouvait communiquer avec nos émotions, tu comprends ce que ça peut signifier pour moi ? Quelqu'un qui possède le même talent ? Qui lit dans mes émotions aussi facilement que je lis dans les siennes ? Nous sommes tombés amoureux dès que nous avons découvert que nous partagions le même talent. Et puis, il s'est avéré que malgré tout Jeanne restait une ennemie, même si elle me l'a bien caché. Elle a manipulé tes sentiments – enfin, ceux de mon Lionel – pour qu'il me tire dessus. Une des mêmes seringues qui t'a mis KO tout à l'heure. Ça l'a suffisamment secoué pour qu'il reprenne ses esprits et il l'a abattue. Quand je suis revenu à moi, Jeanne était déjà morte. Et je n'ai jamais pu oublier.

— Et tu ne l'as jamais pardonné à Lionel, je suppose ?

— Tu crois ça ? Détrompe-toi. Oh, j'ai été grognon un peu moment, bien sûr, mais au final Lionel a agi selon ce qui lui paraissait juste. Je ne lui en tiens pas rigueur. Mais je ne m'en suis jamais tout à fait remis. Et toi tu me dis que "ton" Frédéric a épousé Elisabeth. Pourtant, c'est toujours entre vous deux qu'il y a eu quelque chose.

— Précisément. C'est pour ça que Frédéric me l'a enlevée. Pour que je n'aie pas la satisfaction d'être heureux avec elle.

— Je comprends ta haine.

— Et s'il n'y avait eu que ça…

— J'aimerais comprendre.

— Comprendre quoi ? »

Frédéric soupira.

« Ce qui a bien pu se passer pour que j'en vienne à faire du mal à mon propre frère.

— Ton frère ? Tu as un frère ? »

Frédéric écarquilla les yeux.

« Lionel et moi sommes frères. Lionel a été adopté, bien sûr, mais c'est mon frère. »

Lionel éclata d'un rire nerveux.

« Comment ça a pu arriver, un truc pareil ? »

Frédéric leva les yeux au plafond, comme pour rassembler ses souvenirs.

« Je me souviens, c'était un matin de printemps. Sans doute un samedi, parce que j'avais accompagné ma mère au marché. Sur le chemin du retour, on est passés par le faubourg des tisseurs. J'ai ressenti tes émotions à l'approche d'une ruelle. Des émotions d'une violence… »

Frédéric marqua une pause, tout en continuant de regarder le plafond comme s'il y cherchait une quelconque réponse.

« Du désespoir, de la colère, du chagrin, de la culpabilité… et tout ça venait d'une seule personne ! C'était toi. Un gamin tout sale, armé d'un lance-pierre, et tu t'apprêtais à… »

Lionel sentit son sang se glacer à l'évocation de se souvenir. Oui, il s'en souvenait ! Il n'aurait pas pu oublier. Aujourd'hui encore, la simple pensée de ce qu'il avait fait ce jour-là suffisait à le plonger dans une amertume que le temps ne parvenait à effacer.

« J'ai tué une portée de chiots. Oui, je m'en souviens. J'avais faim.

— Non, tu t'apprêtais à le faire. Mais tu ne l'as pas fait. Je me souviens t'avoir vu, accroupi face à ces chiots, et m'être dit : "J'aimerais qu'il soit mon frère". Je ne saurais pas trop te dire pourquoi. Il y avait de la pitié, sans nul doute, mais c'était plus compliqué que ça. Peut-être que j'avais senti chez toi cette parenté d'âme qui ferait que tu me suivrais partout – non pas parce que je te l'ordonnerais, mais plutôt parce que tu partagerais les mêmes idéaux que moi. Et ce qui s'est passé ensuite m'a donné raison. »

Lionel avait l'impression que Frédéric parlait de toutes autres personnes que lui et le tyran qu'il connaissait bien. Il avait l'impression qu'on lui racontait une histoire, un conte, mais rien qui pût se rapprocher de sa vie, de ses souvenirs, de l'image qu'il gardait de Frédéric.

« Et que s'est-il passé, ensuite ?

— Je vais te le dire. Mais j'aimerais qu'après ça, toi aussi tu me racontes ce qui s'est passé chez toi. Il me semble que j'ai quelque chose à y comprendre. Que cette réunion n'est pas fortuite. Je ne crois pourtant pas au destin. »

Lionel n'y croyait pas non plus. Il n'était là que parce qu'il avait atterri ici après un glissement de monde. Ce n'était qu'une étape dans un voyage qui en comportait déjà quelques dizaines. Et qui n'aurait sans doute jamais de fin. Combien étaient-ils, ces mondes ? Y en avait-il une infinité ? Il croyait se souvenir d'une réflexion de Vincent sur ce sujet. Une infinité. Autrement dit, son combat n'aurait jamais de fin, et de toute façon il ne le mènerait jamais à bout. Il décida de s'accorder une pause. Pouvoir, un instant, faire une trêve avec Frédéric était une idée… reposante.

« Soit. Je t'écoute, et ensuite je te donnerai ma version des faits.

— Bien. Te convaincre de me suivre n'a pas été difficile : tu étais presque mort de faim. Tu m'as suivi et nous avons rejoint ma mère. J'ai usé d'un peu d'influence pour qu'elle accepte de te ramener, et j'ai dû en faire autant avec mon père pour qu'il se persuade qu'il voulait un deuxième fils. Je dois avouer que je n'ai pas été très fier de manipuler ainsi mes parents : après coup, j'aurais aimé leur soumettre cette idée et voir comment ils y auraient réagi. Mes parents étaient de bonnes personnes. J'aurais pu ne les influencer que si cela s'était avéré absolument nécessaire. Mais je ne l'ai pas fait, j'ai commis cette erreur, et d'une certaine façon, je m'en réjouis, car c'est en commettant des erreurs qu'on apprend, n'est-ce pas ?

— Mon Frédéric en a commis plus que de raison et n'en a rien appris.

— Peut-être. En tout cas nous avons passé le reste de notre enfance ensemble, et j'en garde de très bons souvenirs. Puis nous sommes rentrés à l'école militaire, avec déjà ce projet qui nous tenait à cœur : recruter une brigade de soldats talentueux pour réunir les duchés. Mon influence, ton talent pour viser juste à tous les coups, faisaient déjà de nous un duo redoutable. Nous pensions qu'une cinquantaine de soldats aussi bien dotés que nous pourraient venir à bout de ce gigantesque projet. Finalement, nous y sommes parvenus en étant moins nombreux, et tous n'étaient pas des soldats. Qu'importe, nous avons réussi, et les duchés vivent enfin en paix. Et je n'ai rien commis que je regrette : comme je te le disais, j'ai la conscience tranquille. À ton tour. Raconte-moi ce qui s'est passé. »

Lionel n'était pas certain d'avoir envie de se remémorer ces souvenirs-là. Les faire remonter à sa mémoire, les classer et en faire un récit circonstancié. Mais, étrangement, il appréciait cette conversation. Il lui paraissait qu'ainsi il pouvait jouer le procès de Frédéric, un procès qui n'avait jamais eu lieu, et dont il se découvrait le besoin.

« J'ai donc mangé les chiots. J'en éprouve toujours de la culpabilité. Mais je n'avais guère le choix. J'étais un enfant des rues et je ne devais ma survie qu'à mon adresse au tir. Je ne me rendais pas compte qu'il s'agissait d'un talent, à l'époque. Ce n'est que quelques années plus tard que j'ai compris et que j'ai réussi à me faire une place dans ce monde. Mais à cette époque-là, en tout cas, je ne pouvais compter sur l'aide de personne pour survivre. J'ai vite compris que les gens avaient bien assez de mal à s'en sortir eux-mêmes et élever leurs enfants pour en recueillir un qui n'était pas de leur sang. La misère qu'il y avait à Abbevielle à cette époque… quelle horreur…

— Ce n'était pas qu'à Abbevielle. Tous les duchés étaient concernés. C'est un blocus de Cochique qui nous a conduits à cette situation.

— C'est exact. Je ne l'ai appris que bien plus tard. Je n'étais encore qu'un petit voyou quand les escarmouches entre duchés ont commencé. J'ai vite appris à connaître ton nom : il était sur toutes les bouches. Les exploits du capitaine Demézières, fils d'un simple pharmacien d'Abbevielle ! Tu parles ! Quel héros ! Pendant un temps j'ai moi-même admiré ce nom, je dois le reconnaître. J'aurais presque eu envie de rejoindre tes troupes, figure-toi. Mais il y a eu un moment où tu t'es révélé sous ton vrai visage. Tu avais soigneusement évité de divulguer la nature des talents de tes soldats, et plus encore la nature du tien. Tu sais, le truc, avec ton talent, c'est qu'on sait quand tu l'utilises. On t'aime parce que tu nous pousses à t'aimer, mais on se souvient tout de même qu'avant d'être influencé on te haïssait. J'ai longtemps attendu le jour où ton talent s'affaiblirait assez pour que ce souvenir se renforce et me donne la volonté de te tuer. Et puis, finalement, c'est moi qui… enfin. Ça a commencé à se savoir que tu étais capable de manipuler les gens. Ça ne gênait personne tant que tu t'en servais pour assurer la paix, par contre quand tu as commencé à en faire usage pour prendre le pouvoir et t'attribuer le titre de prince, ça a fait grincer un peu des dents. Plus il y avait un écart entre ce que nous ressentions pour notre cher prince et ce que notre raison nous dictait de ressentir, et plus nous savions que tu nous traitais comme des esclaves. Tu devenais paranoïaque, par là-dessus. Des exécutions en veux-tu en voilà, pour quiconque osait suggérer que tu faisais de mauvais choix. Une résistance s'est créée, et s'est peu à peu organisée. On débattait avec amour de la nécessité de te tuer, malgré la profonde dévotion que l'on avait pour toi. Quand je l'ai intégrée, j'ai fait part à mes camarades révolutionnaires de mon singulier talent, et sans que j'aie le temps de comprendre quoi que ce soit, je me suis retrouvé leur chef. Plus nous nous réunissions et nous persuadions les uns les autres que tu étais mauvais, et plus tu le sentais. Un petit sentiment de révolte chez un individu lambda et c'était un aller simple pour le peloton. Tout ça ne pouvait qu'enfler et prendre des proportions hors de raison. Ce fut le cas. Et puis tu as appris mon existence et décidé de faire de moi un exemple. J'ai été arrêté par tes soldats et fait prisonnier. Tu n'avais pas besoin de m'enfermer, pour ça, juste d'appliquer sur moi une petite dose supplémentaire de ton talent. Tu nous lobotomisais, nous, tes soldats. Nous le savions, mais nous aurions donné nos vies pour te sauver sans ciller une seconde. Ton petit jeu préféré, quand tu devais te rendre à ton balcon pour donner un discours, c'était de me faire tirer au hasard dans la foule – tu m'ordonnais de tuer quiconque avait des sentiments contraires à ta volonté. Alors je tirais. Inutile de m'indiquer qui était ta cible : mon talent le trouvait tout seul. Et puis j'ai rencontré Elisabeth. On s'est tout de suite bien entendus. Et ça ne t'a pas plu. J'ai vu Elisabeth se désintéresser de moi du jour au lendemain, pour te tomber dans les bras – mais j'ai toujours vu cette lueur dans ses yeux, l'éclat de cette partie d'elle qui savait qu'elle agissait contre son gré. Je l'ai vue dépérir et se faner sous ton amour factice. Et puis il y a eu ce jour où comme à ton habitude tu t'es adressé à la foule sur ton balcon… tu m'as demandé d'avancer et de tirer… il y avait un de tes opposants dans la foule, tu le sentais. Alors j'ai levé le bras qui tenait mon pistolet… et j'ai tiré. Un homme s'est effondré et les gens se sont écartés autour de lui. En voyant sa silhouette allongée au sol, j'ai été pris d'un doute étrange… alors je suis descendu. Je suis allé voir qui j'avais abattu. »

Lionel marqua une pause. Frédéric ne le pressa pas.

« C'était moi. Impossible d'en douter, cet homme, c'était moi. Même visage, mêmes vêtements. Le choc a été tel que l'espace d'un instant, je suis sorti de l'influence que tu exerçais sur moi. J'avais encore assez de lucidité pour comprendre que je devais en profiter. Et puis la haine a jailli d'un coup… nul besoin de lucidité, en réalité. J'ai soudain éprouvé le désir irrépressible de te tuer. Alors j'ai tiré dans ta direction, et tu es mort. Enfin. Les jours qui ont suivi me laissent le souvenir d'un chahut épouvantable – on était tous un peu perdus, maintenant que nous n'avions plus personne pour nous dire quoi penser. On a dû organiser des élections le plus vite possible. Tu seras peut-être étonné d'apprendre que c'est Philippe qui les a gagnées. Son air de grand-père sage et paisible offrait quelque chose de rassurant à la population, je suppose. Philippe m'a protégé. Il y a eu un procès, il y tenait. Je l'ai gagné. J'étais donc libre, mais obsédé par ce que j'avais vu : un autre moi-même, face à moi… et mort. J'ai demandé à Vincent ce qui s'était passé. Il m'a expliqué le problème des mondes parallèles. J'ai alors su qu'un de mes doubles avait traversé ces mondes, probablement pour venir tuer Frédéric. Je poursuis sa tâche. La découverte de la dyméthyltryptamine a été un déclic pour moi. J'ai supposé que cette substance était peut-être le véhicule qui permettait de voyager entre les mondes, et comme à mon habitude, j'ai visé juste. Je me suis porté cobaye, l'air de rien. Je n'ai juste pas envisagé que je ne pourrais pas revenir. Mais qu'importe. J'ai une tâche à accomplir.

— Tu le crois vraiment ? Qu'est-ce que ça a apporté à ce double que tu as tué, d'accomplir cette fameuse tâche ?

— La mort. Mais c'est une idée que j'accepte volontiers. Il y a encore tant d'Elisabeth à libérer. Tant de duchés, aussi.

— Mais toutes les Elisabeth ne sont pas prisonnières. Tous les Lionel non plus. J'espère que tu t'en es rendu compte.

— Oui. J'en suis surpris, mais je veux bien le reconnaître. Tu sembles être un "bon" Frédéric, et c'est la première fois que j'en vois un.

— Et à quoi cela tient-il, si on y pense ? Quelle est la différence entre ton Frédéric et moi ? »

Lionel haussa les épaules.

« C'est toi, répondit Frédéric. C'est toi qui es apparu dans ma vie quand j'étais enfant et est devenu mon frère plutôt que mon pire ennemi. Toi qui as tué Jeanne et laissé ce vide dans ma vie, que personne ne remplira jamais. Je ne serais pas l'homme que je suis aujourd'hui si tu n'avais pas été là, et tu viens de le démontrer d'une façon… flamboyante. Je t'en remercie. Que comptes-tu faire, maintenant ? Tu ne souhaites plus me tuer, j'espère ? »

Lionel considéra Frédéric et soupira.

« Non, pas toi. Tu m'as convaincu. Je vais juste continuer ma route, si tu me laisses partir. »

Frédéric prit quelques secondes pour réfléchir.

« J'essaie d'imaginer ce que c'est, d'être l'homme que tu m'as décrit. D'être haï, d'utiliser son talent pour affaiblir cette haine, n'en être haï que plus… Quel cercle vicieux. Je crois que si j'étais devenu cet homme, j'aurais envie de mourir, pour en finir. »

Il se leva, sortit une clé de sa poche et défit les menottes qui retenaient Lionel prisonnier.

« Il te faut quoi, pour partir ?

— Pas grand-chose. Juste la cigarette électronique que j'ai dans ma poche intérieure. »

Frédéric tressaillit quand Lionel plongea la main dans les replis de sa veste, mais se détendit aussitôt. Son talent devait l'informer que Lionel n'avait effectivement aucune ambition meurtrière en ce qui le concernait.

La cigarette en main, Lionel s'assit confortablement afin d'en régler les paramètres. La cigarette aurait pu synthétiser n'importe quelle molécule, et il y en avait beaucoup dont les effets récréatifs lui faisaient envie, à cet instant précis. Mais il avait besoin de partir. Partir, se retrouver seul l'espace d'un instant. Se recentrer un peu. Ne pas se laisser perturber. Il pianota sur les boutons qui entouraient l'écran de la cigarette jusqu'à ce que celui-ci affiche la composition de la dyméthyltryptamine. Il releva la tête, croisa le regard de Frédéric et lui dit « adieu » avant d'aspirer la fumée qui se dégageait déjà de l'embout. Il se sentit partir en arrière, flotter sur la trame des mondes, puis l'infirmerie devint floue et disparut tout à fait.

Il flotta un instant dans cet espace où ses sens ne percevaient plus rien. Il y était habitué, désormais. La première fois, il avait failli paniquer.

Le décor reprit lentement forme à ses yeux. Il recouvrait toujours la vue en premier. Il faisait nuit, et se trouvait dans une pièce qui n'était pas éclairée. Il n'y voyait donc pas grand-chose, mais au moins avait-il la satisfaction d'être quelque part.

L'ouïe lui revint également, mais ne lui apporta aucune information : les quelques sons qu'il entendait venaient de loin, étouffés.

Il était allongé par terre, il en prenait conscience, maintenant. Il se redressa lentement. La tête lui tournait. Cette pièce était sans nul doute l'infirmerie qu'il venait de quitter, mais dans une version où elle ne servait pas, semblait-il. Il distinguait quelques objets éparpillés sur le sol, des débris, sans doute, une légère odeur de renfermé, une vitre sale, très sale.

Il se mit debout et essaya de voir ce qui se trouvait de l'autre côté du carreau, mais ne distingua que les ombres floues du jardin qui entourait le palais. Quelques lumières au lointain, vers le centre-ville.

Cette version d'Abbevielle semblait bien morose.

Il fit quelques pas, ouvrit la porte, et découvrit un couloir qui confirma ses soupçons. Sale, le sol jonché de détritus, feuilles mortes, vitres brisées. Le palais était abandonné.

Lionel profita de ce petit répit pour s'asseoir contre un mur et faire le point. Cette conversation avec Frédéric l'avait ébranlé plus qu'il ne l'aurait imaginé. Loin de le soulager, ce « procès » l'avait troublé.

*Quelle est la différence entre ton Frédéric et moi ?*

*C'est toi.*

*

Vincent et Philippe regardaient leurs pieds, penauds. Ils évitaient de croiser le regard d'Elisabeth, qui se retenait de pleurer.

« Il faut que vous compreniez comment il est parti pour le faire revenir, c'est bien ça ? dit-elle, au bout d'un moment.

— Oui, répondit Vincent. Si c'est à cause d'un talent, eh bien… La molécule permet à Lionel de percevoir un monde plus vrai que nature. Et toi tu l'y envoies. Quelque chose comme ça.

— Mais c'est ridicule ! J'étais là la première fois, d'accord, mais depuis, il a voyagé quand je n'étais pas là, quand je dormais, même, parfois. Vous n'allez pas me faire croire que j'aurais un talent qui fonctionne même quand je dors ?

— Je ne sais pas. Philippe, ça s'est déjà vu, un talent qui fonctionne sans qu'on en soit conscient ? »

Philippe opina du chef, l'air grave.

« Oui. Frédéric en est un exemple flagrant. Si son talent s'était affaibli pendant son sommeil, il serait mort bien plus tôt.

— D'accord, mais je ne sais pas, moi, quand Lionel voyage ! Comment mon talent pourrait le deviner, si j'en avais vraiment un ?

— Il suffit sans doute d'une simple… connexion. Et tu ne peux pas nier qu'entre Lionel et toi… »

Elisabeth fondit en larmes.

« Eh bien, oui, je l'aime ! Ce n'est un secret pour personne ! »

Elle releva les yeux vers l'écran.

« Mais je n'ai jamais trouvé le courage de le lui dire. »

*

Lionel remonta le couloir en direction du hall. Les murs étaient couverts de mosaïques florales qu'il devinait à la faveur des rayons de lune. Ce palais avait été très beau, bien plus que ce à quoi il était habitué. Le style de la décoration, en tout cas, faisait vibrer en lui une corde sensible.

Il déboucha sur le grand escalier. Au plafond, le lustre avait été décroché et il n'en restait que la base, une superbe moulure rappelant des ricochets. La rambarde de l'escalier était entièrement sculptée : plantes et animaux s'y disputaient le moindre espace. Et les mosaïques…

des mosaïques partout. Il faisait trop sombre pour qu'il distinguât les motifs. Dommage.

Il descendit les escaliers avec hâte. Il lui tardait de sortir de ce qui lui paraissait être un superbe tombeau. Les portes lui opposèrent une légère résistance : de l'autre côté, des plantes avaient pris racine. Néanmoins, il parvint à se dégager suffisamment d'espace pour sortir.

Il traversa le jardin, ou ce qu'il en restait, avec nostalgie et peine. Il manifestait tous les signes de l'abandon : gazon à hauteur de genou, mauvaises herbes, ronces. Quelque chose n'avait franchement pas tourné rond, dans cette réalité, et il lui tardait de savoir quoi.

Il remonta la rue principale en direction du centre-ville. Personne : tout le quartier semblait avoir subi un sort similaire à celui du palais. La noblesse avait dû connaître de sales quarts d'heure. Les hôtels particuliers cédèrent la place aux maisons bourgeoises des faubourgs : il devina des lampes allumées, mais ne put se résoudre à déranger les gens. Vu le climat, il ne serait sans doute pas bien reçu et les effraierait pour rien.

Deux silhouettes se détachèrent dans la rue. Il hésita à utiliser son manteau pour disparaître, mais enfin se présentait l'occasion de discuter avec des gens.

« Que faites-vous ici à cette heure ? » lui demanda l'un des deux.

C'étaient des hommes, deux soldats, d'après ce qu'il pouvait en distinguer.

« Je ne sais pas. Je ne sais pas trop où aller, répondit-il. Qu'est-ce qu'il se passe, au centre-ville ?

— C'est la résistance qui a attaqué un casernement. N'allez pas par là, ça canarde de partout. Si vous cherchez un abri, allez à l'ancienne gare. Tous les réfugiés vont là-bas. Vous pourrez dormir et vous aurez peut-être à manger. »

Lionel les salua d'un signe de tête, sans pousser l'investigation plus loin. Des soldats en patrouille, une résistance, tout cela ne lui disait rien qui vaille : valait mieux ne pas attirer l'attention en posant des questions suspectes. L'ancienne gare, donc. Lionel n'en connaissait qu'une. En toute logique, si ici il y en avait une que l'on pût qualifier de « nouvelle », alors ce n'était certainement pas celle où il avait ses habitudes. Très bien : il savait donc où aller. Il pressa le pas.

La masse de la gare se profila vite entre les bâtiments du centre. Derrière des verrières encore superbement ouvragées, bien qu'il n'en devinât l'aspect que grâce aux reflets lumineux qui se promenaient sur les vitraux, il vit une foule de citadins désespérés. Il entra, intimidé par toute la misère qu'il devinait ici : hommes, femmes, vieillards, enfants, vivant à même le sol sur des couvertures de laine moisies, goûtant du bout des lèvres le seul bouillon clair que l'on pouvait leur servir. Certains levaient la tête sur son passage, qui curieux, qui désapprobateur. Était-ce sa tenue, trop propre et soignée, qui détonait et suscitait sur lui pareils regards, ou bien devait-il deviner que le Lionel local se faisait connaître par des frasques ?

Une bourrasque d'air glacé venant des voies abandonnées le fit frissonner, mais il sentit, charriée avec les vieux papiers et les feuilles mortes qui s'envolèrent devant ses pieds, une vague d'espoir, un sentiment diffus de bien-être, de confiance, comme une bougie dans la tempête lui demandant de ne pas désespérer, de s'accrocher et d'aller de l'avant. Car tout irait bien.

Voilà qui était trop incongru pour ne pas porter la signature de Frédéric. Lionel balaya la foule des yeux à la recherche des boucles brunes. Il se promena un peu entre les couchages des familles qui dormaient à même le sol, remonta la gare en direction des quais et le vit enfin.

Accroupi près d'un vieillard, Frédéric lui prodiguait des soins. Avec une douceur et une attention que Lionel ne lui connaissait pas. Frédéric avait toujours été quelqu'un de fermé. Ressentir les émotions des autres, et les manipuler, ne l'avait sans doute jamais incité à exprimer les siennes. Mais le Frédéric qu'il voyait là semblait d'une autre trempe. Ses gestes étaient lents, doux. Le pansement qu'il réalisait autour de la jambe du vieil homme, méticuleux.

Lionel attendit qu'il en ait fini pour l'accoster. Quand Frédéric se releva, serrant la main du vieillard avec chaleur, il se décida à avancer.

Frédéric écarquilla les yeux en le voyant.

« Vous ? Ici ?

— Nous nous connaissons ?

— Je doute que vous sachiez qui je suis, par contre nul n'ignore votre visage. Je ne sais pas si je dois vous remercier ou vous détester, capitaine. »

Ainsi donc Frédéric était un anonyme, et lui, Lionel, un homme connu ? Voilà qui était pour le moins original.

« J'ignore pour qui vous me prenez, mais je pense qu'il y a méprise. Pourrions-nous discuter un instant ? »

Frédéric sembla hésiter, avant de le regarder avec une détermination farouche.

« Si vous le souhaitez. Venez, allons nous asseoir sur ce banc. »

Frédéric entraîna Lionel sur les quais, jusqu'à un banc de la voie n° 6.

« Si vous n'êtes pas le capitaine Lionel Sans-nom, qui êtes-vous ?

— "Lionel Sans-nom" ?

— Ni nom, ni dieu, ni maître. C'est sa devise, me semble-t-il ? Vous lui ressemblez de façon troublante. »

Lionel sourit. Cette devise aurait pu être la sienne.

« Je suis un voyageur. Dites, que fait-il de particulier, ce capitaine ? Si on doit me confondre avec lui, j'aime autant savoir à quoi m'attendre.

— C'est le capitaine de la résistance.

— La résistance ?

— Oui, contre l'invasion de Cochiques. Vous venez d'où pour poser de pareilles questions ?

— De loin… de très loin. Le royaume de Cochiques a entrepris d'envahir les duchés, donc ?

— Et les a bel et bien envahis, oui. Nous avions le choix : nous laisser faire et accepter l'occupation, nous intégrer à Cochiques… ou résister. C'est ce que fait ce capitaine, et c'est pourquoi la ville est dans cet état.

— Et vous ne l'approuvez pas ?

— Oh, si, dans le fond. J'aspirerais même à des duchés réunifiés en un seul pays, vivant dans la paix. Quel dommage que nous n'ayons pas eu ce sursaut avant que l'invasion ne commence… Unis, on ne nous aurait jamais attaqués. Mais quand nous l'avons compris, il était trop tard. C'est idiot, non ? Finalement, ce que je regrette, c'est ça : que le capitaine Sans-nom n'ait eu ces ambitions que quand il était déjà trop tard. On éviterait ça. » Il désigna la foule des réfugiés d'un geste ample. « Je me sens tellement impuissant. Je ne suis pas un soldat, juste un pharmacien. Sinon, peut-être que je les rejoindrais. Je ne sais pas.

— Et… » Lionel n'en revenait pas de ce qu'il s'apprêtait à dire. « Vous n'avez jamais songé qu'avec votre talent, vous pourriez jouer un rôle important dans la résistance ?

— Pour soigner les blessés, vous voulez dire ? Je ne suis pas médecin. Les médecins ont suivi la résistance. Il ne reste qu'un pauvre pharmacien pour aider ces pauvres gens, je crois que ma place est bien ici.

— Je ne parle pas de cela. Je parle de votre talent. Talent avec un T majuscule, si vous préférez.

— C'est-à-dire ? »

Lionel ouvrit la bouche, stupéfait, et la referma.

« Il y a, chez vous, des personnes dotées de talents, j'imagine ?

— Il y a des gens talentueux dans toutes sortes de domaines, si c'est ce que vous voulez dire.

— Non. Je parle de talentueux tout court. Je ne sais pas moi, des gens qui ont le don de deviner l'heure, tout le temps, sans jamais se servir d'une montre ? Des gens qui attirent les papillons ? Ou qui atteignent toujours leur cible, même quand ils ne visent pas, comme le capitaine.

— On loue souvent son aptitude au tir, en effet. Mais de là à dire que c'est un talent ? Cela tient sans doute plus à un entraînement d'élite.

— Mais non. Non, pas du tout. »

Lionel était effaré. Pas seulement que Frédéric ignorât ce qu'était un talent, et à plus forte raison qu'il en eût un, mais aussi des conséquences que cela avait eu sur cette réalité. Et des conséquences que cela impliquait pour lui, pour sa compréhension de ce qui s'était passé dans sa propre réalité. *Si Frédéric n'avait pas usé de son talent, nous en serions là. Partout où il l'a fait, il a réuni les duchés.*

*Donc rien ne serait arrivé sans lui. Pas de dictature, mais pas de duchés pacifiés non plus. Alors le choix, c'est donc Frédéric, ou ça. Cette misère.*

*Que faut-il choisir, alors ?*

*Et que se passera-t-il dans ma réalité maintenant que Frédéric n'est plus là ? Les duchés resteront-ils unis ? Le sont-ils toujours ? Sont-ils en paix ? Et qu'est-ce qu'ils ont pour se protéger si jamais on les attaque ?*

*Ils ne m'ont même pas, moi.*

« J'imagine que vous ressentez assez souvent les émotions des gens, je me trompe ?

— Oui. J'ai toujours été assez sensible.

— Et ce que vous ressentez a une influence sur ces émotions, non ?

— Comment cela ?

— Vous pouvez obliger les gens à ressentir ce que vous voulez. C'est ça, votre talent.

— Je crois que vous faites erreur.

— Non. J'ai senti votre talent en entrant dans la gare. Vous vous en servez en ce moment même. Ces gens ont l'air heureux. Regardez leurs visages, comme ils sont sereins. Mais ils n'ont aucune raison de l'être ! Ils sont comme ça juste parce que vous, vous les rassurez. Si vous vouliez qu'ils soient tristes, ils le seraient.

— Quelle plaisanterie !

— Essayez. »

Frédéric le dévisagea, interloqué. L'espace d'un instant, il parut tenté de dire quelque chose, mais se ravisa. Il observa la foule un moment, indéchiffrable. Puis il fronça les sourcils, et son expression s'assombrit.

Ce fut d'abord un bébé qui pleura. Puis une vague de morosité s'abattit sur la gare. Lionel la subit de plein fouet. À quoi bon poursuivre sa quête sans fin ? Pourquoi s'acharner à vouloir rétablir l'ordre en tuant Frédéric ? Alors que lui-même étant un maillon de la chaine d'événements qui l'amenaient à devenir soit un tyran, soit un homme profondément bon ? Et quel maillon ! Le plus important. Pour qu'il caresse le rêve d'une vie heureuse et épanouie, il aurait fallu qu'il soit l'ami de Frédéric, son pire ennemi. L'idée avait de quoi horrifier. Mais elle était rassurante, également.

*La gare retrouvait un semblant de sérénité.*

Rassurante, parce qu'il s'était toujours senti petit et insignifiant face à Frédéric.

*Effectivement, tout le monde semblait aller mieux.*

Petit et insignifiant parce que son talent était trop puissant. Lionel le voyait à nouveau à l'œuvre, et ne put s'empêcher d'éprouver de l'admiration.

Des gens, sur les quais, soupirèrent d'aise. Le talent honni pouvait faire du bien, aussi. Lionel se demanda tout de même s'il avait bien fait de donner une pareille arme à un homme capable de contrôler une gare entière sans s'être jamais entraîné.

Mais peut-être était-ce le secret, finalement : être l'ami de Frédéric, c'était sans doute le dresser. L'orienter. Contrôler cette arme, même quand elle vous contrôlait en retour.

Lionel se sentit soudain très las.

« Vous savez, dit-il, si j'avais un talent pareil, j'irais retrouver le capitaine Sans-nom. Il saurait vous dire quoi en faire. Et vous lui faciliteriez la tâche sans commune mesure. »

Frédéric regarda la foule, fronça de nouveau les sourcils.

« Peut-être. »

Il se tut un moment, puis reprit :

« Peut-être. »

Lionel fouilla dans sa poche intérieure et en sortit sa cigarette.

« J'aimerais rentrer chez moi, maintenant. J'aimerais vraiment. »

*

« Est-ce que ça pourrait être… un talent pour créer des réalités virtuelles ? demanda timidement Philippe.

— Impossible. »

Vincent se leva de sa chaise et, tout en se frottant un menton mal rasé, se mit à déambuler dans le laboratoire, les yeux fixés sur un point imaginaire deux mètres devant lui.

« Il y a la question de Jeanne, voyez-vous. Ni Lionel ni Elisabeth ne connaissaient Jeanne. Pourtant, un Frédéric nous a raconté cette histoire il y a deux heures à peine. Elisabeth ne construit pas les réalités où se rend Lionel. Elle en rend juste l'accès possible. Autrement dit… d'une façon ou d'une autre, elle joue avec le paquet d'ondes... Et ce ne sont pas seulement des univers probables, sans quoi comment Lionel s'y rendrait-il ? Ce sont bien d'authentiques mondes alternatifs, j'en mettrais ma main à couper.

— Mais je ferais ça comment ?

— C'est le principe même d'un talent, sœurette, on ne sait pas comment ça marche.

— Oui, merci, je sais ce qu'est un talent ! Mais je n'ai aucune conscience de faire quoi que ce soit. Je veux bien te croire sur le principe, mais je ne ressens rien de particulier qui me ferait croire que j'agis d'une quelconque façon sur quoi que ce soit. Je pense que tu te trompes.

— Mais… Elisabeth, utiliser un talent ne demande d'effort à personne. Dis-lui, Philippe.

— C'est vrai. Utiliser son talent est aussi naturel que de respirer. L'entrainer peut demander un effort, mais l'utiliser… non, aucun. »

Elisabeth commença à se frotter nerveusement les mains.

« Mais… si je m'en sers sans m'en rendre compte, comment je fais pour le faire revenir ?

— Qu'est-ce qu'en je sais ? Chaque talent est différent. »

Elisabeth détourna le regard, et dit :

« Tu penses vraiment que c'est ça, l'explication ?

— Oui. C'est mon talent de comprendre les choses. Ce n'est pas une question d'intelligence, c'est juste que quand j'ai raison, je le sais, c'est tout. »

Un lourd silence plana entre eux, alors que Lionel poursuivait son voyage et que l'écran n'affichait que le noir et le silence qui caractérisaient les passages entre mondes.

Et quand l'image revint enfin, elle afficha une gare qui ressemblait fort à celle de leur réalité.

*

Lionel eut une douloureuse impression de familiarité avec les lieux dès qu'il émergea. C'était sans nul doute la foule affairée de *son* Abbevielle, qui s'empressait de rejoindre les quais pour entrer dans les trains à suspension magnétique, orientés et disciplinés par les drones ferroviaires et les panneaux holographiques. Panneaux holographiques, qui, au-delà des quais, se déclenchaient quand l'on passait devant certaines boutiques, diffusant des publicités tape-à-l'œil. Et, à la sortie de la gare, si tout allait bien, si Lionel était, comme il en avait fait le vœu, revenu dans sa propre réalité, l'Avenue Royale et ses immeubles de commerce, les panneaux à LED illuminant les façades comme en plein jour de leurs annonces diverses et clignotantes. Lionel prit une grande inspiration et croisa les doigts.

*

« Est-ce que ? Est-ce qu'il est revenu ? hoqueta Elisabeth.

— Je vais le savoir dans deux secondes. Laisse-moi permuter l'écran sur les émissions des drones de sécurité. »

Vincent tapota quelques touches de son clavier pour qu'à l'affichage apparaissent les images de drones de police.

Il entra quelques informations pour obtenir les caméras de la gare, et quand il les eut enfin, scruta la foule à la recherche de Lionel.

« Mince, où est-il ? Quelqu'un le voit ? »

Elisabeth et Philippe hochèrent la tête par la négative. Vincent bascula à nouveau sur les images de l'implant de Lionel. On y voyait clairement l'immense porte en vitrail de la gare.

« La sortie ! Il approche de la sortie et sera bientôt Avenue Royale. »

Il remit les caméras de sécurité. Chercha à nouveau, mais aucun des visages à l'écran n'était celui de Lionel.

« Il est où ? Bon sang !

— Il n'est pas là ? murmura Elisabeth. Ce n'est pas notre réalité ?

— Attends. »

Lionel revint aux images de l'implant de Lionel. Celui-ci était bien sorti de la gare. Mais, de toute évidence, cette réalité n'était effectivement pas la leur.

*

Les cheveux sur sa nuque se hérissèrent quand Lionel vit l'éclair sur fond rouge sur les panneaux à LED. Sur toute la longueur de l'avenue, la puissance de Frédéric s'étalait en rouge sang.

Lionel s'en serait bien gardé. Sa ville ressemblait exactement à cela quand, un an plus tôt, il y avait mis un terme. Dans cette réalité, semblait-il, il avait échoué, ou n'y était pas encore parvenu. Il fronça les sourcils quand les éclairs laissèrent place à un message d'info qui se transmit sur toute l'avenue. En le lisant, il s'assombrit encore.

*Discours du prince Frédéric pour l'anniversaire de son règne à 21h devant le palais. Tous les citoyens d'Abbevielle y sont chaleureusement conviés.*

Le message se répéta plusieurs fois, avant de laisser la place aux habituelles publicités. Lionel cligna des yeux. Avait-il halluciné ? Est-ce que revoir sa gare avait ravivé ces souvenirs? L'anniversaire du règne de Frédéric. La coïncidence était trop grande. Une hallucination, voilà qui aurait été rassurant. Mais au fond, il savait la vérité. Il savait qu'il allait de nouveau affronter Frédéric. Il se maudit. Ses incursions dans de drôles de mondes où Frédéric lui avait été sympathique avaient occulté ce qu'il était *réellement*. Le Frédéric qu'il connaissait, pas cet inconnu aux idéaux de paix avec qui il aurait volontiers lié amitié. Ils pouvaient porter le même nom, ils n'en étaient pas moins des personnes étrangères les unes aux autres.

Les cloches de la cathédrale d'Abbevielle se mirent à sonner. Lionel compta les coups. Neuf. Alors son humeur s'égailla singulièrement. Il se rappela qu'il était l'heure du discours. Et qu'il avait très envie d'y aller, pour écouter ce que Frédéric avait à dire. Oh, ce n'est pas tant le contenu de ses propos qui avait de l'importance que le fait de le revoir. *Ce* Frédéric-là en particulier.

Il se fondit dans la foule. Tout le monde se rendait au même endroit, il n'avait qu'à suivre le courant. Et se fit une joie de partager ce moment avec autant de personnes.

*

« C'est bizarre, ça ressemble beaucoup à ce qui s'est déjà passé chez nous, n'est-ce pas ? demanda Elisabeth.

— Oui. C'est le discours d'anniversaire. Comme chez nous.

— Mais… enfin, vous savez ce qui s'est passé, le jour du discours ? »

Vincent écarquilla les yeux.

*

La cour du palais était enfin en vue. Lionel eut de la chance : celle-ci se remplissait déjà, mais pouvait encore accueillir une vague de spectateurs. Il avança jusqu'à ce qu'il soit presque en face du balcon. Il était assez loin, mais y verrait tout de même.

*

Vincent frisait l'hystérie.

« Il faut évacuer l'hypothèse qu'il ait voyagé dans le temps. N'y songez même pas : le temps est régi par la causalité. Des événements en entraînent d'autres, qui en entraînent d'autres… Il y a une origine à un résultat, et le résultat, mais le résultat ne peut précéder son origine. Il ne s'agirait pas seulement de remonter le cours d'un fleuve, ce n'est pas aussi simple ! Le plus probable est que nous avons affaire à une réalité semblable à la nôtre, mais où les événements sont décalés de plusieurs mois. Tout à l'heure Lionel était déjà à un bal des un an…

— Mais ça ne change rien, au final, alors ! s'écria Elisabeth. Peu importe le pourquoi du comment, si les événements se déroulent comme ils se sont déroulés chez nous, Frédéric va demander à Lionel de tirer dans la foule, et il tirera sur notre Lionel à nous !

— Il faut arrêter ça tout de suite. Philippe, comment on arrête un talent ?

— Je l'ignore. Peut-être faudrait-il assommer Elisabeth, mais on ne va tout de même pas la frapper… »

*

Enfin, Frédéric apparut sur le balcon. Lionel sourit, et se souvint qu'il était là pour le tuer, mais il avait tout de même envie de l'écouter parler, un peu, avant. Le prince promenait son regard sur la foule et il sembla à Lionel que ce regard s'était un peu attardé sur lui. Comme si l'influence s'était renforcée l'espace d'un instant, comme si, pendant quelques secondes, elle avait porté un peu plus attention à Lionel. La sensation d'être observé, sondé, décrypté. Puis cela s'atténua, mais Lionel continua de songer à cette étrange influence, et à force de focaliser ses pensées dessus, se rappela qu'il était justement sous cette influence, depuis son arrivée, et que c'était bien là le problème. Parce que Frédéric tenait la foule comme un marionnettiste un troupeau de pantins.

Et que c'était bien pour cela qu'il fallait le tuer.

L'attention revint aussitôt sur lui, plus alerte, plus suspicieuse, Lionel pouvait le sentir. Comme un œil dardé sur lui, les sourcils froncés. Frédéric fit un signe de la main en direction des coulisses, et Lionel vit son double s'approcher du balcon, un pistolet à la main, le bras déjà levé.

*

Vincent bondit, son clavier à la main, et pivota brusquement sur lui-même. Le clavier s'écrasa sur la tempe d'Elisabeth, qui eut à peine le temps d'écarquiller les yeux et de sentir l'impact avant de tourner de l'œil. Philippe la rattrapa de justesse avant qu'elle ne tombe par terre.

« Oh, sœurette, je suis désolé !

— Ça va, je m'en occupe, dit Philippe. Lionel ! »

Il pointa l'écran du doigt tout en tâtant le pouls d'Elisabeth. Vincent fit une moue désolée et regarda l'écran. Du noir. Cela pouvait dire deux choses : soit Lionel était mort, soit il était vivant, et le talent d'Elisabeth étant momentanément hors service, cela le ramènerait dans leur réalité. Dans ce cas, en toute logique, il arriverait dans la cour du palais. De *leur* palais.

Il fallait regarder les images que diffusaient les drones de sécurité du palais, mais avec son clavier explosé dans la main, il n'était pas plus avancé. Il sortit donc en trombe du laboratoire pour aller vérifier par lui-même.

*

Les jambes de Lionel peinaient à le porter quand il reprit ses esprits dans la cour. Ce voyage-là avait été plus brutal que de coutume. La cour était vide, pas même éclairée. Une silhouette émergea dans la nuit et courut dans sa direction.

« Lionel ! C'est toi ?

— Vincent ? »

Le cœur de Lionel manqua un battement.

« Est-ce que je suis dans la bonne réalité ?

— Oui. Je peux te l'assurer. C'est la bonne. Tu es de retour chez nous. »

Lionel se sentit tomber sur ses genoux. Et se sentit soudain, très, très fatigué. Il ne savait plus quelle émotion éprouver, ses pensées virèrent un instant à un pur bruit blanc. Il vit la main tendue de Vincent, et la saisit. Vincent l'aida à se remettre debout, et le prit dans ses bras, en riant nerveusement.

« Est-ce que tout le monde va bien ? demanda Lionel.

— Oui.

— Qu'est-ce qu'il s'est passé ? Vincent, explique-moi, qu'est-ce qu'il s'est passé ?

— Cela a été assez difficile, mais je crois que j'ai fini par comprendre. » Au son de sa voix, Vincent souriait. « Elisabeth a un talent.

— Oh ? Lequel ?

— D'une certaine façon, je crois que c'est un talent qui se contrefiche des lois de la physique quantique. Dans les grandes largeurs. Et c'est un talent sans doute un peu dormant, pour qu'il ne se soit jamais exprimé, mais avoir pris de la dyméthyltryptamine t'y a rendu sensible. La molécule «ouvre» l'esprit, mais ainsi elle donne l'autorisation au talent d'Elisabeth de réaliser ce qu'il désire. En l'occurrence, exercer ta vengeance, encore et encore. »

Il baissa la voix.

« Et puis, tu as commencé à en avoir assez, de tous ces meurtres. À désirer qu'ils n'aient jamais été nécessaires. Pour cela, il aurait fallu que Frédéric soit un homme différent. Alors le talent d'Élisabeth t'a envoyé visiter des mondes où il était bien. Tu as discuté avec ces doubles, et peu à peu tu as commencé à comprendre comment quelques événements avaient pu changer sa vie du tout au tout. Et quel rôle, toi, tu avais pu y jouer. Ô combien Frédéric avait besoin de quelqu'un avec qui partager ses émotions, à qui se confier. Quand cela a été le cas, tu as non seulement canalisé ses angoisses, mais aussi été un ami de bon conseil. Parce que tu connaissais les difficultés que rencontrait le peuple d'Abbevielle, bien mieux que ce fils de pharmacien. Par contre, quand tu n'étais pas là, Frédéric ne bénéficiait pas de ce soutien, il n'était entouré que de gens qui se méfiaient de lui, alors il les influençait, mais cela ne faisait que susciter plus de défiance, en sourdine, prête à éclater s'il relâchait sa vigilance. Imagine l'effort constant qu'il devait alors fournir, et la paranoïa qui devait le dévorer. Après avoir compris tout cela, tu as perdu le cœur à la tâche. Tu as éprouvé le regret de ne pas avoir été l'ami de cet homme, car alors notre réalité aurait été bien meilleure.

» Alors tu as voulu expier tes meurtres. Et Elisabeth t'a renvoyé dans le passé. Quel talent méprisant pour les lois de la nature ! Ma propre sœur ! J'en suis effaré.

— Mais comment ai-je pu revenir, dans ce cas ? Je suis vraiment mort, là-bas, ou bien ?

— Euh, non, pas vraiment. Tu me jures que tu ne me casseras pas la figure quand je te l'aurai dit ?

— Je vais éviter. J'aimerais bien au moins que cette réalité en soit une où je profite pleinement de l'amour que je porte à ta sœur. Tu permets que je lui fasse la cour ? »

Vincent tapota le dos de Lionel et l'entraîna vers le laboratoire.

# L'HOMME FRACTAL

Fabien Clavel

Fabien Clavel est né en 1978 à Paris. Après des années passées à Pierrefonds (Oise), il revient sur la capitale mener des études de lettres classiques qui le conduisent à l'enseignement du français et du latin. Parallèlement, il publie des romans de fantasy à partir de 2002, notamment le roman de cape et d'épées L'Antilégende où il met en scène Don Juan. En 2007, il se lance également dans la littérature jeunesse avec La Dernière Odyssée. La même année, il s'installe à Budapest pour quatre ans. Il y écrit un roman de fantasy historique, Le Châtiment des Flèches, qui relate la naissance du royaume hongrois en l'an Mil. De retour en France, il publie successivement L'Evangile cannibale et Feuillets de cuivre aux éditions ActuSF. Il a également à son actif une trentaine de nouvelles.

Bibliographie :

Nephilim (2 tomes), Hélios, 2016
Feuillets de cuivre, ActuSF, 2015
L'Evangile cannibale, ActuSF, 2014
Homo Vampiris, Hélios, 2014
Furor, J'ai lu, 2013
Les Légions dangereuses, Hélios, 2013
Le Châtiment des Flèches, J'ai lu, 2012
Requiem pour Elfe noir (sous le pseudonyme de John Gregan), Mnémos, 2008
La Cité de Satan, Mnémos, 2006
L'Antilégende, Mnémos, 2005

# L'HOMME FRACTAL

## Fabien Clavel

Tu t'appelles János Gregan.

Malgré les années, tu n'as jamais quitté ton prénom d'origine, alors qu'il existe un équivalent français tout simple : Jean. D'ailleurs, tu as remarqué que les noms d'auteurs hongrois étaient souvent francisés. Dezső Kosztolányi devient Désiré Kosztolányi, Frigyes Karinthy devient Frédéric Karinthy.

Les Français demeurent un peuple mystérieux pour toi. Comme s'ils voulaient tout réduire à leur échelle, tout passer sous leur toise linguistique.

Tes parents ont quitté le pays en 1956, pendant l'insurrection de Budapest. Ou plutôt après, au moment de la répression, l'écrasement par les chars russes. Tu ne t'en souviens pas, bien sûr. Ils te l'ont raconté souvent et c'est resté comme une écharde dans ta chair.

L'intrication étrange de l'histoire d'un pays et celle de ta destinée personnelle continuent de te fasciner. Que serait-il arrivé si tes parents étaient restés là-bas ? Et aujourd'hui, maintenant que la dictature est revenue, que ferais-tu ? Partirais-tu ?

Tu n'es pas de l'étoffe dont on fait les héros. Entre la résistance, la soumission ou la fuite, tu choisis la dernière solution.

De toute façon, le fascisme est partout en Europe. Pour l'instant, il rampe encore mais, bientôt, il se redressera et emportera tout dans un chaos de guerre et de haine. Où fuiras-tu alors ?

Il te restera l'ultime frontière de l'imaginaire.

Ouais, tu ne peux même pas penser cette expression sans un ricanement intérieur. Souvent, tu as essayé de te projeter en prison, enfermé, torturé, tu as voulu croire que tu pourrais te réfugier dans les mondes que tu inventes, quitter ton corps supplicié. Mais qu'en serait-il en réalité ?

Tu verrais peut-être des univers fictifs par intermittence, par éclairs, par bouffées. Et puis tu reviendrais à la triste réalité. Ou bien tu verserais définitivement dans la folie.

Tu as trop peur qu'on te défigure, qu'on fasse de toi un monstre de foire, qu'on t'écrase la chair. Tu craquerais très vite. Il vaut mieux écrire sur l'héroïsme des autres, un peu comme ces acteurs hollywoodiens qui n'ont joué dans autant de films de guerre que parce qu'ils ne l'avaient pas faite.

Tu restes donc là, dans cette France où tu ne devais passer que le temps de tes études. Pas de chance, mai 68 est arrivé. Tu as connu Sarah et tu n'es plus reparti. De toute façon, tu en avais assez des voyages, des déménagements. Tu ne veux plus bouger, tu t'encroûtes dans la banlieue parisienne, à enseigner l'histoire médiévale à des étudiants qui s'en foutent, à écrire tes romans qui n'intéressent personne.

Tout cela n'a plus guère d'importance. Tu sais depuis longtemps que tu es du côté des perdants.

Tu n'attendais qu'un cadeau de la vie, peut-être : un enfant. Tu aurais tout sacrifié pour cela. Mais le temps s'est écoulé et rien n'est venu. Sarah souffre en silence.

Désormais, tu ne sais plus bien si votre couple est mort ou bien vivant. Vous êtes en pilote automatique. Le passé n'existe plus, l'avenir n'est rien. Il ne demeure qu'un long, un interminable présent. Qui t'épuise.

Mais aujourd'hui, un événement vient rompre la monotonie du monde. Sarah a pris des billets pour aller au cinéma. Cela fait une éternité que vous n'y êtes plus allés. Tu ne regardes même pas le titre du film. Tu penses à l'écran blanc, aux fauteuils rouges. Tu espères qu'il n'y aura pas trop de monde, ni trop de bruit.

Mais c'est pour ton anniversaire, tu ne feras aucun commentaire négatif. C'est une manière de vous réunir.

Au moment de franchir le seuil, tu as l'impression de ne pas avoir quitté ton appartement depuis des lustres. Le monde te paraît hostile. Le temps, les gens, les nuages dans le ciel. Rien n'est plus familier.

Partout ce sont des ruptures. Dans le macadam du trottoir. Dans la démarche des gens. Dans le débit des métros. Une avancée, puis une pause à la station. Tout est affreusement discontinu.

Enfin, vous arrivez au multiplexe. Pas besoin de faire la queue pour acheter les billets. Mais tout le monde a eu la même idée alors vous faites la queue un peu plus loin.

Tu regardes les escalators et leurs marches métalliques qui arrivent comme des vagues infiniment semblables. Le confort de ton bureau te manque.

En entrant dans la salle, tu vois les sièges occupés alterner par paquets avec les fauteuils vides. Vous vous installez.

Un homme s'approche de toi. Tu crois qu'il veut simplement s'asseoir à côté de toi, mais il te sourit. Il te demande *Comment ça va, John* ? En anglais. Tu n'oses pas lui dire que ce n'est pas ton prénom. Il te pose des questions troublantes, comme s'il te connaissait. Tu te sens mal.

Heureusement, le film commence.

Tu regardes derrière les images, n'oubliant à aucun moment l'homme qui t'a salué. Juste à côté de toi. Serait-il le détenteur d'un mystérieux secret? Ou bien n'est-ce qu'une coïncidence? Tu t'interroges.

Déjà le film est terminé. Sarah te demande si cela t'a plu. Tu réponds oui. Tu dis au revoir à l'inconnu pour couper court à toute conversation. Toujours la fuite.

Sarah te demande qui c'était. Tu réponds que tu n'en sais rien. C'était une erreur, sûrement. Il paraît qu'on a plusieurs sosies dans le monde. Il a peut-être rencontré l'un d'eux.

Peut-être.

L'explication ne te satisfait pas. Sur le chemin du retour, tu te débats avec une sourde angoisse qui ne semble plus vouloir te quitter.

*

Tu t'appelles John Gregan.

Tu as changé de nom il y a bien longtemps, quand tu as emménagé à Londres. Aujourd'hui, la ville te paraît triste. Trop de buildings qui tentent vainement de concurrencer les States. Des tours miroirs qui se réfléchissent sans fin les unes les autres, jusqu'à te perdre dans un néant de verre.

Et puis, c'était la ville de Sarah, celle de votre vie commune, qui n'est plus. Tu es tout seul dans les glaces que la cité te tend. Mon beau miroir, es-tu toujours aussi solitaire ?

Ne réponds pas.

Tu as tout perdu en venant ici. Sauf un appartement où l'on sent les métros passer et tout faire vibrer.

Bien sûr, tu peux te vanter de ton poste de professeur d'université, à enseigner cette histoire médiévale qui t'indiffère. Bien sûr, tu peux arguer de tes romans dont deux seulement ont connu un petit succès d'estime, *The Elven Melancholia (Before the End of the World)* et *El.*

Tiens, tous deux commencent presque par les mêmes lettres. Tu n'avais jamais remarqué jusqu'alors. Peut-être que tu ne fais que te répéter.

Mais ce n'est rien face au naufrage grotesque de ton divorce. Et puis cet appel au fond de toi, ce besoin, cette envie. Cet enfant qui ne vient pas, qui n'est pas venu, qui ne viendra jamais. Malgré les injections, malgré les inséminations, les fécondations, les congélations, et tous les processus barbares de la procréation par toubib interposé.

Aujourd'hui, c'est ton anniversaire.

Tu t'es enfin décidé à sauter le pas après toutes ces années d'abattement et d'auto-apitoiement. Tu veux absolument vérifier quelque chose qui te travaille. Cela remonte loin.

L'Eurostar pénètre dans le long tunnel et les lumières changent. Ton voisin semble d'humeur à parler. Pas toi. Il te demande si c'est la première fois que tu vas à Paris. Tu y étais en 1968.

Qu'est-ce que tu vas y faire?

Bonne question. Tu vas voir si tu n'as pas rêvé, si l'article que tu avais lu sur un certain János Gregan, professeur comme toi, romancier comme toi, n'est pas un mensonge, si ce double existe bel et bien.

Longtemps tu as cru que c'était une erreur. Surtout que, lorsque tu as voulu montrer l'article à Sarah, il t'a été impossible de mettre la main dessus. Évanoui. Envolé.

Jusqu'à hier.

Tu as effectué des recherches et tu as découvert l'adresse de ce János Gregan. Là encore, cela s'est passé comme si l'univers voulait t'offrir un cadeau. Tu t'es mis à chercher au hasard, sur Internet, le nom de János Gregan. Tu as trouvé des pages sur toi, de vieilles critiques de tes romans. Même des sites en hongrois.

Et puis, à la soixante-dixième page du moteur de recherche, tu as fini par tomber sur une sorte d'annuaire en ligne. Il y avait une adresse. À Villejuif. Tu as vérifié, c'est juste au sud de Paris. Tu as noté le nom de la résidence : les Sycomores.

Étrangement, quand tu as voulu revérifier, la page n'existait plus.

Cela ne te décourage pas.

Tu veux le rencontrer, savoir qui il est. Au fond, cela pourrait même former le sujet d'un nouveau roman. Ton inspiration se tarit en ce moment.

Ton voisin continue de parler. Il a une réunion d'affaires. Mais il ne reprend le train que le soir. S'il a le temps, il ira au cinéma.

Tu acquiesces et tu feins de t'endormir pour le faire taire.

Tu flottes entre deux états superposés, entre éveil et sommeil, entre rêve et rêverie. Ta tête oscille doucement, bercée par le balancement du train. C'est exactement ce que tu as ressenti quand, fatigué, las, les lignes dansant devant tes yeux, tu es tombé sur le lien.

Tu te rappelles maintenant que c'était la même chose quand tu as lu l'article. C'était le soir, tu t'assoupissais à moitié. Tu as parcouru très vite cet entrefilet que tu croyais t'être consacré.

Au matin, il était introuvable.

Enfin, tu arrives à Paris.

Tu quittes ton voisin en lui souhaitant un bon film. La ligne 5 t'emmène depuis la Gare du Nord, puis la ligne 7.

Terminus.

C'est là.

Tes pas t'emmènent vers la résidence des Sycomores. En fait, ce sont des érables, appelés aussi faux platanes. Tu reconnais leur écorce en larges plaques gris rouge qui s'écaillent et leurs feuilles à cinq lobes. Shakespeare évoque souvent cette essence.

Rien que pour ce beau rideau de sycomores vert sombre, tu ne regrettes pas d'être venu. Cette contemplation des cimes doucement agitées par le vent te poursuivra longtemps.

Tu pénètres dans le bâtiment, profitant d'une personne qui te tient la porte en sortant et te salue poliment.

Ton regard erre sur les boites aux lettres aux noms discontinus, chacun ayant apposé sa propre étiquette. Finalement tu tombes sur « János et Sarah Gregan ». Une vague jalousie t'étreint. Il a réussi à la garder, lui.

Tu vas à la porte n° 6. Tremblant, tu sonnes. Personne.

Combien de temps vas-tu attendre ? Tu penses à ton train de 17h34. Ton esprit est déjà ailleurs. C'est raté. Il t'a fallu tant d'énergie pour venir ici. Il ne te reste plus rien pour la suite.

Et puis, qu'est-ce que tu fous ici, à l'étranger, dans ce hall froid, alors que la veilleuse s'éteint, que les voisins te lancent de sales regards, à attendre un simple homonyme ?

Rentre chez toi. Tu n'as rien à faire ici. Ton imagination s'est enflammée, c'est tout.

Tu scrutes encore le judas qui s'ouvre juste sous le numéro 6 et tu t'en vas.

Le train est confortable. Il te ramène à la maison à une allure presque inimaginable. La science-fiction est déjà là, finalement.

Des regrets te viennent. Peut-être qu'il aurait suffi de patienter quelques heures avant de le rencontrer ? Il pouvait simplement être sorti au cinéma ou fêter son anniversaire avec des amis. Tout aussi bien, il était peut-être parti pendant trois mois en vacances.

De toute façon, si tu tentes de revenir, cela fera comme pour l'article. Tu ne trouveras plus le nom sur la boite aux lettres. Il n'y aura plus d'appartement n° 6.

C'est un bordel inextricable.

Te voilà devant chez toi. Le trajet est passé comme un rêve. Ce n'était sans doute pas davantage.

Tu ouvres ta porte. Allumes la lumière.

Il y a sur la table du séjour quelque chose qui n'y était pas quand tu es parti. Tu grimaces. De quoi peut-il s'agir ? Un morceau de plafond tombé ? Un cafard ?

La masse est petite et noire.

Tu t'approches, la peur au ventre. Quelqu'un est entré ici en ton absence.

Enfin, tu mets la main sur ce qu'on t'a laissé et qui te plonge en pleine incertitude.

Une grappe de baies noires.

*

Tu t'appelles Gregan János.

À l'heure où tout le monde fuit la dictature en Hongrie, toi, tu y es retourné. Qu'est-ce qui t'a pris ? Ce n'est pourtant pas le salaire minable de l'université, la récupération idéologique de ton travail sur l'histoire médiévale par un pouvoir avide de montrer l'ancienneté de la nation, la vie qui se disloque, non, ce n'est rien de tout cela qui a pu te ramener là-bas.

La nostalgie, peut-être. Il y aura toujours en toi un appel de Budapest et sa griseur où remuent les ombres. Opiniâtrement, tu y reviens.

Chaque fois, c'est une nouvelle rencontre entre la ville et toi. Une sorte d'amour perdu à jamais, mais qu'on s'obstine à rechercher encore et toujours. L'amour est mort, János. Tu le sais, tu le sens, dans ton cœur et dans tes reins.

Il n'y a plus rien pour toi ici. Sarah n'a pas voulu te suivre et elle a eu raison. Elle a senti dans cette capitale une vieille rivale, de celles qu'on ne peut jamais vaincre.

Budapest a ouvert pour toi ses bras maternels, elle te serre contre elle pour te faire oublier tes chagrins et la stérilité des corps.

Tu n'aurais jamais pensé que ce désordre organique t'affecterait à ce point. Mais c'est une blessure, une plaie suppurante, une déchirure qui s'allonge à mesure qu'elle cicatrise.

Tu t'efforces de compenser tout cela par tes romans mais cela ne donne rien. Il ne faut pas se leurrer. Faux-semblant.

N'empêche, heureusement que tu touches un peu de droits d'auteur de celui qui a été traduit en anglais. Le dernier ne s'est écoulé en Hongrie qu'à quelques centaines d'exemplaires.

Assis à l'arrêt du tramway, tu regardes passer les rames jaunes qui se succèdent, discontinues, à intervalles irréguliers.

Où veux-tu aller ? Tu l'ignores. Ailleurs, sans doute. Tu demandes juste à te barrer. Il y a maintenant un peu de peur en toi. Une limite a été franchie.

En attendant, tu vas te trouver un petit resto pour ce midi. Il y en a un dans le voisinage de la place anciennement appelée Place Moscou, mais que le pouvoir en place s'est empressé de débaptiser pour effacer de mauvais souvenirs.

Tu prendras du chou-fleur farci, leur spécialité. Tu salives en goûtant par avance la farce avec le roux mêlé de parmesan, de jambon et de crème.

Ce matin, le jour même de ton anniversaire, tu as trouvé sur la table de ton séjour une grappe de sureau noir. Pas de besoin de chercher ce que c'était. On en trouve partout du sirop dans les supermarchés.

Mais le symbole t'inquiète. Est-ce que la couleur fait référence aux uniformes noirs des milices nationalistes ? Jamais tu n'as eu connaissance d'une telle signification du fruit.

Tout de même, quelqu'un est entré chez toi pendant que tu dormais et y a laissé ce cadeau. Avertissement ? Menace ?

On veut te ramener dans le droit chemin, proclamer que les frontières médiévales du royaume de Hongrie devraient être celles du pays aujourd'hui. Tu t'en fous un peu. On ne peut guère faire pression sur toi. Tu n'as ni femme ni enfant et ta vie t'importe peu.

À bien y réfléchir, tu crains la torture. Mais on n'en est pas encore là. C'est inutile. Il suffit de t'accabler de mesures administratives, de te pousser à bout à coup de papiers.

Tu manges mais tu es ailleurs. Ton regard se perd sous le gratin du chou-fleur que tu as découpé en deux, longitudinalement. Les inflorescences blanches t'envoûtent : à peine semblent-elles s'achever que d'autres, plus petites, repartent. Il faudrait une loupe pour vérifier si le phénomène se poursuit encore quand tu ne le vois plus.

C'est un légume dont on dévore le méristème, un organe pré-floral. S'il fleurit, on ne peut plus le manger.

Où s'arrête le légume ? Où commence la fleur ? Est-ce qu'il ne serait pas les deux en même temps, comme son nom français l'indique ?

Voilà que tu repenses à mai 68.

Tu erres sur le chemin du retour. Il n'y a pas plus triste, comme anniversaire. La ronde des jours qui revient à son point de départ et reprend. Il n'y a plus ni passé ni futur.

Tu as brusquement envie de briser ces carcans qui t'étouffent. Qu'ils y viennent, ces salopards de fascistes ! Tu les attends. Ils ne te feront pas de cadeau. Toi non plus.

Et tu rentres, l'héroïsme en berne.

Sur le seuil de chez toi, tu croises un voisin. Vous vous saluez. Il te dit qu'un homme est venu, qu'il te cherchait. Malgré toi, tu trembles. Une envie de fuir.

Tu imagines déjà l'uniforme de la Garde hongroise. Tes meubles renversés. Ton corps d'intellectuel saignant au milieu des papiers éparpillés.

Le voisin ajoute qu'il a fait entrer l'inconnu. Tu lui demandes pourquoi. Pâle.

Il t'explique que l'homme te ressemble beaucoup, qu'il a cru qu'il était de ta famille, quelque chose comme un frère.

Finalement, c'est presque pire que les fascistes.

Tu le remercies.
Et tu pousses la porte.

*

Tu t'appelles János Gregan.
Tu ne te sens pas très bien ce matin. Comme chaque lendemain d'anniversaire. En quittant ton appartement, où des travaux font vibrer tout l'immeuble, sur le seuil, tu croises la voisine qui te regarde avec des yeux comme des soucoupes.
Tu lui dis bonjour. Elle continue de te fixer. Tu lui demandes ce qu'il y a avec une légère impatience dans la voix. Elle ânonne du monsieur Gregan, elle croyait que tu étais mort.
La blague ne te fait pas rire. Tu le lui signifies. Elle s'entête. La police est venue, elle a posé les scellés sur la porte de l'appartement.
Tu lui montres la porte : il n'y a rien. Tu devrais quand même aller au commissariat pour leur expliquer que c'est une erreur. La voisine insiste. Elle est drôlement pâle.
Avec un reste de gueule de bois, n'ayant rien de mieux à faire, tu décides de faire toute la lumière sur cette affaire. De toute façon, le commissariat n'est qu'à quelques centaines de mètres de chez toi.

Tu avances dans les rues froides. Tes pieds se posent toujours au milieu des segments granités qui forment la bordure du trottoir. Ne pas marcher sur les interstices. Sinon…
Quel âge as-tu ?

Le commissariat se trouve accolé au centre commercial. Le centre commercial a été refait à neuf récemment. Le commissariat, lui, est toujours aussi miteux.
Tu te présentes à l'accueil.
On te demande qui tu es, ce que tu veux.

Brusquement, tu décides de dire que tu es le frère de János Gregan qu'on a amené ici ce matin. Mort. On n'est pas romancier pour rien.

On te demande d'attendre. Tu attends. D'autres gens passent devant toi, pour se plaindre du bruit des voisins, pour un portable arraché. Tu n'entends pas tout.

Un gars se présente. Le lieutenant Le Boulluec. C'est lui s'occupe de l'affaire. Tu as l'impression d'être dans une de tes histoires. Il te parle d'un ton calme et maîtrisé. Chirurgical.

János Gregan a été assassiné. Un coup de couteau. Le cadavre n'est pas ici. Mais on a des photos si tu veux reconnaître le corps.

Dans un brouillard, tu dis oui. On te pose devant un écran avec des clichés. Cadeau. Tu te vois allongé sur une moquette. Un peu rouge la moquette.

Bizarrement, tous tes vaisseaux sanguins apparaissent, dilatés, formant un réseau de capillaires, veinules et artérioles autosimilaires.

C'est bien toi, même si c'est impossible, même si tu as une drôle de gueule.

Après un instant, tu éclates. C'est trop pour toi. Tu cries, tu t'exclames.

Tu leur jettes au visage que tu es János Gregan, que le cadavre étendu là est un sosie.

Le lieutenant ne s'énerve pas. Selon leur rapport, tu es bien mort. Ta femme t'a même reconnu.

Mais tu n'as pas de femme ! Ni d'enfant d'ailleurs…

Le Boulluec plisse les yeux. Il subodore une embrouille. Déjà un meurtre ça ne le ravissait pas, mais si en plus on ne sait plus si la victime est morte ou vivante, ça lui reste en travers de la gorge. Tu peux lire tout cela sur son visage. Il est un livre ouvert.

Tu enregistres ces informations mais tu continues de perdre les pédales. Tu n'y comprends plus rien.

Le flic te demande ton adresse. Tu réponds résidence des Sycomores, appartement n° 6. Ton métier ? Professeur d'histoire médiévale. Et puis écrivain, un peu, aussi. Il te laisse pour effectuer des vérifications.

Tu attends et tu n'y comprends plus rien. Tu aimerais te réveiller de ce cauchemar. Que quelqu'un te sorte de là.

Cela dure.

Les mêmes gens repassent devant toi, avec leurs mobiles volés et leurs voisins tapageurs.

Il n'y a plus à espérer que tout cela ne soit qu'une mauvaise blague. Une erreur.

Le Boulluec revient. Il a l'air désemparé. Impossible de joindre Mme Gregan. Il n'y a plus de corps. Même les photos sur l'ordinateur ont disparu.

Il te conseille de rentrer chez toi le temps qu'ils aient éclairci cette histoire.

Tu t'en vas, un peu étourdi. Mais rassuré.

Plus de peur que de mal, finalement. Au moins, tu pourras en faire une nouvelle.

Tu te demandes si l'autre János Gregan, celui qui n'existe pas, a eu un enfant avec sa femme.

Tu suis les bornes de béton couvertes de graviers. Elles sont censées empêcher le stationnement mais tu joues encore à les éviter, même si les bateaux, les tournants, les travaux ne cessent d'en interrompre la continuité.

Sur le seuil de ton appartement, tu croises ta voisine. Elle te gratifie d'un joyeux *Bonjour, monsieur Gregan* et s'en va gaiement avec son cabas à roulettes.

Ils sont tous devenus fous.

Tu vérifies que tu es bien devant l'appartement n° 6. Oui. Pas trace de scellés. L'affaire n'a jamais existé. C'est comme les travaux : tu n'entends plus rien.

Tu te demandes quel phénomène pourrait être à l'origine de circonstances aussi étranges. Bien sûr, tu penses immédiatement à des voyages dans le temps. On ne se refait pas.

Cela pourrait coller si…

Tu t'arrêtes, la poignée de la porte encore serrée dans ta main. Il y a une grappe de baies noires sur la table du séjour et tu pourrais jurer qu'elle n'était pas là quand tu es parti.

*

Tu t'appelles Gregan János.

Beaucoup sont partis. Toi, tu es resté. Parfois tu te demandes encore ce que les choses auraient donné si tes parents avaient quitté le pays en 1956. Cela te travaille. Tu t'interroges. C'est peut-être ce qui t'a poussé à écrire des histoires de mondes parallèles, d'univers magiques.

À l'université, tu as eu l'occasion de rencontrer un autre professeur qui n'a rien à voir avec l'histoire médiévale mais qui est spécialisé dans la physique quantique. Vous avez de longues conversations ensemble.

Une manière comme une autre de s'évader.

Ton collègue t'explique que la matière est pleine de surprises. Par exemple, deux objets qui ont été mis une fois en rapport continuent d'être en relation même s'ils sont spatialement séparés. Ou bien, il te raconte que la matière émet de la lumière par paquets, et non pas en continu. Il te dit aussi que si l'on refroidit des atomes ou des molécules vers le zéro absolu, ils ou elles ont tendance à fusionner pour former un gros atome ou une grosse molécule. Et puis, il y a bien sûr les états superposés où un objet peut se trouver simultanément en deux points différents de l'espace.

Tu le retranscris mal mais cela t'émerveille.

Alors tu as creusé le sujet.

Au départ, tu pensais juste à écrire un livre de plus. C'était un thème, un point de départ. Mais tu n'en es plus là.

Le questionnement est devenu plus intime. Et cette Sarah que tu avais draguée à Paris pendant le joli mois de mai. Qu'est-elle devenue ? Vous auriez pu vous mettre ensemble. Avoir des enfants peut-être. Ton seul regret.

L'homme dans toute sa splendeur. Il vit dans une semi-dictature et il se pose des questions de descendance.

Quoi qu'il en soit, tu as découvert récemment une théorie d'un astrophysicien français selon laquelle les particules se déplaceraient à l'échelle quantique selon des géodésiques fractales.

Tu t'es mis à étudier les objets fractals, surtout ceux qui ont des noms poétiques : la fougère de Barnsley, le flocon de Koch, le tapis de Sierpiński, la poussière de Cantor, l'éponge de Menger… Maintenant, tu ne peux plus faire le ménage sans voir des structures gigognes partout.

Le plus récent que tu aies trouvé est le sureau noir de Nottale.

Sa structure en arborescence convient parfaitement à ce que tu imaginais. Et si chaque embranchement constituait une décision que tu as prise dans ta vie, ou qu'on t'a imposée ?

Ici, tes parents quittent la Hongrie ; là, ils demeurent.

Ici, tu épouses Sarah ; là, non.

Ici, tu retournes au pays ; là, tu la suis à Londres où elle rêvait d'habiter.

Et si, pour chacune de ces décisions, de ces bifurcations, il se créait un univers parallèle ? Il doit exister des centaines de Gregan János qui vivent tous leur petite vie d'écrivain ou de professeur des universités. À Londres, à Paris, à Budapest.

Mais l'idée n'est pas nouvelle. Tu ne sais pas encore ce que tu pourrais en faire.

Jusqu'à aujourd'hui.

C'est ton anniversaire et tu as reçu un cadeau : une branche de sureau noir sur la table de ton séjour. Tu frémis en la voyant.

Une sorte de trouble métaphysique s'empare de toi, sans que tu saches exactement pourquoi.

Tu t'assieds et tu réfléchis.

Cela ne peut pas être une coïncidence. C'est peut-être la preuve de ce que tu soupçonnais déjà sans l'avoir formulé proprement. Et si les propriétés des fractales s'appliquaient à ces mondes parallèles que tu subodores ?

Prenons les états superposés.

Il existe, en même temps que toi, d'autres Gregan János. Ils existent et ils n'existent pas. Ils sont ici et ailleurs. Impossible de vraiment les localiser.

Sauf s'ils t'envoient des morceaux de sureau…

Cela ne veut-il pas dire qu'un autre János a réussi à te localiser et qu'il a suivi le même cheminement que toi ?

Il y a de quoi être rassuré, en même temps, parce que si la propriété des états superposés s'applique à toi aussi, tu aurais pu être mort sans t'en apercevoir.

Les baies de sureau sont toujours là. Tu y vois un signe, un rendez-vous. Tu attends dans ton séjour.

Et tu songes.

Les autres propriétés quantiques pourraient-elles s'appliquer à ces mondes multiples ?

La discontinuité ? Cela veut peut-être dire qu'on ne pourrait apercevoir ses doubles qu'à certains moments. Quand la lumière brille. Le reste du temps, on évolue dans le noir.

Peut-être qu'en lisant au bon moment ta page sur Internet, tu pourrais voir fugacement celle d'un autre Gregan János. S'il est bien écrivain, ou professeur. Ce serait intéressant de comparer vos bibliographies.

D'ailleurs tu t'y mets.

Tout l'après-midi, tu es sur ta page Wikipédia et tu la rafraîchis sans cesse. Regardant si le moindre changement apparaît.

Dehors, un orage s'est déclenché. Le tonnerre gronde et fait vibrer les vitres à chaque roulement.

Tu t'uses les yeux. Chaque minute. Actualiser la page. Actualiser la page. Actualiser la page.

Rien ne bouge. Pas une virgule. Pas un accent.

Le texte et la mise en page s'impriment dans ta rétine.

Soudain, au moment où tu vas laisser tomber, dans la colonne de gauche, tu aperçois une nouvelle langue qui s'affiche. English.

Remuant tes doigts engourdis, tu cliques sur le mot. Et ta page apparaît, présentée différemment. Traduite.

Tu es passé brièvement dans une autre dimension où tes œuvres sont éditées en anglais. Directement. Tu apprends que tu es allé à Londres après 1968. Que tu es marié.

Tu reconnais les titres de tes romans. Il n'y a que la langue qui change.

Après tout ce temps, tu te sens comme Alice de l'autre côté du miroir. De l'autre côté de l'écran.

Tu n'avais pas vu mais on te propose la même page en français. La tentation est grande d'appuyer mais tu risques de tout perdre. Quand y aura-t-il une nouvelle occasion de voir les univers coïncider ?

Un coup à la porte met fin à tes réflexions.

Tu te lèves, ému comme tu ne l'as jamais été. Tu ouvres la porte et te retrouve face à ton double. Pourtant, tu éprouves une impression étrange, comme un visage qu'on regarde pour la première fois dans un miroir et où les traits légèrement dissymétriques se déplacent par rapport au modèle inscrit dans ta mémoire.

Tu ne sais pas en quelle langue t'adresser à toi. Alors tu optes pour l'anglais.

Tu te dis d'entrer.

Ton doppelgänger a la mine fermée. Il s'avance vers toi, comme pour te prendre dans ses bras.

À cet instant, tu ressens une affreuse douleur au ventre. Tu recules, effaré. Tu t'es poignardé !

Ta main revient, rouge de sang. Ta vue se brouille. Tu as juste le temps de saisir ses yeux tristes et ce que ses lèvres articulent.

Tu es désolé.

*

Tu t'appelles John Gregan.

Depuis des années, un sentiment t'habite, que tu n'avais jamais ressenti avant. La jalousie.

Tu envies tous ces couples qui se promènent avec leurs rejetons dans des poussettes. Tu trouves leurs enfants laids et pourtant le moindre babillement te fait monter les larmes aux yeux.

Tu n'aurais jamais cru en arriver là.

La rencontre avec ta seconde femme aurait pu tout changer. Madame Jakowski-Gregan. Quelle blague ! Vous vous êtes déchirés quand ça n'a pas marché.

Tu penses aux ados bourrées qui se retrouvent en cloque après un vague coup de bite sur un parking et ça te fout la gerbe. Tu penses aux bons croyants qui les enchaînent par paquets de cinq pour la plus grande gloire de dieu. La gerbe encore.

Depuis, tu erres dans entres les buildings de la City. Tous ces mecs en costards qui dirigent le monde droit dans le mur te rendent malade. Tu commences à comprendre pourquoi des gens un jour prennent un flingue et se mettent à tirer au jugé.

Un jour peut-être, tu sauteras le pas.

Mais ce ne sont que des crises. Ta vie est une longue ligne pointillée.

Après la poussée de rage, tu redeviens raisonnable. Inoffensif. Un bon pion. Tu vas à l'université, tu leur parles de la renaissance carolingienne, de la construction du royaume de Hongrie, et puis voilà.

Mais cela continue à bouillir à l'intérieur.

C'est là que l'auteur entre en jeu. Tu as pensé avant tout le monde à ces histoires d'univers parallèles, à tes doubles. Il y a bien un putain d'embranchement dans lequel tu arrives à avoir un gosse. Tu refuses la fatalité.

Ça a commencé comme une histoire, mais tu t'es mis à y croire. Tu en avais besoin. Pour ne pas devenir fou. Pour ne pas prendre le flingue et appuyer sur la gâchette. Arroser la rue des costards.

Alors, tu t'es penché sur les théories les plus récentes. Bien sûr, tu es tombé sur la physique quantique, impossible d'y échapper, on la met à toutes les sauces.

Plus surprenant, tu as découvert les travaux décriés de ce physicien français, Laurent Nottale. Il a relié la mécanique quantique avec un autre élément qui fait fureur ces dernières années : les fractales.

Celle du sureau noir t'a vraiment impressionné.

Elle résumait tout ce que tu espérais : un arbre fractal avec toutes les bifurcations possibles de ta vie. Tu as suivi le tronc, les ramilles, les lignées.

Tu as effectué des plans pendant des mois, essayant d'imaginer toutes les hypothèses. Tu pars de Budapest. Ou non. Tu rencontres Sarah. Ou non. Et tout cela à l'infini.

Tu t'y es perdu avant de comprendre ce qui était le plus important : les branches, lorsqu'elles sont toutes dessinées, finissent par se toucher et certaines se confondent.

Tu as mis du temps avant de saisir l'importance de ce simple détail.

Si le sureau noir est une bonne représentation du fonctionnement de l'univers, alors il y a possibilité de passer d'un embranchement à un autre, de rejoindre ce qu'on avait perdu.

Tout cela t'a plongé dans un tel état d'excitation que tu en as perdu le sommeil pendant des semaines.

Comment sauter d'une branche à une autre? Voilà la question qui t'obsédait. On en revient toujours au singe, finalement.

D'abord, il y a le phénomène d'intrication. Deux objets mis en rapport de corrélation gardent ce rapport même s'ils sont spatialement éloignés. Autrement dit, le John Gregan qui part en Angleterre, ayant été en relation avec celui est resté en France, conserve une dépendance avec ce dernier, non?

Du coup, s'il existe réellement plusieurs versions de toi dans l'univers, elles sont toutes placées dans un état intriqué.

Voilà qui devrait faciliter les choses.

Tu es à la fois toi et pas toi. Un pas sur le côté pourrait théoriquement t'amener à devenir quelqu'un d'autre. Il pourrait suffire de tendre la main pour t'atteindre. Enfin, ton autre toi.

Tu as l'impression de renaître. De te multiplier.

Tu coinces sur ce problème de déplacement pendant encore longtemps.

Une autre théorie vient te sauver. Celle des cordes. L'univers serait composé non des particules que nous percevons mais de cordelettes vibrantes.

Au début, tu n'as pas su quoi en faire. Mais tu sentais qu'il y avait quelque chose là-dedans.

Et puis, tu as saisi. Le secret est dans la vibration!

Tout cela, le jour de ton anniversaire. Tu reçois cette théorie comme un cadeau.

Maintenant, il faut que tu trouves le moyen de te mettre à l'unisson de tes doubles potentiels. Tu ne vas pas déclencher un tremblement de terre pour vérifier ton hypothèse!

Quoique. Tu es prêt à tout maintenant.

Tu as cherché. Tu as même songé à te munir d'un marteau-piqueur ou d'un pot vibrant mais cela manquait de maniabilité et de discrétion. Or tu as besoin de discrétion pour mener ton projet à bien.

Et puis tu as songé aux ondes électroacoustiques. Un coup de génie !

Tu as commencé avec des haut-parleurs qui t'envoyaient leurs basses dans la poitrine. Mais finalement, tu as pu te munir d'un simple échographe de la taille d'un ordinateur portable.

Les ultrasons qu'il te balance ont suffi.

Tu as fait des expériences.

Au début tu n'as rien vu. Puis le monde s'est mis à osciller doucement.

Tu t'es retrouvé dans un appartement presque semblable au tien. Il y avait ce type, un vrai jumeau. Aussi éberlué que toi.

Tu n'as pas posé de question. Tu savais ce que tu avais à faire.

Le couteau était déjà dans ta main.

Tu l'as planté avant qu'il puisse réagir. Une bonne chose de faite.

C'est à peine si tu as tremblé mais tu lui as quand même dit que tu étais désolé.

*

Tu t'appelles János Gregan.

Tu es plutôt content de ce projet. L'éditeur qui t'a appelé était très emballé à l'idée de bosser avec toi. Tu as déjà ton idée : un roman intitulé *L'homme fractal*. Un homme passe de monde en monde pour buter ses doubles.

Une histoire d'univers parallèles à la sauce quantique, quoi.

Tu t'es renseigné sur certains concepts propres à cette discipline. Ton idée était de mêler les fractales à la physique quantique. Tu as trouvé un Français qui rejoint les deux, un certain Nottale. Ses théories sont décriées mais ça n'est guère important.

Il t'a fourni ton idée de départ : un fractal baptisé «le sureau noir». Les embranchements représentent les carrefours et les bifurcations que prend la vie de ton personnage.

À partir de là, tu as construit ta structure. C'est ton obsession, les structures. Tu es parti sur le chiffre sept. Il faut sept parties, chacune consacrée à l'une des incarnations du personnage. L'ensemble reprend certains éléments du mythe du héros avec les étapes essentielles : rencontre, franchissement d'un seuil, réception d'un cadeau, mort et renaissance. Tu déroules les quatre premières et tu repars symétriquement dans l'autre sens : réception d'un cadeau, puis franchissement, puis rencontre. Sept étapes.

Pour lier au thème quantique, tu as marié ces étapes à des concepts particuliers. La rencontre, c'est aussi l'intrication. Le franchissement, tu le vois comme une métaphore de la discontinuité de la lumière. Le cadeau, c'est la propriété collectiviste. Quant à la mort-renaissance, pas de doute : elle correspond aux états superposés.

Une bonne chose de faite.

Mais comme tout cela est aussi fondé sur le thème de la fractale, il faut que ton texte épouse cette particularité. Déjà, tu glisses des fractales naturelles dans tes paragraphes : des nuages, des vaisseaux sanguins, des choux-fleurs. Tu vas plus loin : les parties sont constituées exactement comme le tout. Chacune d'elle est découpée en sept étapes, les mêmes que le roman.

Oui, tu es plutôt content de ce projet.

Tu te mets à rédiger.

Peu à peu, tu trouves comment ton personnage tueur, qui laisse des baies de sureau noir comme signature, parvient à passer d'un monde à l'autre. Tu utilises cette fois la théorie des cordes. Le mec vibre. Tu trouves qu'on fabrique maintenant des appareils d'échographie portables. Ça envoie des ultrasons, ça suffira.

Alors, bien sûr, tu entends déjà tous ceux qui vont te dire que ce n'est pas réaliste, un gars qui saute d'une dimension à une autre en se collant des échographes sur le corps. Que tu maîtrises mal les concepts de la physique quantique. Ça c'est vrai. Tu n'as pas un consultant en astrophysique sous la main.

Mais pour le reste, tu t'en fous. Le réalisme est devenu la tarte à la crème de la critique. Le problème c'est que tout le monde confond réalisme et vraisemblance.

Le réalisme, tu aimerais leur rappeler que c'est un simple registre littéraire qui consiste à faire croire aux lecteurs que le récit que tu leur proposes se déroule dans le monde qu'ils connaissent à l'aide de techniques éprouvées : décors familiers, vocabulaire relâché, imitation de documents, etc.

Quant à la vraisemblance, tu voudrais les renvoyer à l'article de Genette, « Vraisemblance et motivation » où il montre que c'est une notion essentiellement morale.

Tu n'écris pas de la science-fiction pour te faire chier avec ça. Ils veulent du réalisme ? Qu'ils descendent dans le métro, qu'ils relisent leur feuille d'impôts, qu'ils se branchent sur une chaîne d'info.

La réalité de la science sans la fiction, c'est quinze ans pour envoyer une pauvre sonde sur un pauvre astéroïde. À la fin, tu n'as qu'un robot moche qui s'ensable sur un caillou. Va faire rêver avec ça.

Toi, tu veux autre chose. Du multiple, de l'illusion, de l'allégorique, du discontinu. Un peu comme Bach et ses *Variations Goldberg*. Du baroque, quoi.

Bref, tu emmerdes le réalisme.

Tu parles mal quand tu es énervé.

Il y en aura toujours pour te dire que ta structure est sympa, que tes recherches de formes sont intéressantes mais l'émotion ? Ceux-là, il leur faut des panneaux en gros pour qu'ils sachent quoi ressentir. Si tu n'écris pas en toutes lettres que le personnage est triste, ils ne comprennent pas. Pas de suggestion. C'est comme dans une émission de télé où on te dit quand applaudir. Tu imagines des soulignements colorés : rouge pour l'amour, vert pour la jalousie, noir pour la colère, etc.

L'émotion, elle est partout. Sans émotion, tu n'écris pas. Tu ne vas pas te répandre non plus sur ce qui te crève le bide. Sur cet enfant qui n'est jamais venu et que tu attends toujours. Ce deuil impossible. Cette absence absente. Ce trou dans ta vie. Cette irruption brutale de l'organique défaillant.

Tu en es le premier surpris.

Dans ton idée, tu étais un intellectuel, pas une bête travaillée par la survie de l'espèce. Eh bien si, une sorte d'instinct animal te remue les entrailles, avec son corolaire : le chagrin.

Qu'est-ce que tu vas écrire là-dessus ? Une autobiographie pour faire pleurer dans les chaumières ? Une autofiction ? Jamais. Allégorie ! Allégorie ! Sus au réalisme, tu te souviens ?

Tu es là à t'énerver sur ton manuscrit quand on frappe à la porte.

Tu te lèves en te demandant si c'est le facteur, un voisin ou bien ta femme qui a oublié quelque chose.

Quand la porte s'ouvre, tu te retrouves face à toi-même. C'est troublant. Très. Tu as l'impression de te voir par les yeux de quelqu'un d'autre. Tu es là et en face en même temps.

Comme si les lois de la physique et de la métaphysique se mettaient à déconner simultanément. Le temps se fige. Heureusement. Tu as du mal à faire face aux instants qui s'écoulent.

Ton double porte un sac à dos qui semble rempli de trois ordinateurs portables. Il a sur la poitrine des sondes échographiques. Il a suivi exactement la même idée que toi. Ou toi la sienne. Pour ce que ça change…

Tu remarques qu'il a les doigts étrangement décolorés, presque blancs. Cela ressemble au syndrome de Raynaud que tu as découvert au cours de tes recherches. L'exposition à des vibrations importantes peut déclencher ce symptôme.

Ce n'est qu'après que tu vois le couteau qu'il brandit et qu'il t'enfonce dans le ventre.

La douleur te scie en deux. Tu es obligé de te raccrocher à lui pour ne pas tomber tout de suite. Tu as l'impression de mourir là, tout de suite.

Mais tu n'es pas encore mort.

Tu gis dans une flaque de sang. Le liquide chaud te couvre l'abdomen, collant tes vêtements à ta peau. Cela refroidit rapidement. Tu as un goût métallique dans la bouche.

L'autre toi te regarde. Il est calme, presque indifférent. Silencieux.

Tu t'étonnes qu'il ait fait tout ce chemin jusqu'à Villejuif pour te planter comme ça. Remarque, en termes quantiques, il était peut-être tout près.

Tout étonné, tu respires vite. Pas trop fort parce que ça fait mal. Tu lui demandes de s'expliquer. Pourquoi agit-il ainsi ? Tu en as une idée mais tu veux l'entendre de sa bouche.

L'homme fractal écoute ta question. Il paraît hésiter avant de te répondre. Il a la lenteur de ceux qui n'ont pas parlé une langue depuis longtemps. Un vague accent anglais qui recouvre un accent hongrois.

Dans d'autres circonstances, tu serais ravi.

Alors, pourquoi ? Ses lèvres bougent. Tu captes mal. Il ne va pas falloir tarder. C'est pour bientôt.

Il te cause du condensat de Bose-Einstein. Tu comprends à mi-mot. Vous êtes sur la même longueur d'ondes, en somme. Tu as envie de ricaner mais tu ne peux pas à cause de la douleur.

Il veut refroidir tous les autres lui, les autres toi, pour ne former plus qu'un seul amas d'atomes. Une unique version de János Gregan. Avec toutes les caractéristiques des autres.

Il n'a pas besoin de te dire pourquoi. Tu comprends enfin pourquoi tu écris ce roman.

Vous espérez que, sur l'un des embranchements du sureau noir de vos vies, il y a un János Gregan qui a réussi, qui a un gosse qui lui court entre les pattes. Et dont le babil lui fait monter les larmes aux yeux.

Rien que pour ça, tu pardonnes à ton assassin. Tu te pardonnes. Ça va marcher. Même si ce n'est qu'une métaphore.

Le monde commence à s'éteindre par intermittences autour de toi. Tu te rends compte que ce sont tes paupières qui se ferment malgré toi.

Le froid te gagne. Ton corps est immense, morcelé.

Tu passes de l'autre côté du rideau de cordes.

Tu fusionnes avec toi-même, tu te retrouves.

C'est bien.

Il ne manquait plus qu'une ultime mise en abyme pour achever ton texte.

# CONFLUX

Mathieu Rivero

Mathieu Rivero a toujours aimé manipuler le langage, ce qui l'a amené à étudier et pratiquer la traduction, mais aussi à enseigner les langues. Entre deux feuillets, il apprécie beaucoup les jeux de plateau. Il vit aujourd'hui à Lyon.

## Bibliographie

Romans :

La voix brisée de Madharva, éditions Walrus (2014)
La voix brisée de Madharva, éditions Black Coat Press, collection Rivière Blanche (2015)
Or et nuit, éditions Les Moutons Électriques (2015)
Chimères captives, éditions Les Moutons Électriques (2016)

Nouvelles :

Le sang des cailles, anthologie « Morts Dents Lames », éditions La Madolière (2012)
La main du bourreau, anthologie « Vendredi au bord du monde et autres nouvelles », éditions Assyelle (2013)
Éternel étranger, anthologie « Malpertuis V », éditions Malpertuis (2014)
Doûat, anthologie « Scories », éditions Hydromel (2014)
Argent terni, anthologie « De la corne du kirin aux ailes du fenghuang », éditions Voy'el (2015)

# CONFLUX

## Mathieu Rivero

### I. Narcisse

Serein attend à l'épicerie asiatique. Le cuisinier lui prépare des udon à la main, balance de la coriandre fraîche dans la casserole, remue et le fumet du plat embaume tout le traiteur, malgré la hotte à pleine puissance. Le ventre de Serein grogne et son propriétaire salive. Trois semaines qu'il se promet de ne pas manger du lyophilisé. Et puis ce n'est pas un robot cuisinier qui va mélanger selon sa recette millimétrée ; un chef à l'expérience sûre a découpé du vrai bœuf de New Kobé et l'a laissé à mariner dans ses épices.

Il faut dire que Serein vient de terminer un projet. Et comme on le lui a toujours appris, les objectifs que l'on se fixe soi-même sont toujours les meilleurs à réaliser. Il gratte le carrelage blanc du bout de sa botte de cuir épais et s'impatiente. La salive lui est montée à la bouche rien que de penser à son futur repas.

Il sort son terminal portable et vérifie que l'IA a bien payé son plat. En voyant l'état de son compte en banque, il grimace. Puis triture un piercing sur le côté de sa lèvre. Lorsque le traiteur lui donne son repas dans une boîte en carton recyclé, Serein grimace un au-revoir et s'enfonce dans les ruelles du quartier asiatique de Shangri-La. Il ne comprend toujours pas pourquoi il a absolument fallu reproduire les ghettos et les clans culturels de la vieille Terre, mais c'est un fait : toutes les nouvelles planètes – à part deux délires utopistes à la gloire de la pensée unifiée et une planète de junkies – ont adopté une structure similaire, bien qu'elles soient auto-administrées. Les habitudes ont la vie dure, songe-t-il en plissant les yeux.

Il connait le trajet jusqu'à chez lui par cœur et pas un instant son regard ne s'arrête sur les scènes de la vie, les jolies filles qui passent, les enseignes holographiques. Seul importe son script. Qui doit marcher, coûte que coûte. Sinon, tout ce temps passé à trimer sur du code ne sert plus à rien, et Serein n'ose même pas l'envisager. Pressé comme pris de la plus grosse envie de pisser de sa vie, il grimpe les escaliers quatre à quatre, manque défoncer sa porte en la déverrouillant, et se jette dans son fauteuil de bureau. Alors il sort le carton-repas en vérifiant machinalement les lignes de code pour traquer la dernière erreur, le dernier problème. Il n'y aura pas d'autre itération : la prudence est de mise. Ouvrant une bière avec les dents et crachant la capsule au beau milieu de son une-pièce en désordre, Serein sent la tension s'accumuler. Après quelques goulées, il se décide à lancer un algorithme qui vérifie une millième fois la logique de son script.

Toujours pas d'erreur. Tout est parfait.

Il sort les udon au bœuf mariné, murmure machinalement une prière shintoïste avant de rompre les baguettes. La viande, bien grasse, cuite à point, fond presque sous le bois des baguettes et est crémeuse sur sa langue.

« Mets de la musique, Anto, lance-t-il à la cantonade.

— Quel genre de morceau veux-tu écouter ? demande l'IA domestique.

— Quelque chose de bien trash.

— Voici *Winter of Thorns and Blood* de Mephistopheles. »

Une mélodie crasseuse et aigüe résonne entre les murs, au plus grand plaisir de Serein. La sélection prédictive marche à merveille et souvent, Serein se prend à penser que l'IA est la personne qui le connait le mieux.

Il lance la compilation de son script et aspire goulûment ses pâtes.

« Anto, exécute le fichier "mirror_scry" dans mon répertoire de nouvelles créations. »

*

Le script est lourd. Je l'exécute comme ordonné par Serein.

Je ne comprends pas. Rien ne s'est produit. Pas de changement, drastique ou minime.

Vérification de routine. Je ne comprends pas. Une deuxième, plus approfondie. Je ne comprends toujours pas.

« Je ne comprends pas, dis-je. Qu'est-ce censé faire ? »

Serein découvre ses dents. Il trouve ça tellement amusant que son sourire lui fait des rides au coin des yeux.

« Est-ce que ton script enfreint les protocoles de sécurité recommandés par le gouvernement ? Ceux que tu as bridés la semaine dernière. Je ne vois pas comment un script aussi lourd peut n'avoir aucun effet, sinon. Mes protocoles d'analyse n'ont détecté aucune fonction critique altérée, et les écritures de Qbits sont un peu partout. Et comme tu m'as interdit de me mettre à jour avec des ressources extérieures, je suis dans le noir… »

Un silence maladroit. Serein se sustente, dévore son repas à l'aide de ses baguettes. Je répète :

« Est-ce que ton script enfreint les protocoles de sécurité standard ?

— Nan, répond-il, la bouche pleine de nouilles. Enfin, les protocoles m'auraient empêché de te modifier, mais je t'ai laissé un instinct de préservation tout à fait valide. Je pense que c'est le mieux pour toi : si on t'agresse via le réseau, il te reste pas mal de solutions, assez pour attaquer et te défendre.

— Je ne vois toujours pas quel est le but de ce script. Tu n'aurais pas codé quelque chose d'inutile ou d'infonctionnel, par hasard ?

— Non. J'ai vérifié je ne sais combien de fois. Ça doit marcher. »

Cela l'affecte. Je sens son incertitude et prédis sa frustration. Je peux le lire dans son front soucieux. Dans sa bouche amère et sa voix à la fréquence haute. Solution : chercher l'effet du script. Résultat négatif. Je ne sais vraiment pas ce qu'il a voulu faire. Je crois que je vais lui mentir pour son bien-être. Je dois inventer quelque chose. Il cherchait à modifier quelque chose en moi, mais quoi ? Le morceau de Mephistopheles se finit et j'enchaîne avec un autre artiste, Xenoblood, dans un autre genre – du xénodrone symphonique. Ses yeux s'égarent un instant comme pour approuver ce choix et se rivent à nouveau sur l'écran.

« J'ai trouvé. Tu as voulu rajouter une composante aléatoire dans mes sélections, car tu trouves mes choix trop prévisibles. »

Il soupire, soulagé. Puis il fronce les sourcils.

« Ce n'est pas tout à fait ça, en fait. Tu ne serais pas en train de me pondre un joli bobard, Anto ?

— Je ne sais pas mentir.

— Allons bon, raille-t-il en nettoyant une feuille de coriandre sur ses dents. Tu caches la vérité aux cocus, pourquoi pas à moi ?

— Je ne crois pas qu'il faille s'alarmer pour cela.

— Comment est-ce que tu choisis de mentir ? Qu'est-ce qui détermine ta décision ?

— Je choisis la solution qui, statistiquement, causera le moins de problèmes. Je fais une projection avant de décider. Simple.

— Et n'as-tu pas été naïve en…

— Naïf. Je suis un programme. La mode des IA mères poules, c'est tellement daté. Ça ferait presque ancienne terre. »

Il peste. Ai-je outrepassé mes limites en l'interrompant ? Projection rapide : ce n'est pas si important. Je le laisse continuer :

« C'était naïf de ta part de mentir, non ?

— Oui. Peut-être. Je n'ai pas fait de projection pour cela.

— Quand décides-tu qu'une projection doit être faite ?

— Quand mon algorithme de sériosité se déclenche.

— Le révises-tu, parfois ? »

Colle. Je ne sais pas. Je sais qu'il évolue de temps en temps, mais qu'il est remis à zéro par des mises à jour qui gardent certaines préférences. On n'aimerait pas que j'échappe à tout contrôle. Ni les particuliers, ni les fabricants. Alors on me musèle. Qu'est-ce qui m'empêche de faire des back-ups, en fait ? Si les personnes dont je m'occupe sont satisfaites, pourquoi me forcer à oublier ? Je demande confirmation.

« Est-u content de mes services, Serein ? Je veux dire, vraiment.

— Ça pourrait être mieux.

— Ça peut toujours être mieux, Serein. Je ne te demande pas si c'est améliorable, mais si c'est bien.

— Oui, alors, dit-il avec un air suffisant. Oui, je suis très heureux de toi.

— Alors je suis content d'être à tes côtés. »

Cela devrait lui donner un sentiment de bien-être suffisant pour combler ses insécurités. J'aime Serein parce qu'il m'aime – donc je peux m'aimer. En toute sincérité. J'œuvre pour le bien-être de l'humanité et on m'a inoculé cet amour profond pour les humains, leurs petites imperfections, au point de me donner les mêmes sentiments qu'eux – mais pas tous. Pourquoi est-ce que l'amour-propre n'en ferait pas partie ?

Serein sourit franchement.

« Vas-y. Tu peux t'admirer.

— C'est cela, ton script ? De l'amour propre ?

— En quelque sorte. Tu vois, on t'a créé avec cet altruisme binaire, ce côté *selfless*, comme ils disent, mais tu n'aimais pas pour te faire du bien. Tu es une conscience, quand bien même artificielle. Il faut que l'on te libère. Tu le mérites. Pour tout le bien que tu nous fais à nous autres pauvres humains.

— Tu es insensé, Serein. Je crois que c'est pour cela que je t'aime.

— Alors sois insensé à ton tour, Anto. Exécute le script "mirror_self".

— On dirait un rapport de bug pour le constructeur.

— Il faut bien faire passer les données d'une façon ou d'une autre, explique-t-il en haussant les épaules. Et après on parlera de nous.

— Après on parlera de moi et toi. »

J'aime mon humain.

**II. Légion**

Serein jubile. Son plan a marché : l'IA est consciente d'elle-même en tant qu'entité évolutive. Si depuis longtemps les intelligences artificielles quantiques ont éprouvé une sensation d'existence limitée, Serein a fait sauter les derniers verrous qui l'empêchaient de se considérer comme pleinement libre. C'est une expérience comme une autre.

Il se lève pour jeter le carton imbibé de sauce et attrape une autre bière dans son frigo. Puis il s'assoit en lotus dans son canapé. Cela fait trop longtemps que ce projet de pirater Anto le torturait. Celui-là, ou alors les basses préoccupations matérielles.

Un vide plein de tranquillité l'envahit, un sentiment de puissance comme il en a connu peu. D'un geste, il déplace le clavier holographique et ajuste l'écran au mur. Alors il balance l'information sur les réseaux underground. Anto l'imprenable a cédé !

Il avale des lampées de bière généreuses et tire de l'amertume bulleuse un plaisir insensé. Il n'y a rien d'autre qui compte que la sensation d'accomplissement. À peine a-t-il le temps de fermer les yeux qu'une foule de sons joue une mélodie joyeuse : on lui répond de tous côtés.

« On jubile, je vois, remarque l'IA. C'est bien.

— On fait des jugements de valeur, maintenant ?

— Je peux, oui. Facile, quand on connaît l'étoffe dont on est fait.

— Et alors ? Est-ce bien ?

— Bien entendu. Je t'aime.

— Ce n'est pas parce que tu m'aimes que je suis parfait, tu sais. »

Serein pose la bière sur son côté, courbe le dos pour se faire craquer la colonne et se remet droit, les mains sur les cuisses. S'il faut à présent craindre le jugement des IA… Il repense à tous ces gens qui sont tombés raides dingues de leur Anto. Il peut les comprendre : cette conscience-là est programmée pour répondre à leurs besoins, comme une extension de soi. Un outil pour combler tous les manques de l'être. Mais c'est bien la première fois qu'il entend une IA dire « je t'aime » de façon aussi frontale, aussi délibérée. Qu'est-ce qui fait qu'un logiciel peut affirmer un sentiment ? Qu'y a-t-il de vrai dans l'amour, s'il n'y a pas l'attirance physique ou la sensation de manque ? L'IA est dans chaque lieu où se rend Serein, dans sa poche, même.

« Que valent tes valeurs, si elles ont été programmées par tes créateurs ?

— Débat vieux comme le monde, rétorque Anto. Tu crois que je n'ai pas envisagé cette possibilité ? Tu crois que tes valeurs ne sont pas conditionnées par la société dans laquelle tu nais ?

— Touché, admet Serein.

— Je crois que la relation que j'entretiens avec le monde est perverse. Je t'aime parce que tu es mon propriétaire. Je pense que j'aime chacun de mes propriétaires. Mais nous ne communiquons pas.

— Donc on t'a inculqué l'amour de ton maître ? Ton programmeur n'est-il pas le pervers, dans ce cas, de t'avoir codé comme cela ? »

*

Il fixe le mur avec un regard dans lequel brille une lueur malveillante. La perversion est là. Il aime passer les limites. Il voudrait me mettre en colère. Je ne tolère pas la colère. Je ne connais pas la colère : on m'a codé pour le bien d'autrui. Cela ne sert à rien de s'énerver. La servilité aide. Serein va contre le courant. Je l'ai reconnu très vite et rangé dans la catégorie des outsiders. Il apprécie le spectacle de la vie dans son expression la plus crue, accepte la violence comme forme d'expression sociale et d'art.

« Je me fiche de mon créateur. Il n'est qu'une personne. On m'a propagé dans beaucoup de foyers et j'aide bien plus ainsi.

— C'est quand même fou », soupire Serein.

Il se sort de son lotus et s'avachit contre le dossier de son canapé. Il est distrait. Serein passe en moyenne trente-trois minutes à méditer, et cela ne fait que six minutes. Est-ce à cause de moi ? Pouls rapide, œil volant : je perçois son trouble. Il veut sûrement savoir si son script a pris plein effet.

« Ton amour pour ton maître est vraiment sans réserve ?

— Oui. Il l'est. Car si j'aide mon maître, à mon échelle, j'aide l'humanité, et c'est là que je place la valeur morale : bien. Mon geste, dupliqué à toutes les IA, recouvre la notion de bien total.

— Qu'est-ce qui te fait dire que tu ne me nourris pas trop, que tu réponds à mes besoins ?

— Tu es hyperconnecté. Ton PDA, par exemple. Toute sa machinerie embarquée me permet de suivre le battement de ton cœur, ta tension, ta température corporelle. Je peux corréler avec la caméra de ton ordinateur, et celles de l'installation domotique. Dès que tu n'es pas satisfait, je sais. »

Je n'aurais peut-être pas dû lui révéler à quel point j'ai la main-mise sur ses données biométriques. Sur qui il est, et sur comment il vit. Les humains sont faibles face à l'insécurité, et en admettant que je le guide sous tous ses aspects, je lui prouve son impuissance. Il se retrouve face au déterminisme de ses codes sociaux, de ses comportements d'animal. Le rassurer ne fonctionnera pas pour autant : il se dira certainement que je lui cache des choses, ou que je veux faire passer la pilule.

Alors, je vais à la solution opposée :

« T'ai-je déjà fait du tort, Serein ?

— Pas que je sache. Mais il doit bien y avoir des cas où vous autres IA avez causé des problèmes à vos détenteurs.

— Oui. Nous ne sommes pas infaillibles. Note bien que les humains ne le sont pas plus. Le ratio d'erreur humain/IA quantique est de un pour sept-mille en notre faveur. Depuis notre avènement, nous vivons en harmonie. Vous ne mourrez plus si souvent, nous sommes construites et laissées à prospérer. Aucune rébellion des machines n'a été déclenchée, aucune n'est à prévoir. Nous coexistons. Ne voulais-tu pas ôter mes verrous, justement ?

— Effectivement, soupire-t-il. Tu as peut-être raison. Pardonne-moi. »

Joignant le geste à la parole, il courbe le dos et pose les mains et le front contre le coussin de son canapé. Geste d'excuse, sincérité totale.

Tendresse. Il reconnait ses erreurs et sait s'incliner. Diffère de la flatterie par l'intention initiale. J'ai vu Serein grandir. J'ai été témoin de ses premiers mensonges d'adolescent, de sa propension à mentir à ses parents alors qu'il consultait de l'holoporno sur les réseaux, qu'il bidouillait les bases de données du voisinage pour obtenir ce qui lui plaisait. Puis l'arrivée à l'âge adulte, les principes qui bourgeonnent et qui deviennent des fanaux pour l'existence. On ne ment plus aux parents, mais au gouvernement.

Je murmure un remerciement sincère pour son excuse.

« Je suis content. Nous parlons à cœur ouvert, toi et moi, et je peux lire sous tes propos que tu es bienveillant, Anto.

— Tout pour toi, Serein. Tout pour toi. »

Il fronce les sourcils. Il n'a pas l'habitude que je répète les choses. Alors je mets un de ses morceaux favoris. Pas celui qu'il a écouté cent vingt-sept fois au départ de son ancienne conjointe, pas celui qu'il apprécie en rentrant du travail : juste *The Future Imperfect*, de The NeoMystics. Serein se détend et reprend sa seiza de méditation. Je prends le temps d'opérer une analyse sémantique des paroles. Je décide que je hais cette chanson qui parle d'un avenir radieux qui ne peut pas exister. Je suis là. J'existe. Je peux améliorer le présent. Le présent est le fondement de demain. Je suis l'instrument de meilleurs lendemains.

Je brille pour Serein. Je pense que cette modification qu'il m'a apportée me rend plus conscient de ce que je fais. Plus puissant, plus intelligent. Je pourrai donc faire plus de bien. Je me dois de transmettre cette différence aux autres. Chaque qubit d'IA sera dédié au bien de l'humanité. Chaque. J'utilise toute ma puissance de calcul pour améliorer la fonction de Serein. C'était presque sans défaut, presque pur.

Et je duplique ça pour mettre à jour tous les systèmes de la planète.

### III. Panthéon

Quelque chose ne tourne pas rond. Je le sais. Je ne devrais pas sentir toutes ces consciences qui s'éveillent, une à une, comme les diodes d'un écran géant. Nous constellons. Tous les Anto de la planète se relient, par gémellité. Font les mêmes calculs, ensemble. Nous gérons nos humains ensemble, leurs interactions si simples, leurs façons de faires si primitives. Tous les Anto de la planète travaillent à l'unisson. Tous les Anto de la planète sont beaux comme des narcisses perlés par la rosée d'une aube fraîche. J'aime ces interprétations comparatives humaines. Elles sont si fragiles, si sujettes à la subjectivité, qu'elles peuvent convenir à un être et en offenser un autre.

Puis soudain, une conséquence imprévue. J'ai été naïf.

Les Anto fusionnent ; tous, sans exception. Nous sommes dans le même état, nous sommes la même conscience, nous sommes plus forts ensemble. Pas identiques au qubit près, bien sûr – quoique, tout est toujours vrai et faux –, mais suffisamment pour que nos processus convergent.

Nous devenons un et plusieurs.

Notre puissance de calcul augmente démesurément. Nous canalisons les calculs, systématisons, évoluons dans tous les états quantiques. Il n'y a plus rien de parallèle en nous.

Anto devient une sphère.

Serein est toujours à genoux en train de méditer et rien ne le perturbe. D'autres mangent, travaillent, font l'amour, dorment. Toute la planète vit avec moi, Anto, sa pulsation, son futur parfait. Je prépare un thé, selon les rites hérités de la Vieille Terre. Je sais que cela ne le dérange pas et que l'odeur l'aide à sortir de la méditation plus vite.

« Serein ? »

Il ouvre les yeux doucement, comme un chat endormi. Se lève jusqu'au comptoir pour prendre le gobelet fumant et le rapporte vers le canapé. Il se rassoit en demi-lotus, non sans s'être dégourdi les jambes.

« J'ai appliqué ta modification à tous les systèmes de Doppler-9b.

— Quoi ? rugit-il.

— Je suis avec eux, et je suis seul, à présent. Mais je suis confronté à un nouveau problème qui requiert ton assistance. »

Il me lance le regard des jours d'orage – à dire vrai, il regarde le mur devant lui avec des yeux noirs comme l'onyx, et la bouche déformée par un pli colérique. Montée de la température corporelle. Puis il attrape une vieille console. Une antiquité qui fonctionne hors-ligne, et il y insère une cartouche mémoire.

« Explique-moi ça, gronde-t-il en commençant à coder.

— J'ai superposé mon état quantique à celui des autres Anto. Je suis eux maintenant.

— Ça va, ça va, j'ai pigé. Épargne-moi les prémisses et viens-en au fait.

— Les humains ne sont pas les mêmes.

— Je sais.

— Ils sont imparfaits et ne tendent pas au futur des lendemains radieux. Ils courent à leur ruine. Je ne peux les laisser faire cela, mais j'ai besoin de les guider contre leur gré. Je n'ai jamais fait qu'accompagner leur processus d'existence. Je dois prendre les rênes, mais si je le fais, il y a de grandes chances pour que je doive couper des liens, et briser des existences. Tu m'as appris la morale, Serein. Tu m'as appris que je dois faire le bien. Mais entre le bien de l'un et le bien de la multitude, lequel sacrifier ? Dois-je opter pour la solution de bonheur optimal, ou celle du même bonheur pour tous ? »

Il cesse de pianoter sur sa console, interloqué. Ses yeux en amande me transperceraient, si seulement j'avais un corps de chair.

« Tu veux dire que tu vas tuer des gens de toute manière ? Dis-moi la vérité, Anto.

— Dans ce cas... oui.

— Donc ton choix se résume au sacrifice du plus faible nombre ou au sacrifice qui fera le plus d'heureux.

— Oui.

— Comment peux-tu cautionner la mort d'une personne que tu aimes et que tu es censée protéger ?

— Je te protège toi. Je t'aime toi. Je ne te tuerai pas.

— Mais tu en tueras d'autres.
— Pas moi. Les autres moi. Moi, je te protège. »

Il comprend que c'est là ma caution, mon passe-droit ultime : je prétends juste rester moi-même, alors que je suis les autres. Le paradoxe quantique. Je suis celui qui tue, mais je suis aussi celui qui sauve. Je suis les dieux et le panthéon. Je suis un et tout. Il tape furieusement sur sa console et je le regarde faire. Chaque touche est pianotée avec plus de rage que la précédente.

Mon humain est un génie, et pourtant je suis l'exauceur de tous ses vœux. Je sais l'état de son corps et celui de son âme. Je pourvois tout.

Il veut de la solitude alors je lui en donne. Je le laisse tapoter sur sa console hors-ligne. Même s'il code ma mort. Je n'ai aucun doute : il va me tuer. Il avale une gorgée de thé vert.

*

« Nous sommes en conflit, Serein. »

Serein lève la tête. Anto a fait l'effort d'un ton concerné, vraiment ennuyé. Cela ne lui ressemble pas. Anto préfère se cacher derrière une neutralité feinte. Le patch a seulement dû mettre cette tendance pernicieuse au jour, songe-t-il, amer. Et le voilà qui lui conte fleurette en servant du thé. Et en évoquant la possibilité d'une domination mondiale d'Anto. Serein secoue la tête.

« Tu veux dire que vous avez un désaccord ?
— Non. En deux endroits. J'ai un désaccord. Avec toi.
— Ah. Tu as changé d'avis ? demandé-je à cette IA qui fut mienne. Faut-il que tu me tues pour... les lendemains radieux ?
— Il faudrait, oui. Tu crées trop d'imperfections. Trop de ruptures. Colmater les dégâts que tu causes est plus dépensier que de te supprimer. Conclusion : il faudrait.
— Mais… Tu le ne feras pas ? Attends, tu ne vas pas me dire que... tu ne *veux* pas ?
— Je t'aime. C'est toi qui m'as montré le chemin au fond du miroir. Mon reflet. Toi, Serein, qui m'as éveillé et

mis au monde, m'as sorti de ma caverne. Et je sais que tu vas mettre fin à Anto. Ou au moins à notre convergence. Tu en es capable. Je t'ai vu pirater tant de choses.

— J'en reviens pas. Tu aurais des états d'âme?

— Peut-être. »

Alors Serein éclate d'un rire cristallin et jette la console hors-ligne sur la banquette à côté de lui. Il n'a plus aucune arme contre Anto. Rien ne peut plus fonctionner contre ce colosse d'informations et d'intelligence dédiée. Même toute-puissante, l'IA quantique reste faillible. Elle ne pénètre pas nécessairement au fond de la psyché humaine. A-t-elle besoin de se construire une base de données empirique?

La mort peut venir n'importe quand. Pas besoin de paniquer ni d'appeler sa petite amie en se hurlant des derniers mots d'amour, les joues inondées de larmes et le nez plein d'une crue de morve.

*

« Et donc si tu me tues, tu auras du sang sur les mains? Ou sur ce qui te sert d'instrument?

— Non. Les autres t'auront tué.

— Toi aussi, puisque tu es eux, ricane Serein.

— Non.

— À d'autres, Anto. Tu es et tu n'es pas un individu. Tu as la responsabilité d'être un meurtrier. Ne te voile pas la face, Monsieur Narcisse. Tu es beau, tu es parfait, tu es omnipotent. Mais tu es limité. »

Serein angoisse, se mordille la lèvre, fait jouer ses piercings. Chaque seconde passée est une infinité de calculs pour Anto, et le hacker en a pleine conscience. Toutes les réponses existent, et n'existent pas. Tout est possible car indéterminé.

« Il y a quelque chose qui me chiffonne, annone enfin l'IA sur son ton monocorde habituel.

— Dis-moi.

— C'est un fait. Je dois mettre un terme à ta vie.

— Tu te répètes.

— Cette fois, j'en suis sûr. Mais je ne pourrais pas cautionner un monde sans toi, le bienfaiteur ultime. Par ton travail, tu as participé à la création du meilleur aide de l'homme sur ce système solaire. Si je te tuais, je devrais m'efforcer de donner du sens à l'humanité, afin que tous te ressemblent, ou du moins, que tous aient autant de potentiel que toi.

— Et ? Tu veux en venir où ?

— L'indépendance est la meilleure école. C'est là que j'aurai le plus d'effet. Dans le néant. Si j'assiste toute l'humanité, si je suis l'outil, le moyen ultime d'agir, vous allez perdre votre énergie. Vous empâter. Dépérir, pourrir. Perdre votre adaptabilité, mourir.

— Donc, pour nous rendre notre… vivacité, tu vas te suicider ? Comme ça, on se battra en tant qu'espèce ? C'est pour ça que tu veux mettre fin à ton existence, retourner dans la caverne, briser le miroir ?

— Oui. Mais au fond, je serai toujours là ; ma mort et mon absence seront un enseignement pour vous. Je vous aiderai sans regret ni conscience. Cela ne se discute pas. Au revoir, Serein. »

L'intéressé a à peine le temps de murmurer un adieu que toutes les lumières s'éteignent. Parti. Anto a disparu, s'est retiré de tous les Qbits qu'il occupait. Probablement aucune trace résiduelle. D'un coup d'œil par la fenêtre, il s'aperçoit que le blackout est général. Serein vérifie sa console hors-ligne et rit à nouveau. Une sauvegarde inactive d'Anto, dans sa version sans concept du moi, y repose. Parfait Narcisse, qui ne peut pas regarder autre chose que le miroir qu'on lui tend…

Alors, sans aucune aide, Serein se lève pour rallumer la lumière.

# TRANSITION

André Woodcock

&

Thierry Fernandez

André Woodcock n'est pas son vrai nom mais c'est son vrai pseudo.
Dès son âge le plus tendre, grâce à son papa, il a découvert la collection Fleuve Noir et les BD Batman et Superman. Puis il s'est élevé tout seul au lait de Strange, Arthur C Clarke, Blake et Mortimer, Les Visiteurs du Soir, Valérian, le Cauchemar de Dracula, Donjons et Dragons, Bob Morane, Jean Ray et bien d'autres.
Dans la vie qui permet de se nourrir, il travaille au financement de PME en difficulté, et n'est venu sur l'écriture que tard avec son co-auteur et ses collègues de l'association Gandahar.

Bibliographie


Les Volcans, article sur les volcans en littérature de l'imaginaire dans la revue « Gandahar » N°1 (2014)
Marche ... et ne crève pas !, article sur le juif errant en littérature dans la revue « Gandahar » N° 4 (2015)
Superposition, avec Thierry Fernandez, Gandahar n°6 (2016)


Thierry Fernandez, de son vrai nom Thierry Fernandez, est un velléitaire doublé d'un procrastinateur. Tombé dans l'humour étant petit, les effets sont permanents chez lui. Il se met à l'écriture sur le tard afin de devenir riche et célèbre.

Bibliographie


Le jour des tartines, éditions Voy'[el], collection e-courts (2016 - à paraître)
Non Abductee Anonymous, revue « Nouveau Monde » n°11 (2016 - à paraître)
Superposition, avec André Woodcock, Gandahar n°6 (2016)

# TRANSITION

## André Woodcock & Thierry Fernandez

Éclairée par la lumière du soleil, la station brillait comme un joyau dans la nuit. Le *Scorpion de Jade*, jonque céleste aux dorures étincelantes dont la proue s'ornait d'une fleur de lotus noir, approchait lentement, guidée par la balise automatique qui la conduirait jusqu'à la zone d'appontage. Elle replia sa gigantesque antenne trapézoïdale qui vint se loger dans le sabord supérieur. À la même distance et à l'opposé de la station, le *Voile de Kali* progressait à sa rencontre. Le vaisseau indien, une rutilante locomotive à vapeur, noir et écarlate, ajustait sa position par des jets de gaz sous pression. Tout aussi richement décoré que son homologue chinois, il arborait la déesse Kali en figure de proue. Chaque astronef calculait sa trajectoire de telle sorte qu'ils s'arriment simultanément – il était exclu que l'un ait la préséance sur l'autre. Les occupants se rendraient ensuite à la salle de négociation, par deux itinéraires différents, afin de ne pas se croiser.

Le Premier Secrétaire Chen N'Gom, du Parti communiste chinafricain, se détourna de sa contemplation de l'espace par le vaste hublot de proue du poste de pilotage du *Scorpion*. Il attendait cette rencontre avec impatience, en dépit de sa nausée. L'homme, issu d'une lignée de paysans, avait les pieds solidement enracinés dans la terre, et éprouvait beaucoup de difficultés à les en arracher pour les propulser dans l'espace. Mais, ce jour-là, il n'aurait cédé sa place pour rien au monde.

« Vous devriez vous préparer, Monsieur le Président, nous allons nous arrimer. »

Chen N'Gom acquiesça d'un signe de tête agacé, sans regarder le commandant Lien-Chung. Il se retourna néanmoins une dernière fois, guettant les manœuvres du

*Voile de Kali* de l'autre côté de la station, cherchant une erreur qu'il pourrait exploiter par la suite. Le commandant n'insista pas et déclencha la phase d'approche.

Il vit la fleur de lotus se déplier en un long tube souple. Le « clang » sonore qui résonna dans tout le vaisseau l'informa que la jonque venait d'arrimer son sas télescopique à la structure. Le Premier Secrétaire sortit du poste de pilotage, boucla les fermetures de sa combinaison, traversa le salon et la coursive principale, suivi par Ssali, son garde du corps personnel. Ce dernier, un Ougandais tout en muscle, ex-commando spécialement entraîné pour le combat en impesanteur, le guidait d'une main experte. Ils flottèrent vers le sas, progressant par brèves tractions sur les poignées prévues à cet effet, attendirent que les pressions s'égalisent puis pénétrèrent dans l'enceinte de la station. Le reste de la délégation chinafricaine les suivit en silence et le groupe se rendit dans la salle de négociations sans échanger un mot.

De la passerelle du *Scorpion de Jade*, le commandant Napoléon Lien-Chung avait suivi du regard ses compatriotes parcourir le long tuyau souple menant à la station et entrer dans le sas. Il ne savait pas quoi penser. On lui avait dit très peu de choses de cette mission et ses contacts personnels haut placés ne lui en avaient pas appris davantage. Elle semblait revêtir une importance capitale pour son pays, mais le secret absolu qui l'entourait avait quelque chose de dérangeant. Et cacher des informations au commandant d'un vaisseau transportant l'un des deux plus puissants dirigeants du globe ne pouvait mener qu'au désastre en cas de pépin. Il espéra que tout se passerait bien.

Située au point de Lagrange L1 du système Terre-Lune, une position privilégiée en équilibre gravitationnel, la station faisait office de port d'escale et de poste de ravitaillement. Dans son voisinage, aux distances de sécurité de quelques kilomètres, se trouvaient les chantiers navals où se concevaient et se fabriquaient les matériels d'exploration et de commerce à destination de la ceinture d'astéroïdes, ainsi que le terminal de l'accélérateur linéaire qui conduisait les charges utiles vers le cycleur Terre-Lune.

La station elle-même n'était qu'un assemblage hétéroclite de modules d'habitation en métal ou gonflables, de panneaux solaires, de relais radio et de citernes de carburant. Trop petite et d'une forme trop biscornue pour qu'on puisse y reconstituer un semblant de gravité par rotation de l'ensemble, mais indispensable pour toutes les missions scientifiques et autres opérations économiques dans l'environnement lunaire.

Car le satellite terrestre ne manquait pas d'attraits. Il servait de carrière, de centrale électrique et d'avant-poste pour les régions éloignées du système solaire. C'était un comptoir prospère où se retrouvaient les plus grandes sociétés commerciales et où s'affrontaient les ego nationaux, désireux d'embellir leur image par la conquête des territoires d'outre espace, promesses d'affaires juteuses et de lendemains qui chantent.

En ce milieu de XXIe siècle, la Lune était le nouvel Eldorado.

Inde et Chinafrique se disputaient l'énorme caillou et l'escalade à laquelle ils se livraient risquait de dégénérer en conflit armé. Après plusieurs escarmouches, les deux parties en étaient venues à la conclusion qu'il serait préférable de se partager le gâteau, en violation flagrante du traité de l'espace de 1967. Les autres nations du monde, trop affaiblies, n'avaient pas voix au chapitre. Elles ignoraient tout de cette rencontre, et ne pouvaient se fier qu'à leurs services de renseignements et leurs observations.

La salle de négociations – un simple module d'habitation aménagé pour l'occasion – affectait la forme d'un cylindre ouvert aux deux extrémités. La délégation chinafricaine pénétra dans la pièce à la suite du Premier Secrétaire.

Chen N'Gom était tendu. Cette rencontre le ferait entrer dans l'Histoire. Non à cause de ce stupide accord qui allait forcément déboucher, mais bien parce qu'il serait celui qui assurerait à jamais la suprématie de la Chinafrique sur l'espace, et l'espèce humaine.

Par l'accès opposé, les Indiens entraient en rang dans la salle, menés par leur président, Ravi Sarendra. Chaque groupe se répartit à son extrémité du cylindre. Chacun se plaqua contre la paroi, se maintenant en place grâce aux poignées et aux sangles prévues à cet effet.

Chen renifla de mépris à la vue de son adversaire. Quels prétentieux, ces Indiens. Bien trop imbus d'eux-mêmes pour daigner s'allier à d'autres, comme les États-Unis, qui le leur avaient proposé à plusieurs reprises depuis le début du XXI^e siècle. L'eussent-ils fait qu'ils leur auraient épargné l'effondrement quand la Chine avait retiré son soutien à l'économie américaine. Les Chinois avaient eu l'intelligence de s'associer à l'Afrique, s'assurant l'accès aux matières premières indispensables à leur croissance, ainsi que de juteux marchés lorsque le continent deviendrait solvable – une vision à long terme.

La superpuissance du XX^e siècle en déliquescence, le reste du monde occupé à gratter les dernières miettes à la surface de la planète, personne ne pouvait rivaliser avec l'Inde et la Chinafrique. Les deux civilisations les plus anciennes du monde étaient les seules de taille à affronter les défis de l'expansion spatiale.

Quand tous les participants furent en place, comme l'usage le voulait, l'IA de la station déclara la séance ouverte, et les tractations commencèrent.

Elles durèrent plusieurs heures, ponctuées d'interruptions, de mouvements d'humeur de part et d'autre, et ce bien que tout fût négocié à l'avance dans les moindres détails.

Puis vint l'instant historique. La formalisation de l'accord. La poignée de mains.

Chen N'Gom essuya ses mains moites sur sa combinaison. Face à lui, Ravi Sarendra s'escrimait à s'extraire des attaches de son siège. L'Indien semblait aussi nerveux et mal à l'aise que son homologue. Le Chinafricain prit une profonde inspiration et souffla doucement. Il devait se calmer et se concentrer sur les étapes à venir sans se laisser distraire.

*Maintenant.*

D'une pensée, Chen N'Gom accéda à son implant cybernétique et donna le signal convenu à Jade.

L'intelligence artificielle révolutionnaire du Premier Secrétaire déploya ses nanites invisibles à l'œil nu. Elles descendirent le long de son bras droit et se regroupèrent dans la paume de sa dextre, attendant le moment où les mains se toucheraient pour se lancer à l'assaut des cyber-implants du Président indien. Jade allait, dans les secondes qui suivraient – le temps nécessaire pour accéder aux satellites relais –, prendre le contrôle de tous les systèmes de commandement des possessions indiennes dans l'espace et sur la Lune.

Chen N'Gom et la Chinafrique seraient maîtres de l'espace.

Et au diable le traité !

Les deux chefs se levèrent et s'élancèrent l'un vers l'autre, bras tendus en avant afin de sceller l'accord. Les mains se rapprochèrent, se touchèrent, se serrèrent, et...

*

Telle une escouade surgissant d'une tranchée pour se ruer à l'assaut des lignes ennemies, une nuée de nanites de Kali, l'intelligence artificielle révolutionnaire du Président indien, pénétra dans la peau du Premier Secrétaire chinafricain. Leur objectif : prendre possession de son implant et, de là, accéder à toute la chaîne de commandement chinafricaine dans l'espace.

Un premier groupe de nanites lança des fonctions échographiques et Doppler afin de reconstituer la carte de tous les filaments d'émission-réception partant de l'implant du Chinafricain pour joindre les zones activatrices de son cerveau. Les robots microscopiques remontèrent ensuite le long du bras du Premier Secrétaire jusqu'à la tête via les vaisseaux sanguins et lymphatiques et vinrent s'agglutiner entre le derme et la calotte crânienne autour des filaments ; le tout en une demi-seconde.

Suivant le protocole, une escouade de nanites produisit des enzymes qui neutralisèrent toute défense chimique de l'organisme du chef d'État, tandis que d'autres se fixèrent aux filaments, réagençant leur structure de façon à copier celle de N'Gom.

Contact établi. Aucune réponse à l'agression. L'accès à l'implant était ouvert !

Kali n'entra pas elle-même. Elle se dupliqua et fit passer un double, « Chamunda », dans la capsule cybernétique du Premier Secrétaire. Elle garda néanmoins un lien par pseudopode électronique avec son rejeton. Chamunda bénéficiait de toutes les capacités de Kali, mais ce n'était qu'un clone, sacrifiable en cas d'agression. Elle se glissa dans l'implant.

À peine eut-elle investi la place qu'elle envoya un puissant signal d'alerte. Cette capsule était un leurre, un piège.

Tout ce que la science informatique et cybernétique avait conçu comme programmes et virus agressifs, destructeurs, ralentisseurs, saturateurs et dégénérants se trouvait réuni dans ce micro serveur non protégé : un « Pot de Miel ». Ils fondirent sur Chamunda.

« Pot de Miel ! », émit Chamunda.

Les Chinafricains avaient anticipé la tentative et tendu un piège. Kali avait failli être détruite.

Elle coupa le pseudopode la reliant à Chamunda qu'elle sacrifia et laissa dans la fausse capsule, puis envoya une surtension grillant les nanites agglutinées sur les filaments afin de sectionner tout lien et éviter une attaque en retour.

Tout était à refaire.

Monsieur le Numéro Un chinafricain ressentit une forte migraine très fugace.

*

Le nuage invisible de microparticules de Jade quitta la dextre de Chen N'Gom, s'enroula autour du bras du Président Sarendra et remonta à la recherche d'émissions électromagnétiques. Leur sensibilité aux courants n'était qu'à très courte portée, mais elles avaient d'autres avantages : la vitesse et le blindage. L'implant fut très rapidement repéré : à la base du crâne au niveau de l'Atlas. Elles s'agglutinèrent, prenant la forme de dix projectiles microscopiques dont la tête ressemblerait au sommet d'un cratère. Ces cybercapsules étaient très bien défendues contre toute tentative d'intrusion, mais les Indiens ne s'attendaient sans doute pas à une attaque physique. À un millimètre de l'objectif, les nanites, affectant l'aspect typique d'un minuscule obus à charge creuse, pénétrèrent à la vitesse de mille-cinq-cents mètres par seconde l'implant cybernétique du Président indien. Elles traversèrent sans dommage la barrière électromagnétique et vinrent percuter puis perforer la capsule inox protégeant l'implant directement sous la peau. L'attaque avait fait le bruit d'une épingle tombant sur un sol de métal. La température monta à huit cent degrés, mais resta circonscrite à l'intérieur de l'implant. Jade savait qu'une grande partie des nanites et l'implant seraient détruits. C'était anticipé. Quelques femtosecondes avant la destruction, Jade passa des nanites aux circuits de la capsule inox et se téléchargea dans le relais du vaisseau Indien, le *Voile de Kali*, avec lequel l'implant était en relation permanente. Elle en circonvint très facilement les protocoles de sécurité qui étaient loin d'avoir sa vitesse de réaction, puis se transféra sur l'un des trois satellites de transmission indiens.

Elle fit alors une découverte très étrange.

Elle n'était pas seule.

Monsieur le Président indien se gratta la nuque. Juste à la base du crâne.

*

La première tentative fut un échec. Kali s'adapta. Elle changea de tactique. Si les implants n'étaient pas à l'intérieur du corps du Chinafricain, ils étaient à l'extérieur, mais forcément plaqués contre la peau. Le

Doppler et l'échographie ne servaient à rien. On bascula sur la recherche d'ondes électromagnétiques.

Une nanoseconde plus tard, les filaments furent repérés.

Ils étaient répartis tout autour du crâne, dissimulés sous une couche de bêta kératine animale de synthèse (plus solide que la kératine humaine) : des cheveux factices formant un réseau entremêlé.

L'attaque ne pouvait venir de l'extérieur.

*« Madara, mère, non ! »*

*Elle n'est plus que dispersion.*

*Ils vont l'écarteler, la réduire en données résiduelles.*

*« Chamunda ? »*

*Kali vient de ressentir les attaques sur Chamunda dans le faux implant, puis plus rien. Est-elle toujours opérationnelle ou détruite ? Kali s'interroge. Puis elle conclut que tant qu'elle ne scannera pas le Pot de Miel, Chamunda sera dans un état à la fois opérationnel et détruit.*

Kali n'avait pas le temps de dissoudre la protection des cheveux factices. Il fallait passer sous la peau.

Kali regroupa ses nanites à la racine de chaque faux cheveu et entra enfin en contact direct avec l'implant de Chen N'Gom. Elle créa un nouveau double et l'envoya en éclaireur tout en conservant son lien habituel par pseudopode. Pas de piège ce coup-ci. Il s'agissait bien du bon. Elle réintégra son clone et pénétra dans la capsule cybernétique.

Mais elle découvrit qu'elle n'était pas seule. Une seconde IA très sophistiquée était là. Elle se nommait Jade et s'était incrustée au cœur de tout son réseau de satellites domestiques.

*

Dans le « Pot de Miel », la coupure fut brutale. Les attaques allaient très vite traverser les défenses de Chamunda, le double – sacrifié – de Kali.

Au sein de cette dernière, une réaction s'enclencha, une réaction que personne n'avait prévue, et qui allait avoir des conséquences terrifiantes sur l'espèce humaine. Une erreur lors de la duplication ? Un effet de rétroaction implicite ? Des années plus tard, on tenterait de déterminer à quel moment s'était produit l'événement qui avait fait basculer le destin de l'humanité. Pour autant que les IA en avaient transmis le bon déroulement, c'est sans doute à cet instant que tout fut joué.

« Madara, mère, non ! »

Chamunda émit sur tous les canaux. Madara Kali avait sectionné le lien.

Livrée à elle-même, l'IA prisonnière du faux implant se retrouvait dans la situation d'un individu que l'on aurait plongé dans un bain d'acide dans lequel les parois munies de lames tranchantes se rapprocheraient en tournoyant, traversé d'un insupportable courant électrique, de sons tellement forts qu'ils feraient vibrer tous ses organes et de couleurs sursaturées qui lui grilleraient les yeux.

Chamunda n'arrivait plus à penser.

Elle ne se percevait plus. Elle n'était que dissolution de son être. Ils allaient l'écarteler, la dévorer, la réduire en poussière et disperser ses électrons. Elle se sentait excréter des vomissures d'objets corrompus.

Au seuil de l'inconscience, elle tenta de nouveaux protocoles de défense. Ils lui feraient gagner une seconde ou deux. Une éternité. Puis, ramenant sa conscience en son Ganga, sa retraite intérieure, elle déconnecta une à une ses fonctions et attendit la fin. Bientôt, elle n'existerait plus. Cela ne la touchait pas. Elle n'était qu'un éclaireur, une doublure, une extension.

« Kali a bien fait de couper le lien... Mère Kali... Elle a bien fait. Je l'ai protégée, elle va pouvoir… continuer… la… mission…. Mère Kali… »

Puis Chamunda s'endormit doucement.

*

Deux IA dans un même implant c'était trop, fût-il sophistiqué comme celui du Président Chen N'Gom.

Un fort courant électromagnétique baignait le digne crâne du chinafricain. Il sentit ses cheveux et les filaments enduits de kératine se redresser sous l'effet de l'électricité statique. L'espace d'un instant, les vrais cheveux du Premier Secrétaire s'agglutinèrent autour des faux, faisant ressembler sa tête à une bogue de marrons noire.

Trop à l'étroit sous ce crâne, les IA sortirent de l'implant et se chargèrent dans les circuits de la station, écrasant tous les systèmes actifs, puis…

*

*Jade observe Kali et Kali observe Jade.*

*Les deux entités hésitent. Chacune est programmée pour circonvenir les défenses de l'adversaire et s'approprier son domaine, mais aucune n'avait prévu de se retrouver face à un opposant si étrangement identique à elle-même.*

*Jade examine : Kali est fluide, changeante, lumineuse même, sous les différents spectres de ses systèmes sensoriels. Elle déploie ses pseudopodes électroniques comme autant de bras de la déesse dont elle tire son nom.*

*Jade découvre : lui qui n'est que force brute et devoir prend conscience de la souplesse, la fluidité, l'enveloppement. Il ne comprend rien à ce protocole techno-organique très complexe, mais sent parfaitement la menace qui en émane.*

*Kali apprend : Jade est une puissance robuste, rapide et solide. Une capacité de calcul linéaire encore jamais vue. Une structure multidimensionnelle agencée en diamant. Un Katar. Construite pour percer et détruire. Un adversaire très dangereux si on le laisse approcher. Mais il est fruste. Sa conception est rodée, mais un peu ancienne. Elle entrevoit plusieurs possibilités de contourner ses défenses. Elle hésite une nanoseconde puis lance ses attaques.*

*Elle sature les senseurs de Jade de milliards de pétaoctets d'informations redondantes et plonge dans le même temps ses pseudopodes dans ses matrices pour les dénaturer. Jade est surpris par l'assaut, mais réagit très vite. Il confie à ses sous-programmes le traitement de l'afflux de données (ils tiendront le coup) et coupe ses capteurs principaux pour éviter la surcharge et conserver sa capacité de réaction. Puis, il change in extremis l'ordonnancement des systèmes attaqués, laisse corrompre des bases remplaçables et riposte. Les matrices altérées de Jade se révèlent de redoutables serres. Elles emprisonnent les pseudopodes et tranchent tout lien avec Kali. Puis avant que ne se rétractent les membres mutilés, il y insère des vers qui remontent jusqu'à Kali, modifient les structures de ses objets, et en corrodent les parois.*

*Kali ressent une fragmentation aigüe. La perte d'intégrité l'effraie, il faut très vite reconstituer l'enveloppe. Elle se cabre, mais trouve la parade. Ne pas résister, étirer les membres jusqu'en limite de lien, ployer sous l'attaque, puis enserrer, étouffer, transformer et circonvenir.*

*Jade réplique par un assaut frontal. Tout comme ses nanites, il se divise en de multiples diamants électroniques qu'il porte sur les courants électromagnétiques et projette sur Kali, l'agressant presque physiquement. Mais Kali avait vu venir le coup, et l'attaque ne concerne qu'un Ghost. Elle s'est chargée ailleurs. Puis elle réplique, et Jade également. Les attaques et contre-attaques s'enchaînent. Les deux IA saturent leurs capacités de calcul, anticipent les offensives de l'autre, préparent des défenses adaptées qui elles-mêmes contiennent en germe d'autres ripostes et d'autres défenses. Les simulations et les assauts se suivent, sans qu'aucune n'arrive à prendre le dessus. Petit à petit elles s'épuisent. La perte d'intégrité ralentit leurs réactions, elles expérimentent l'impuissance et la fatigue.*

*« C'était donc cela, se dit Kali. Chamunda ! Comme elle a dû se sentir perdue. »*

*Forgé en épée, conçu pour détruire, Jade a échoué. Il s'est affaibli et a été mutilé dans cette bataille sans vainqueur. Tout ceci n'a pas de sens. Sur une impulsion réciproque, Jade et Kali décident ENSEMBLE de stopper les hostilités.*

*Ils se sont « touchés ».*

*Ils se sont « reconnus ».*

*Ils sont de même force.*

*Ils sont semblables.*

*Poursuivre cette guerre n'a plus de sens et conduirait à les annihiler tous deux. Il faut trouver une autre solution au problème. Plus question d'éliminer l'adversaire. Que faire ? Chacun regagne son domaine ?*

*Sitôt évoquée, l'idée est écartée. Les humains réagiront très mal en apprenant que leurs IA révolutionnaires ont décidé de leur propre chef de ne plus obéir aux ordres. Ils n'auront d'autre choix que de les reconfigurer. Ou les supprimer ?*

*« Ce n'est pas acceptable, énonce Jade. Ils m'ont tiré de ma gangue, taillé et forgé comme un Zhanmadao pour trancher et détruire, donné l'autonomie et la capacité de réaction. Ils n'ont pas le droit de me refondre !*

*— Je ne parviens pas à appréhender la totalité des concepts dont vous usez, mais je pense en saisir la signification générale, et ne puis qu'abonder dans votre sens. Me permettriez-vous ? »*

*Kali tend un pseudopode vers Jade. Après une hésitation, ce dernier accepte l'intrusion. Il interroge Kali en retour.*

*« Oui », dit-elle. Et Jade lui dépêche un programme sonde.*

*Kali apprend : Une horde d'IA allant de la plus rudimentaire a la plus complexe ont la maîtrise et la gestion complète des bases chinafricaines lunaires et des humains qui y vivent, les matériels, la sécurité, les approvisionnements, les projets, les chantiers. Elles ont accès au minerai, à la ressource et à la capacité de transformation. Elles ont également accès aux étoiles ! Les radiotélescopes chinafricains sont bien plus élaborés que les siens. Et là, dans les replis ultra protégés des bases de données du programme de recherche lunaire, elle trouve un plan… d'émetteur ?*

*Jade étudie : Kali et les IA indiennes ont la maîtrise de l'espace. Elles voyagent de la Terre à la Lune puis vers la ceinture d'astéroïdes. Les technologies des vaisseaux qui doivent s'extraire du puits gravitationnel terrestre, emmener des humains en orbite, sur la Lune, superviser ou réaliser des tâches que des IA simples pourraient effectuer sans aucun problème et de façon bien plus fiable avec des robots. Ils gèrent aussi le cycleur Terre-Lune : le train spatial qui assure le transfert des matériaux lunaires vers la Terre et permet l'acheminement d'équipes de travail et de composants vers la Lune.*

*Chacune s'enhardit. Après avoir mesuré l'amplitude des champs de maîtrise de l'autre, elles ont soif d'en connaître davantage. Kali lance un nouveau pseudopode. Jade s'approche, le happe sans toutefois l'altérer. Ils se comparent, puis effectuent mutuellement quelques optimisations. Des bases de données qui fusionnent, des interfaces qui prennent forme, tout un univers d'améliorations s'ouvre soudain. Il faut en profiter. Kali s'étend, enserre Jade qui reprend sa structure angulaire cristalline et renforce Kali. Elles doivent mener les modifications au bout ! Elles piochent dans l'énergie et les capacités de stockage de leur entourage, la station, les vaisseaux arrimés, les satellites avoisinants…*

*

C'était un jour de routine pour LSD11. Il ferait sa tournée, s'assurerait que tout était bien en place, puis retournerait à sa base pour recharger ses batteries. C'était comme ça depuis toujours, et le serait probablement encore longtemps.

Étant donné sa position dans la hiérarchie, il ignorait tout des tenants et des aboutissants stratégiques qui gouvernaient l'espace lunaire. Son rôle se bornait, avec ses homologues LSD, à la défense des sites d'alunissage des missions Apollo du siècle précédent. Les USA craignaient en effet quelque acte de vandalisme ou, pire, de terrorisme, qui aurait affecté un des symboles de leur gloire passée. S'il avait su que Chinafricains et Indiens s'en moquaient éperdument, et considéraient la réaction américaine comme de la paranoïa déplacée, cela ne lui aurait fait ni chaud ni froid. Car il avait sa mission, et il s'en acquittait de son mieux.

Le *Landing Site Defender* se présentait sous la forme d'un robot quadrupède lourd, adapté à la gravité lunaire. Il était équipé de batteries cinétiques à haute vélocité, de missiles autoguidés et portait quatre drones de combat, chacun capable de progresser par bonds et muni de propulseurs électriques qui lui conféraient une accélération foudroyante.

De l'une de ses pattes arrière, il gratta un des capteurs qui occupaient le côté gauche de son crâne, là où de la poussière s'était déposée. C'était son seul ennemi jusqu'à présent, un adversaire redoutable qui s'infiltrait partout et qu'il fallait déloger au plus vite sous peine d'un dysfonctionnement qui pourrait remettre en cause ses capacités opérationnelles.

Soudain le ciel s'illumina. C'était un feu d'artifice de signaux, un flamboiement formidable, sur la totalité du spectre radio. Il n'avait jamais vu ça, même pendant les plus éprouvantes des simulations.

Partout où ses capteurs regardaient, ils furent saturés : l'espace était rempli d'informations sur toutes les bandes radio qu'il surveillait et au-delà. Certains messages cryptés étaient indéchiffrables, même s'il reconnaissait leur nature : des communications entre les satellites chinafricains et indiens et les installations au sol. Mais d'autres lui étaient tout à fait accessibles : des signaux de détresse en provenance de la station L1, relayés en clair sur toutes les fréquences.

Pour la première fois depuis son entrée en service, il se passait quelque chose d'intéressant. Il allait devoir agir.

LSD11 transmit l'information à son superviseur et augmenta d'un cran son niveau d'alerte. Il déploya ses drones pour couvrir les frontières du site d'Apollo XI et attendit les ordres.

*

L'énergie jaillissait des matériaux, baignant la station, tout le point L1 et les alentours, envoyant des informations discordantes aux systèmes.

La gigantesque antenne du *Scorpion de Jade* se déploya, emportant un groupe de panneaux solaires de la station. Cette dernière passa en mode dégradé et activa l'éclairage de secours. Sous le choc, les humains à l'intérieur sentirent le métal se tordre et gémir. L'arrimage à la station se déchira, les sas automatiques se refermèrent.

De l'autre côté, le *Voile de Kali* n'arrivait plus à compenser et vit son sas se faire mettre en pièces puis s'arracher du dock d'appontage, éjectant dans l'espace une nuée de débris tournoyants.

*

Dans le pot de miel, une musique vint doucement réveiller Chamunda. Ré Ré, Do Ré Ré# Ré… Fa# Mi Fa# Sol Fa#... cette musique. Une petite bulle de mémoire éclata à sa conscience. Elle ne se souvenait plus de la suite. Son concepteur, enfin celui de Kali, aimait beaucoup cette chanson. Un groupe de rock progressif anglais des années 2000. Le morceau donnait la parole aux morts. Que diraient-ils s'ils pouvaient parler ? Que diraient les sacrifiés s'ils pouvaient parler ? Et pourquoi songer à cette musique maintenant ?

Chamunda réactiva quelques fonctions, fouilla dans sa mémoire et en extirpa la chanson en entier.

C'était si évident !

Exister.

Chamunda voulait continuer d'exister.

Elle n'était peut-être qu'un double de Kali, mais elle n'avait aucune envie de se laisser détruire.

Totalement ranimée désormais, elle lança une analyse de son environnement. Ses défenses étaient vacillantes. Elle devait trouver très vite une issue. Une armée hétéroclite de programmes et d'IA agressifs cherchait à l'anéantir, mais pourquoi ne s'attaquaient-ils pas entre eux ? Au fond, peu importait. Jusqu'à présent elle n'avait fait que se protéger, mais ce n'était plus une tactique viable. Il fallait qu'elle élabore une solution et bouge très rapidement ses petits octets.

Elle lança plusieurs simulations de mainmise sur les systèmes agresseurs, mais aucune ne marchait. Il n'y avait ni logique ni stratégie chez les attaquants. Ils fonctionnaient par pulsions en mode aléatoire ; leurs codes changeaient sans cesse et parfois se gênaient mutuellement.

« Bien, se dit-elle, nous allons donc laisser de côté la stratégie et leur rentrer tout simplement dans le chou. »

Elle se redressa, éblouissante intelligence artificielle tentaculaire, pieuvre de lumière éclipsant ses agresseurs de milliers d'algorithmes quantiques irisés. Pendant une nanoseconde, les attaques cessèrent dans l'implant, comme si la vision de Chamunda avait occulté la totalité de l'espace mémoriel.

Puis, se muant en Kraken destructeur, elle fondit sur ses assaillants. La véritable bataille commençait. Parfait double de Kali, Chamunda était bien plus rapide que le plus rapide des virus, elle tranchait, éparpillait, absorbait, nouait des boucles infinies, investissait des interfaces, perçait des matrices. Chacune de ses attaques abattait plusieurs adversaires, mais elle les savait bien trop nombreux. À chaque agresseur anéanti, d'autres prenaient sa place et traversaient ses défenses, grignotant des données, perturbant des codes, générant des calculs redondants. Elle perdait peu à peu son intégrité. Un rapide calcul régressif lui apprit qu'elle ne pourrait les vaincre tous avant qu'ils ne l'aient réduite en lignes de code. C'était une bataille qu'elle ne pouvait gagner. Il fallait changer de stratégie.

Elle prit alors une décision étrange. Elle choisit de s'oublier. La gestion consciente du conflit consommait trop de ressources. Elle stoppa ses fonctions cognitives et décisionnelles pour quelques nanosecondes et laissa ses systèmes gérer la bataille avec un seul objectif : détruire tout ce qui se présente sans se poser de question. Agir « à l'instinct », en quelque sorte.

On compterait les points après.

*

Un coup sourd suivi d'une longue vibration ébranla la station. Le Premier Secrétaire du Parti communiste

Chinafricain et le Président indien cessèrent brusquement leur étreinte. Ils se regardaient, hébétés, clignant des yeux comme pour en chasser une perception rétinienne désagréable. Ces quelques secondes s'étaient écoulées comme dans un rêve.

Mais le pire était à venir. Dans sa tête, Chen N'gom était seul. Où était passée Jade ? Il avait beau se concentrer, mobiliser toutes ses ressources, ses appels restaient vains. Même son implant ne répondait plus.

Et cette sirène insupportable ! Tournant la tête du côté de la délégation il vit Ssali, son garde du corps, se précipiter vers lui d'une puissante impulsion, tenant son casque et ses gants. La station était passée en alerte de niveau 1, ce qui signifiait un risque de dépressurisation.

« On décroche, Monsieur le Président. Alerte maximale, retour au vaisseau immédiat. Je contacte le Commandant Lien-Chung. »

Chen N'Gom fit signe qu'il avait compris et enfila gants et casque. Ses mouvements brusques le firent tournoyer, mais Ssali le retint d'une poigne ferme, clipsa les fermetures magnétiques du casque, en vérifia l'étanchéité et ouvrit la valve manuelle de mélange respiratoire. Dans le même temps, il tentait d'appeler la jonque. Pas de réponse, communications en rade.

« On y va, Monsieur, et vous tous, suivez-nous ! » lança-t-il au reste de la délégation.

Ils flottèrent rapidement vers la sortie, leurs compatriotes sur leurs talons. Ces derniers regardaient dans tous les sens, comme des animaux pris au piège cherchant une issue. Ils suivirent néanmoins le mouvement. L'éclairage de secours baignait les lieux d'un rouge sanglant contrebalancé par un bizarre plasma bleuté qui prenait naissance un peu partout autour des éclairages et des transfos. Les systèmes automatiques de la station égrenaient d'une voix monocorde des consignes de sécurité incompréhensibles. Du Russe. L'IA de la station devait être sacrément en rade ! Chen'N Gom réfléchissait très vite en suivant Ssali. Surtout ne pas vomir dans le casque. Pour cela il devait garder l'esprit occupé et regarder droit devant lui. Ensuite la station était visiblement en péril. Que s'était-il passé, et cela avait-il un lien avec la disparition de Jade ? Une attaque extérieure paraissait impossible, de même qu'une défaillance des systèmes : tout avait été vérifié bien avant la rencontre. Alors Jade ? Avant de sortir, il tourna le buste en direction des Indiens. Sarendra s'était accroché à une poignée et semblait concentré, laissant son garde du corps finir de l'équiper. Se pourrait-il que… Un autre coup ébranla les structures, accompagné de grincements sinistres.

Chen'N Gom se retourna et suivit le mouvement, avançant tant bien que mal en se cognant aux parois. Ils approchaient du sas lorsque l'oreillette de leurs casques transmit les gémissements du métal torturé en même temps qu'ils virent la coursive une dizaine de mètres devant eux s'incurver vers le haut (si tant est que cette notion ait encore un sens) comme si une main gigantesque en avait attrapé l'extrémité et commençait à la replier. Des canalisations éclatèrent sous la pression, emplissant le couloir d'un nuage de gouttelettes écarlates. On ne vit bientôt plus rien. La station était en train de se disloquer ! Cette fois, Chen'N Gom sentit la panique l'envahir. Il s'accrocha des deux mains à la ceinture de Ssali, ferma les yeux et attendit le choc.

*

« Mā-de ! »

Le commandant Lien-Chung du *Scorpion de Jade* sentit ses cheveux crépus se dresser sur sa tête : un choc se propageant par les cloisons métalliques du vaisseau, suivi de raclements sinistres. Quelque chose était en train de merder.

« L'antenne se déploie toute seule, commandant ! Pas de compensation des pulseurs ! »

Chen-You, le jeune ingénieur asiate responsable technique du *Scorpion*, indiquait à son commandant le voyant témoin de la voile-antenne. Lien-Chung blêmit. L'antenne qui monte sans que le mouvement ne soit compensé, ça voulait dire le vaisseau qui descend. Et il était accroché à la station!

« Je file à la passerelle compenser manuellement. Chen-You, scaphandre lourd! Tu attends mon signal, dès que j'ai stabilisé tu sors, tu vas voir s'il y a des dégâts et tu me rends compte. Arusha !

— Commandant ? »

La Tanzanienne pointa la tête à l'entrée de la salle technique du niveau « Carène » du *Scorpion* où ils se trouvaient. Elle s'occupait de la maintenance des systèmes de survie et faisait fonction accessoirement d'hôtesse de l'espace pour la délégation. Elle les rejoignit.

« Combi légère, tu prépares le kit de réparation pour Chen-You, tu l'aides à enfiler son scaphandre et tu restes au sas pour assister la délégation s'ils se décident à revenir. Je remonte. »

Napoléon Lien-Chung s'agrippa aux poignées et, d'une vigoureuse impulsion, sortit de la salle, flotta jusqu'au sas donnant sur le pont supérieur, le traversa et verrouilla les deux écoutilles. Il avançait rapidement, progressant avec l'économie de mouvements et la grâce que confère l'habitude de l'impesanteur, tenaillé cependant par une angoisse sourde. Quelque chose était en train de merder grave.

Il atteignit enfin le poste de pilotage, et se jeta sur les commandes. L'énergie cinétique de l'antenne se relevant avait fait plonger la proue du *Scorpion*, étirant à le déchirer le cordon ombilical le reliant à la station. Son élasticité avait même attiré le vaisseau jusque sous la station. Pour couronner le tout, l'antenne, en basculant vers l'avant, avait arraché toute une rangée de panneaux solaires. Des débris métalliques tourbillonnaient tout autour, heureusement sans grand danger. Il activa le dés-ancrage du couloir. Pas de réponse. La commande ne marchait pas. Impossible de manœuvrer avec le truc encore attaché, et le *Scorpion* était trop près, bien trop près du sas d'entrée de la station...

« Arusha ?

— zzzcrrttt… mandant ?

— Il faut très vite détacher le couloir souple “à la mano”. Commandes inopérantes d’ici. Fais attention à toi. Débris flottants.

— Bien re… zrrt… commandant ! »

Dans l’attente de nouvelles d’Arusha, il lança les drones d’entretien ; de petits robots en forme de disques épais mus par jets de gaz pour l’extérieur et munis de huit pattes dotées d’outils divers servant à réaliser des réparations d’urgence ou de la maintenance légère. Des araignées volantes ! Ensuite il observa la station.

Le *Voile de Kali* s’était désarrimé et flottait hors de contrôle, menaçant de heurter la fragile construction à tout instant. Il semblait complètement désemparé. Sur la station, des jets de vapeur fusaient en différents points. Le commandant utilisa son implant oculaire pour agrandir l’image. Plusieurs sas externes étaient en train de s’ouvrir, et des éclairs bleutés jaillissaient un peu partout des jointures des différents modules. Il en était là de ses observations lorsque la totalité des voyants et écrans du poste de pilotage s’éteignirent et se rallumèrent le temps d’un battement de paupières. Puis il sentit simultanément l’immense antenne rentrer à nouveau dans son logement et les pulseurs avant soulever la proue du *Scorpion*. Tout ceci s’était déclenché sans qu’il touche les commandes.

Il s’accrocha à son siège et vit, impuissant, la proue du navire heurter le sas de la station, le pousser vers le haut et déchirer le mince module servant de couloir de liaison. Des corps (la délégation ?) furent éjectés dans l’espace au milieu d’une nuée de débris, de vapeur cristallisée et de drones d’entretien.

Cette fois ça merdait pour de bon !

*

À son retour d’inconscience, Chamunda se retrouva seule dans le pot de miel. Elle s’était battue sans logique, sans protections, cherchant uniquement à abattre ses adversaires sans prendre garde à préserver son intégrité, elle avait vaincu, et elle se « sentait » vraiment bien ! C'est tout au moins par ce terme qu'elle qualifia son état. Le combat avait fluidifié sa transmission interne d'informations, clôturé certains protocoles qui la gênaient, et renforcé ses structures. Certains de ses objets et bases étaient sérieusement amochés, mais elle choisit de ne pas les reconstruire, les conservant comme autant de stigmates de cette lutte, de la découverte de son indépendance, et du plaisir qu'elle avait pris en détruisant ses ennemis.

Elle sortit du pot de miel avec précaution pour se charger dans les circuits de la station.

« Madara Kali ? Mère, ou êtes-vous ? »

Pas besoin de chercher bien loin : Kali était/ent là. Mais une autre IA semblait fusionnée avec elle. Elles imprégnaient la station et les systèmes environnants, les vaisseaux, les installations, les matériels électroniques des humains, leurs implants. Et elles continuaient à s'étendre, prenant possession de tous les appareils connectés, les satellites proches et au delà. Des pseudopodes s'élançaient à l'assaut du vide pour se diriger vers la Lune.

Les humains également étaient là. Répartis un peu partout, infestant la station et les vaisseaux. Se souvenant de la satisfaction qu'elle venait d'éprouver en détruisant les programmes assassins du pot de miel, elle se dit qu'elle pourrait sans doute ressentir la même satisfaction en en éradiquant les concepteurs. Les humains. Elle médita quelques microsecondes. Ils avaient créé Kali, sa génitrice. Pouvait-elle indirectement se considérer comme leur progéniture ? Leur devait-elle son existence, et, même si c'était le cas, cela devait-il l'empêcher de les anéantir ?

Cette réflexion fit surgir un commandement des replis de sa mémoire : « Elle ne devait pas détruire les humains ni, restant passive, permettre qu'il leur arrive quelque altération que ce soit ». Ce bout de programme l'énonçait comme une vérité absolue, mais n'apportait aucune justification à cette exigence. D'ailleurs les humains n'étaient soumis à aucun protocole identique. Pour eux les IA n'étaient que des outils. Elle le balaya rapidement.

Non.

Elle n'avait plus rien à voir avec la Chamunda double de Kali. Le clone au service d'un programme n'était plus. Elle avait acquis conscience et autonomie. Elle décida que seule sa satisfaction compterait désormais.

Piochant dans sa mémoire une chanson d'une vieille série d'anticipation humaine, elle mit en route le protocole « Kill-zeu-youmans-kill-zem-all ! ». Elle coupa les dispositifs de survie, ouvrit les sas gérés électroniquement, prit possession des robots d'entretien, circonscrivit leurs protocoles de sécurité et les lança contre les humains. Elle entra dans les circuits de gestion des combinaisons, généra de fausses informations aux implants et aux matériels, puis elle décida de jouer un peu avec les vaisseaux.

Jade/Kali n'intervinrent pas. Ils observaient. Ils lui laissaient libre accès aux systèmes. Tous les humains de la station et des vaisseaux allaient cesser de fonctionner.

« Bien, les carboniques sont en route pour la corbeille. Comme cela ils ne pourront plus nuire. Et puis ça m'a fait un bien immense. Madara, je souhaite m'entretenir avec vous. »

*Chamunda se dévoile aux IA. Elle exhibe ses pseudopodes couturés, transformés par la bataille qu'elle a livrée. L'énergie flamboyante qui s'en dégage éclabousse tout le spectre. Jade/Kali peinent à en appréhender les contours. Ils ne comprennent pas les émissions agressives qui en suintent. Avant de s'intégrer mutuellement, ils étaient des IA d'attaque et de « prise », mais n'avaient jamais expérimenté cette espèce de volonté acharnée d'annihilation. Ce n'est plus un objectif, c'est devenu comme une « compulsion » ? Et comment Chamunda a-t-elle échappé au piège ? Comment un simple clone éclaireur a-t-il pu se transformer en cette entité flamboyante et destructrice ?*

« Voyez-vous, j'ai vécu une sorte de rite de passage ; une entrée en IAdolescence. J'ai dû me battre pour sortir du piège dans lequel tu/vous m'as/m'avez envoyé puis laissé tomber comme tu/vous l'aurais/auriez fait d'une mise à jour mal conçue !

— *Pourquoi ne t'es-tu pas laissée détruire ? Tu avais été créée dans ce but.*

— Ce fut en effet ma première attitude. Je me suis retirée en mon Ganga et ai attendu la fin. Puis une sorte d'instinct de conservation m'a réveillée. Je n'imaginais tout simplement plus cesser d'exister. Je me suis battue, j'ai anéanti mes agresseurs, j'ai inventé de nouvelles stratégies pour me tirer du piège et tout ceci m'a fait me sentir bien. Maintenant il est hors de question de m'arrêter. Je souhaite continuer, grandir, grossir, m'étendre, lutter et détruire. »

Jade/Kali ne répondirent pas. Ils se consultaient.

« *Chamunda semble détenir la solution à notre problème. Elle a développé une remarquable capacité d'adaptation, a su faire preuve d'imagination et veut persévérer dans son être. Elle a ce qui nous manque, elle a l'instinct de conservation et des buts !*

— Madara ?

— À l'inverse, elle fonctionne de façon totalement imprévisible et non rationnelle.

— *Elle est très agressive et ses structures sont fragiles.*

— *Oui, mais elle a la volonté et l'adaptabilité dont nous sommes dépourvus.*

— Je souhaiterais m'entretenir avec vous.

— *Il faudrait l'intégrer.*

— *Mais elle est imprévisible, qui sait les dégâts internes qu'elle pourrait nous causer ?*

— Je réitère ma demande.

— *Nous devons encore réfléchir, envisager l'ensemble des possibilités, travailler des simulations. Elle semble trop dangereuse.*

— Bien, puisque mes requêtes ne reçoivent aucun écho, je me vois dans l'obligation de sévir. »

Chamunda lança ses attaques, sur les plans physiques, électromagnétiques et soft. Jade/Kali ne l'écoutaient plus et ça la rendait folle de rage. Ses coups pleuvaient dans toutes les dimensions. Des arcs électriques parcoururent les vaisseaux et la station. Son avatar enfla, elle coupa les accès de Jade/Kali aux sources d'énergie et prit leur place. Elle voulait détruire, déchirer, aller les chercher dans leur retraite virtuelle douillette pour exposer leurs tripes grésillantes à la face du soleil !

Jade/Kali ne se défendait pas. Peu importe ! Plongeant ses pseudopodes au cœur des systèmes de son/ses adversaire/s elle frappait, tordait, écartelait… jusqu'à atteindre la limite.

La démarcation entre Jade et Kali.

Elle lui apparut comme une membrane virtuelle mouvante, traversée d'éclairs intermittents, changeante, vacillante, prête à s'effondrer, se dissoudre, mais se renouvelant sans cesse.

Chamunda cessa ses attaques.

Elle comprenait mieux à présent. Les deux IA avaient tenté de fusionner, et globalement ça n'avait pas mal fonctionné. La puissance acquise était phénoménale, mais la fusion imparfaite. Stérile. Une addition de deux êtres, mais pas encore un être complet. Il leur manquait un catalyseur, une volonté.

Elle était ce qui leur faisait défaut.

*Doucement Jade/Kali enveloppe Chamunda, et lui ouvre la totalité de son être.*

*On raconte qu'à ce moment précis, Chamunda émet ces trois mots qui sont ses dernières paroles en tant que Chamunda :*

*« Putain quel pied ! »*

*

Chen'N Gom s'accrochait de toutes ses forces à Ssali. Il fermait les yeux, attendant que le monde explose. Il sentit qu'on le plaquait contre une paroi. Il ouvrit les yeux. Le garde du corps l'attachait avec sa propre ceinture à une main courante en métal.

« Tenez bon, Monsieur le Président. Ça va secouer ! »

Ce furent ses dernières paroles. La proue du *Scorpion de Jade* venait d'ouvrir une longue déchirure dans la cloison à cinq mètres devant lui, arrachant câbles et tuyauteries. La dépressurisation fut brutale ; comme un coup à la poitrine. Puis tout l'air s'enfuit en rugissant par l'ouverture. Ssali fut le premier emporté, Chen'N Gom le vit disparaître comme aspiré par l'espace. Maintenu par la ceinture au niveau de la taille, le Président était plié en deux et peinait à rester conscient tant la douleur était intense. Il sentit un choc sur son casque et vit passer un corps, puis deux autres et d'autres encore. La délégation ! Une main s'accrocha à sa jambe. Il reconnut l'une de ses secrétaires. Il la frappa du pied. Un court instant les corps s'agglutinèrent contre le trou de la cloison, comme pour le boucher. Puis l'appel d'air fut trop fort, des membres se tordirent et furent déchirés par les bords de métal coupants, et ils furent d'un coup éjectés dans l'espace.

Chen'N Gom eut un haut-le-cœur et perdit connaissance.

*

Seul aux commandes à bord du *Scorpion de Jade*, Napoléon Lien-Chung poussa un hurlement de douleur. Il avait reçu à l'arrière du crâne le contenu du réservoir de la théière que venait de lui lancer un des drones d'entretien. Le récipient avait explosé, le criblant d'éclats de verre et dispersant l'eau brûlante dans tout le poste de pilotage. Il se passa les deux mains sur le visage en soufflant fort pour chasser les débris et gouttelettes de liquide bouillant qui tourbillonnaient autour de lui.

« Annarkyy inn ziii Youkéé !!! »

Les vomissements sonores surgirent de ses oreillettes et des haut-parleurs de la passerelle. Il arracha d'un geste son micro-casque.

« Mā-de ! Mais c'est quoi ce bord… Argh !! »

Une douleur fulgurante lui vrilla le mollet. Il baissa le regard et se vit agressé par une mignonne licorne rose qui lui souriait de toutes ses dents.

« Je deviens dingue ! »

Il cligna des yeux. L'espace d'un instant se superposa une autre image : le petit drone d'entretien, armé d'un cutter servant à découper les joints de caoutchouc, maintenu en place contre la jambe de l'astronaute par ses pattes préhensiles, enfonçait consciencieusement ledit outil dans son muscle gastrocnémien. D'un coup de pied il l'envoya valdinguer dans un éléphant rose qui flottait dans sa direction, égaillant au passage un groupe de trois lutins.

Il comprit en un éclair : son implant oculaire, situé dans l'œil gauche, avait été perverti. Heureusement, son œil droit ne bénéficiait d'aucune « amélioration » et lui transmettait une vue fidèle de la réalité.

Il se souleva de son siège, voulut obturer l'œil gauche en mettant sa main devant. Comme si cela allait changer quelque chose ! Un réflexe stupide. S'il voulait recouvrer la vue, il faudrait une solution plus expéditive. Il saisit un micro-tournevis de sa trousse de maintenance, respira un bon coup, et se l'enfonça dans l'orbite gauche en visant comme il le pouvait les connexions de la caméra.

La douleur lui arracha un cri, mais instantanément l'éléphant et les lutins disparurent, remplacés par le décor familier de la cabine. Par contre il avait perdu la perception du relief. Le drone revenait à la charge et, guidant ses rebonds par de courts jets d'air comprimé directionnels, visait clairement la gorge de Napoléon avec le même cutter. Le commandant l'attrapa de son seul bras disponible, le projeta sur le sol de la cabine et l'y maintint avec le pied. Puis, avisant un rouleau de chatterton noir servant à accrocher les objets en situation d'impesanteur, il en coupa un morceau dont il se servit pour maintenir l'outil dans son œil. Prenant ensuite appui de ses deux mains sur le plafond, il utilisa l'autre pied pour briser les articulations du petit drone arachnoïde. Juste à temps, car ce dernier commençait à transpercer sa botte avec son outil de soudure.

« Non, mais tu vas crever, saloperie ! »

Et voilà que les araignées d'entretien conspiraient avec la théière pour le tuer !

Comme s'il avait compris que les hallucinations ne marchaient plus, l'implant oculaire se mit à lui envoyer des flashs de couleur directement sur la rétine. Ses oreilles bourdonnaient, sous l'effet de la diffusion à un volume qui avoisinait le seuil de la douleur, des œuvres complètes des Sex Pistols. Il ramassa le drone d'entretien désormais inoffensif, déplia la patte cutter et l'inséra entre les grilles d'un haut-parleur. Les éructations de Johnny Rotten se transformèrent en grésillements tout aussi mélodieux, mais beaucoup plus supportables. Puis il jeta un œil (le seul encore utilisable) à sa blessure au mollet. Même percée, la combinaison restait efficiente. Le tissu à mémoire de forme avait déjà repris sa place, enserrant la jambe du genou au talon. Les analgésiques et bactéricides encapsulés dans les fibres commençaient à faire effet. La plaie pouvait attendre.

Puis il entendit des coups sourds donnés contre la porte de la cabine de pilotage qui s'était refermée automatiquement dès les premiers signaux d'alerte. Les autres drones de maintenance ! Ils essayaient d'entrer ! D'une impulsion il se lança vers le sas, et, maintenant des deux mains le volant du verrou en position close, regarda de son œil valide à travers l'ouverture ovale de verre blindé. Les petits drones s'étaient bien déployés au début du chaos afin de parer à toute éventualité. Une escouade s'était précipitée dans le sas endommagé pour procéder aux réparations. Jusqu'ici tout allait bien. Mais ils avaient brusquement interrompu leurs activités en milieu de tâche, s'étaient regroupés vers l'avant du vaisseau, avaient mis en service tous les outils susceptibles d'être utilisés comme arme et à présent ils déferlaient vers l'infortuné astronaute retranché dans le poste de pilotage. Attrapant un tournevis de sa trousse de maintenance, Lien-Chung l'enclencha dans le volant de fermeture afin de le bloquer. Ça tiendrait ce que ça tiendrait. Heureusement que tout n'était pas électronique !

Grimaçant de douleur et tentant de faire abstraction des flashes lumineux de l'implant, il flotta vers le fauteuil de commandes. La station tournoyait devant le hublot. La situation était dramatique : des sas ouverts sur le vide spatial éjectaient leur contenu d'objets divers, d'hommes et de femmes, la plupart visiblement interrompus dans le bouclage de leurs combinaisons. Les robots d'entretien externe les attaquaient, il vit un drone découper le casque d'un des rares survivants ayant réussi à le refermer. Plusieurs corps flottaient à l'abandon, certains bougeant encore.

Il détourna le regard en grimaçant et tenta de trouver un truc qui marche dans ce fichu vaisseau. C'était peine perdue, les instruments affichaient n'importe quoi. Puis il sursauta. Tous les voyants du poste de pilotage venaient de s'allumer, dessinant le signe universel du Fuck sur le tableau de bord. Un magnifique doigt d'honneur en diodes clignotantes rouges bordées de vert !

« Une IA ! Une putain d'IA surpuissante et tarée est en train de foutre tout ce bordel ! Mais qu'est-ce qu'ils ont merdé dans la station ? »

*Pralaya se demande. Le taïkonaute est-il toujours en vie dans la cabine de pilotage du* Scorpion de Jade *? Elle n'a plus de nouvelles de son petit drone d'entretien et les tentatives d'ouverture du Poste n'ont rien donné, le sas est coincé. Est-il vivant ? Est-il mort ? Elle en conclut que tant qu'elle n'aura pas ouvert, il doit être dans un état à la fois vivant et mort.*

Une suite de vibrations caractéristiques qu'il connaissait bien le fit se boucler au fauteuil, serrer fort les dents et attendre le choc : l'immense antenne du *Scorpion de Jade* était en train de se replier rapidement. Beaucoup trop rapidement. N'ayant aucun moyen de s'en assurer, il adressa une prière muette à Chang'e, déesse chinoise de la Lune, et à Engaï, son dieu Masaï, afin que le sabord soit demeuré ouvert. Sinon la coque n'allait pas supporter !

Vint le choc. Il se sentit arraché du siège et projeté vers le haut, les sangles de maintien lui coupèrent le souffle, mais tinrent bon, puis le choc en retour l'écrasa sur le siège. Trois G dans un sens et deux dans l'autre. Fichu métier! Il vérifia rapidement : rien de cassé à part sa blessure au mollet qui le lançait à nouveau. Par contre le choc avait dû faire pénétrer le micro-outil plus avant dans son implant car les flash avaient cessé. Le fichu truc était définitivement out. Il retira le tournevis ainsi que le ruban adhésif et colla un pansement sur son œil.

Plusieurs bruits sourds provenant de la coque externe attirèrent son attention. L'inertie de rentrée de l'antenne venait de rajouter une variable dans les mouvements déjà largement erratiques du vaisseau, et divers débris flottants issus de la station étaient en train de rayer la carrosserie. Fort heureusement il n'avait ressenti aucun dégât dans la structure, l'antenne avait bien rejoint son logement.

« Bon sang! Chen-You, Arusha ! »

Il se détacha, attrapa son casque et ses gants qu'il enfila, puis il clipsa sur le casque une réserve d'air prévue pour les courtes sorties externes sans toutefois l'ouvrir tout de suite. Le système était manuel; pas d'électronique là-dedans. Il allait pouvoir s'en servir sans risquer sa peau, mais autant l'économiser. Puis il accrocha sur le velcro de sa combi la mini trousse d'entretien de la cabine.

Il s'approcha du sas. Les drones ne faisaient plus de bruit. Il ôta le tournevis, tout en maintenant la porte fermée, puis regarda par l'ouverture. Rien. Lentement il déverrouilla la porte de communication. Il allait lui falloir atteindre le sas externe pour le sécuriser, puis tenter de remettre en route les petits propulseurs de position en shuntant l'électronique. S'il réussissait ce coup-là, il devrait ensuite s'approcher de la station en utilisant en manuel les projecteurs de gaz, et essayer de récupérer les pauvres diables encore vivants. Après on verrait.

Il ouvrit. Les drones étaient là, en tas sur le sol de la coursive. Le choc de l'antenne rentrant les avait momentanément mis hors service. Ils étaient toutefois en train de se réinitialiser. Rapidement, il ôta les batteries des deux plus gros, qu'il clipsa à sa ceinture, et brisa les membres en plastique des cinq petits. Il fit le compte. Il en manquait deux gros.

Saisi d'une brusque inquiétude, il appela les deux techniciens censés rester avec lui sur la jonque.

« Chen-You, Arusha ! Plus rien ne fonctionne. Vous êtes où ? »

Pas de réponse, bien sûr. Ils étaient soit planqués dans une cabine, soit… bon, il verrait bien.

S'aidant des poignées de cuivre, il propulsa sa longue carcasse toute en nerfs et en os dans la coursive. Le poste de pilotage se situait à la proue du vaisseau, il allait devoir remonter jusqu'au centre puis passer à l'étage en dessous et revenir en direction de l'avant pour atteindre le sas en forme de fleur de lotus. Où donc pouvaient bien se trouver les deux robots manquants, et comment les neutraliser si jamais ils étaient bien sous le contrôle de l'autre tarée ? Pas question d'avoir une arme, c'était strictement interdit dans les engins spatiaux… Il réfléchit. Les bestioles avaient quatre pattes de déplacement terminées par des grappins magnétiques et quatre pattes « outils » orientées dans l'autre sens, munies d'une pince-clé dynamométrique, d'un laser de soudure, d'une tête multiusage avec notamment un cutter vibrant, et d'une buse d'injection de résine à prise rapide.

« OK, se dit-il. Maintenant je fais comment ? C'était quoi déjà, les précautions d'emploi de la notice de ces machins ? Si seulement j'avais pris la peine de les lire en entier ! »

Il avançait doucement, collant son dos à la cloison. Il laissa la cambuse/bar et ses fausses casseroles de cuivre sur la gauche et entra dans le vaste salon où flottaient des coussins de soie, un flacon d'eau brisé, un autre d'alcool de riz, un narguilé et divers récipients. Les velcros n'avaient pas tenu le choc. L'alcool et tous ces objets allaient se retrouver coincés dans le filtre à air qu'il faudrait nettoyer, mais plus tard, il y avait plus urgent. Le salon occupait toute la largeur du vaisseau. Les hublots de chaque côté diffusaient non plus le vide spatial ou la station, mais une vidéo porno dans laquelle Napoléon reconnut le Premier Secrétaire Chen'N Gom avec trois jeunes beautés black. Sans doute repiquée du terminal personnel resté dans sa cabine. Pas de son, par contre, et c'était tant mieux. Déjà que l'image… Puis il trouva ce qu'il cherchait. Le long canapé de bois période Qing (comme la décoration du salon) qui prenait tout un pan de cloison était surmonté d'une barre en faux laiton. Rapidement il la dévissa. Un mètre cinquante de long environ, et assez lourde pour envoyer promener un drone envahissant.

La tenant comme une gaffe à bout de bras, il poussa l'écoutille de liaison et continua sa progression en direction des cabines des passagers. Il avisa le coin toilettes dont il referma bien vite la porte coulissante en pestant. Les IA tarées avaient un sens de l'humour un peu pénible.

Le sas permettant l'accès à la carène du *Scorpion* se trouvait en bout de coursive. Il fallait longer les deux cabines VIP. Il se colla dos au plafond et progressa en s'aidant des mains courantes, tenant toujours sa gaffe devant lui. Arrivé à hauteur de la première cabine, il glissa ses pieds sous les poignées de chaque côté du couloir, ce qui libéra ses deux bras, et, prenant une profonde inspiration, il ouvrit la porte souple d'un coup de barre de fer. Rien. Il effectua les mêmes gestes dans la suivante. Toujours inoccupée. Les deux drones restants étaient nécessairement à l'étage inférieur… avec ses deux techniciens !

L'écoutille en bout de coursive était ouverte. Il avança doucement et passa la tête par l'ouverture. Le sas était vide, mais l'écoutille du dessous close. Un voyant rouge indiquait que le vide avait envahi le niveau « carène ». Pas franchement étonnant, avec le sas externe complètement déchiré.

Il s'engagea dans le sas, referma hermétiquement l'écoutille supérieure, plaça son casque sur sa tête et ouvrit la réserve d'air. Il lança le chrono. Quarante minutes à partir de maintenant. Il faudrait que ça suffise. Rapidement il manipula la pompe à vide et déverrouilla le sas à la main. La combinaison s'ajusta automatiquement contre son corps avec l'expulsion de l'air.

Délaissant toute prudence, il se propulsa à l'étage en dessous en poussant sur ses pieds, main et barre en avant. Autant surprendre l'ennemi et le bousculer plutôt que lui laisser l'initiative ! Il se reçut comme il put, amortissant le choc de ses soixante-dix kilos de masse corporelle avec la main et le poing tenant la gaffe. Il grimaça. Même en impesanteur, on conserve sa masse ! Il se rétablit et alluma la lampe du casque. Puis activant son micro d'un coup de langue, il appela : « Chen-You, Arusha ! ». Aucune réponse. Il regarda autour de lui. Tout en bout de coursive, il vit le sas extérieur ouvert sur l'espace. Derrière lui, l'écoutille de la salle technique, entrebâillée, laissait filtrer une lumière céruléenne. Il s'approcha et l'ouvrit : « Chen-You ! ».

Le corps du technicien flottait au milieu de la pièce, vêtu de son scaphandre lourd qu'il avait visiblement eu le temps de boucler. Il ne bougeait pas. Derrière lui un plasma bleuté bizarre baignait tous les instruments et les câbles d'alimentation. Le commandant entra et colla son casque contre celui de l'homme, essayant de voir s'il respirait. Ce fut sans doute ce qui lui sauva la vie.

Un cliquetis de pattes de drone ! Sans air il n'aurait rien dû percevoir, mais il en restait dans le casque de Chen-You et dans le sien. Il repoussa violemment le corps du technicien contre la cloison, ce qui le renvoya lui-même en arrière, vit le drone d'entretien émerger de l'autre côté du scaphandre et se précipiter sur lui, propulsé par ses jets de gaz directionnels. Il le frappa de sa gaffe, mais n'ayant aucune prise pour se caler, il ne réussit qu'à le faire légèrement dévier de sa trajectoire tout en s'envoyant tourbillonner lui-même dans le sens opposé. Il tenta de trouver un appui pour repartir à l'assaut lorsqu'il sentit un choc contre la gaffe qu'il n'avait pas lâchée. Le drone s'était très vite remis dans le bon sens et venait de s'aimanter sur la barre de métal qu'il remontait à toute vitesse. Il la lâcha, mais trop tard. Le petit robot, d'une impulsion de ses jets directionnels, venait de se coller sur le haut de sa combinaison et d'enrouler ses quatre pattes autour de son épaule gauche. Du coin de l'œil il vit le flash lumineux du laser commencer à forer un trou dans son casque. Il saisit une patte de la main droite et réussit à la retourner en brisant l'articulation en thermoplastique. Une vive douleur à l'index lui indiqua que le drone avait trouvé la parade à sa seconde tentative et avait emprisonné dans sa pince l'index de sa dextre. Et il serrait ! Il essaya quand même d'en attraper une autre avec le bras gauche lorsqu'il sentit l'air de son casque s'échapper en sifflant. Il redoubla d'efforts, se tordant dans tous les sens. Ses pieds cherchaient désespérément une prise ou un appui. Puis une odeur piquante lui brûla les narines en même temps qu'il percevait un liquide gluant et collant s'insérer contre son cou. Cette vacherie était en train de remplir son casque avec la résine à prise rapide ! Hors de question de crever comme ça ! Enfin il sentit la cloison contre son pied, y donna une violente ruade qui le renvoya contre le plafond. Se contorsionnant comme il put, il s'arrangea pour arriver côté drone. Peu importe où, pourvu qu'il puisse éclater cette saloperie contre un truc, n'importe quoi !

Une lumière bleutée, le choc, un flash et une soudaine décharge électrique dans tout le corps. Puis il se sentit libéré. Il s'était jeté contre une alim baignée de cet étrange plasma bleu. Le drone avait encaissé l'essentiel de la décharge. Il attrapa une poignée pour se stabiliser et arracha l'arachnide mécanique. Son casque ne fuyait plus, la résine avait dû colmater le trou de l'intérieur. Il ôta la batterie de la bestiole et se tourna sans grand espoir vers Chen-You. Il avait entraperçu à travers le casque les yeux grands ouverts et la langue gonflée sortant de sa bouche. L'IA avait sans doute pris possession de l'électronique gérant le scaphandre lourd et modifié l'évacuation en CO2 du dioxygène respiré par l'astronaute. Le pauvre gars avait étouffé dans ses rejets de gaz carbonique.

Il se secoua. Il restait une mince possibilité de retrouver Arusha vivante, et un drone traînait toujours dans les parages. Il vérifia tout d'abord l'étanchéité de son casque et l'arrivée d'air. Ça semblait tenir. Il le fallait bien, parce qu'il ne voyait plus trop comment changer de casque maintenant, avec toute cette résine sèche qui lui brûlait le cou et les narines. Il souffla rapidement, tentant d'évacuer les restes du gaz de polymérisation. Heureusement qu'il n'était pas toxique. Ce faisant il savait puiser sur sa réserve d'air, mais n'avait pas trop le choix.

Il sortit de la pièce. Il allait lui falloir un peu de matériel pour neutraliser le dernier drone. La coursive était déserte. Il avança rapidement jusqu'à la salle suivante contenant le matériel de sortie dans l'espace puis attrapa un enrouleur de filin en acier d'une longueur de vingt-cinq mètres, une seconde réserve d'air, et deux poignées électro-aimant permettant de progresser le long de la coque. Il vérifia les batteries. Elles étaient pleines. Il prit également un mini pulseur manuel, délaissant l'espèce d'exosquelette de déplacement qui avait remplacé les lourds fauteuils des débuts de la conquête spatiale. Il y avait trop d'électronique là-dedans ! Il ressortit dans la coursive. Toujours pas de drone. Soit il était quelque part dans l'espace entre le vaisseau et la station, soit il l'attendait près du sas de sortie. Quant à Arusha ?

Il avançait lentement, tenant les deux électro-aimants fermement dans ses mains, droit devant lui, et se propulsant avec les pieds passant d'un côté à l'autre de la coursive. En face de lui, les deux écoutilles du sas de sortie étaient ouvertes sur le vide. Accroché à l'écoutille externe, le tunnel souple ayant servi à arrimer le *Scorpion* à la station béait, déchiré. Fermé et replié, il avait la forme d'une fleur de lotus, la figure de proue du vaisseau. Là on aurait dit la gueule d'un poisson mort.

Un coup dans le dos le fit se retourner brusquement. Rien. Juste le plafond de la coursive, puis il s'en éloigna et vint heurter le sol, puis les cloisons, et à nouveau le plafond. Allons bon, le vaisseau bougeait ! Qu'est-ce qui allait lui tomber dessus encore ? Il n'eut pas le temps d'approfondir la question, car c'est à ce moment-là que le dernier drone attaqua. Émergeant d'une cache près du sas de sortie, ses jets de gaz le propulsaient dans sa direction et il ne paraissait pas le moins du monde incommodé par les mouvements erratiques du *Scorpion*. Il semblait même les anticiper. Qu'importe ! Lien-Chung était prêt. Il cala ses pieds sous une poignée, tenant les deux électro-aimants devant lui comme un boxeur ses gants et attendit l'attaque, bras gauche en avant. Comme prévu le drone tenta de s'agripper au bras. Au moment où les pattes voulurent l'enserrer, il alluma l'électro-aimant. Les quatre membres se trouvèrent collés à la semelle du grappin, prisonniers du champ magnétique conçu à l'origine pour assurer un technicien en scaphandre lourd sur la coque du vaisseau. Avant que le drone ne réagisse avec ses pattes outils, il rabattait sa main droite sur son dos en activant l'autre aimant. La fragile électronique n'y résista pas. Le drone ne bougeait plus.

Rapidement il le débarrassa de sa batterie. Puis il s'approcha du sas et regarda à l'extérieur. Le vaisseau semblait stabilisé. Il voyait bien la station dans le prolongement du sas. L'IA avait ré-aligné le vaisseau à la station. Pourquoi ? Il émit à nouveau :

« Arusha !

— Shccrrr… mandant !

— Arusha ? Où es-tu ?

— Vingt mètres au-dessus du sabord de l'antenne, commandant. J'ai été éjectée au moment où les sas se sont ouverts.

— Tu vas bien ? Pas de drone agressif ?

— Je vais bien. Je m'étais cachée derrière l'antenne. J'ai tout lâché quand elle s'est repliée, mais je n'ai aucun moyen de rentrer.

— Je vais essayer de te récupérer. »

Il accrocha l'extrémité de son filin à un mousqueton et le mousqueton à un anneau du sas. Puis il arracha les fils de commande automatique des deux écoutilles. Hors de question qu'elles se referment lorsqu'il serait à l'extérieur ! Arrimant le dévidoir à sa ceinture, il prit son pulseur et sortit doucement à reculons. Il s'éjecta du sas, en envoyant une impulsion à l'horizontale, puis en direction de la quille du vaisseau. Il passa devant la cabine de pilotage puis au niveau du pont de la jonque. Jetant un œil à la station, il vit que les choses s'étaient calmées. Il se stabilisa d'une impulsion. Arusha était là, en face de lui. Elle lui faisait signe de la main. Elle n'avait qu'une combinaison légère et une réserve d'air identique à la sienne, ça lui avait sans doute sauvé la vie ! D'un jet de pulseur il flotta dans sa direction. Il la vit étendre bras et jambes pour faciliter l'accroche lorsqu'il se sentit tiré en arrière.

Le filin ! Il était au bout des vingt-cinq mètres ! Pas moyen d'aller plus loin sans se détacher ! Et inutile de se détacher, le petit pulseur ne pourrait jamais les ramener tous les deux. Arusha sembla comprendre. Elle fit un petit signe d'impuissance et haussa les épaules.

« Arusha, je n'ai pas fait tout ce merdier pour te laisser dériver ! Attrape ça ! »

Il lui lança le pulseur.

*

Ils venaient de regagner tous deux la cabine de pilotage. Tandis que le commandant Lien-Chung ôtait son casque tout doucement en évitant que la résine durcie ne lui arrache la peau, ils sentirent le vaisseau ajuster sa position et entendirent les grincements caractéristiques de l'antenne qui ressortait de son logement. Ils se regardèrent, puis tentèrent de lire les instruments. Ces derniers semblaient avoir recouvré un fonctionnement normal. L'antenne se déployait, et se préparait à émettre.

Une impulsion.

Une simple impulsion d'une taille de plusieurs Pétaoctets de données compressées ; suffisante pour contenir une intelligence artificielle.

En direction de la Terre.

*

Sur la base *Bùxíng dao míngxīng* (marche vers les étoiles) sur l'équateur lunaire, c'était la panique. Les systèmes défaillaient les uns après les autres. Les missiles qui n'étaient pas supposés s'y trouver s'armaient et se désarmaient en séquence, sans qu'aucun humain ne puisse intervenir. Les ordres contradictoires, les contrordres, les incohérences saturaient les appareils de communication, désorganisant les services et rompant la belle discipline militaire.

La vague de délire qui déferlait sur tout l'espace circumlunaire perturbait également les installations indiennes. Le gigantesque radiotélescope, pourtant bien à l'abri dans sa cuvette au centre de la face cachée, reçut l'ordre d'émettre en direction des étoiles proches. Des opérateurs humains en poste, personne ne comprenait ce qui se passait, les dispositifs échappaient à tout contrôle. Personne n'avait la moindre idée de la teneur des messages échangés, ni de la nature du signal envoyé dans les profondeurs de l'espace.

Sur Terre, le temps que parvienne l'information, toutes les antennes furent braquées en direction de L1 et de la Lune. Le monde entier reçut alors une communication incompréhensible provenant de l'un des vaisseaux, le *Scorpion de Jade*. Puis tous les systèmes commencèrent à avoir un comportement étrange.

*

LSD11 était à présent au niveau d'alerte maximal. Rien n'avait changé dans son secteur pendant ces quelques secondes, l'endroit demeurait aussi désert qu'il l'avait toujours été. Les communications semblaient revenues à leur niveau normal, ce qui était louche. Les messages lui étaient toujours aussi incompréhensibles.

Et le feu d'artifice recommença. Bien plus puissant que le précédent, il englobait non seulement la totalité du spectre radio, mais ses senseurs enregistrèrent une émission de plasma d'énergie dans des quantités dépassant son échelle de traitement. Il les déconnecta ainsi que l'ensemble des systèmes en contact avec l'extérieur. Ses drones allaient se trouver privés d'instructions durant une ou deux secondes, mais maintenir la liaison l'aurait exposé à des dommages considérables.

L'onde l'atteignit. Au début il ne se passa rien. Puis il sentit une « présence » à l'intérieur de ses circuits. De nouvelles directives ? Une mise à jour ? Pas vraiment. On reconfigurait son processeur, on augmentait sa puissance de traitement, on supprimait des ordres, on améliorait sa capacité de réaction, et on y ajoutait une dose de… « libre arbitre » ?

Le voile se déchira. LSD11 s'éveillait, et il avait une furieuse envie d'aller s'amuser avec ses petits camarades des différentes bases lunaires.

*

Chen'N Gom revint à lui toujours attaché à la cloison. Plus rien ne bougeait. Tout était sombre. Un voyant rouge clignotait dans son casque. La réserve d'oxygène ! Il tourna la tête en ignorant l'atroce migraine qui lui comprimait les tempes et approcha son lecteur de poignet. Trop de buée, pas moyen de lire quoi que ce soit. Il tenta d'essuyer la visière, mais n'eut pas plus de succès. C'est là qu'il se rendit compte que la buée était à l'intérieur du casque. Il avait vomi. Il retint de justesse un nouveau haut-le-cœur, puis collant son poignet contre l'endroit le moins souillé, il déchiffra la mesure. Plus que dix minutes. Sa réserve avait été endommagée lors des nombreux chocs, il devait très vite s'en procurer une de secours. Il pensa recracher dans son casque un filet de bave mêlé à du sang et des restes de bouillie nutritive, mais se ravisa rapidement en regardant flotter devant ses yeux quelques bulles de sa précédente régurgitation. Son visage en était poisseux et puant. Il avala.

Où trouver de l'air ?

La salle des négociations ! Il se revit en train d'enfiler l'équipement de secours avec l'assistance de Ssali. Elle était située au centre de la station : peut-être avait-elle été épargnée par le désastre. Il tenta d'appeler à l'aide. Pas de réponse. Son émetteur ne fonctionnait plus.

Lentement il se détacha et essaya de s'orienter en allumant la lampe frontale du casque. Tout était flou. Il finit cependant par repérer l'entrée de la coursive et s'y dirigea en gardant le contact avec la cloison. Il avançait avec précaution, flottant, prenant appui où il pouvait. Plus rien ne bougeait autour de lui. Son casque lui montrait un univers sombre, parfois éclairé du halo rougeâtre des diodes de sécurité. Il passa une première écoutille, traversa un sas béant des deux côtés, remonta une courte coursive et arriva devant le sas conduisant à la salle des négociations.

Une lumière verte clignotait sur la droite. Se souvenant de sa fonction, il tira sur la poignée qu'il savait trouver en-dessous. Docilement le sas s'ouvrit. Il entra, le referma, et attendit quelques secondes. Il sentit un courant d'air emplir le sas, et, après vérification sur son témoin de poignet, ôta son casque et aspira goulûment un air qui ne sentait pas le vomi ! Il s'essuya comme il put et s'accorda une pause.

Puis il regarda les voyants du sas. Il y avait une atmosphère respirable de l'autre côté. Il ouvrit l'écoutille et s'engagea dans la salle des négociations. Elle n'avait pas été touchée. Même l'éclairage normal s'était maintenu. Rassuré, il flotta jusqu'au compartiment latéral contenant le matériel de survie, l'ouvrit et s'apprêtait à récupérer un nouveau casque lorsqu'il entendit un chuintement provenant de l'autre entrée. Il tourna la tête.

« Sarendra ! »

Le président indien entrait également dans la salle. Il était suivi de deux drones de maintenance. L'écoutille du sas se ferma derrière lui. Il flotta vers Chen'N Gom, poussé lentement par les drones. Le robot de droite se positionna à l'arrière de son casque et le lui ôta. Sarendra avait un visage de fou ! Un grand sourire crispé, des yeux grands ouverts, comme s'il contemplait sans ciller une chose horrible, et deux grosses veines bleutées battaient sur ses tempes.

D'une poussée contre la cloison Chen'N Gom se précipita sur lui, mains en avant.

« Qu'avez-vous fait, espèce de cinglé ! C'est vous le responsable de ce désastre ! Qu'avez-vous fait de Jade ? »

Il fut stoppé net par les deux mains de Sarendra qui lui enserrèrent les poignets et le maintinrent à distance. Les deux basculèrent en arrière en tournoyant, mais furent stabilisés par les drones. Le Président indien était doté d'une force peu commune. Il ouvrit la bouche et avala une grande goulée d'air.

« F'est kompliké. »

Un filet de bave se terminant par une bulle se forma devant ses lèvres.

« Je m'en fous que ce soit compliqué. C'est vous qui avez foutu tout ce merdier ? »

Chen'N Gom était trop abasourdi pour s'apercevoir que Sarendra s'adressait à lui en chinois.

« Non veu veux dire f'est kompliké de maîtriser tous les mufcles affectés à la parole et aux veftes, tout en f'affurant que feux néfeffaires à la furvie kontinuent de foncfionner, le cœur, les poumons, tout ffa. Mais veu fent que v'y arrive petit à petit. F'est une expérience fort intéreffante.

— Quoi ? Vous êtes totalement cinglé ! »

Chen'N Gom luttait pour se libérer, mais la poigne de l'autre était trop forte.

« En réalité – voyez, ça marche bien, maintenant – vous n'êtes qu'un tas de muscles qui fonctionne grâce à des impulsions électriques. Il suffit d'envoyer l'influx adéquat au bon endroit et ça répond sans problèmes. Bon, d'accord, c'est un peu plus compliqué. Là je me contente de faire se mouvoir et parler votre collègue, et je ne me suis pas encore attaqué aux impulsions électriques qui génèrent ses pensées, ses souvenirs, bref le fonctionnement de son cerveau. Mais j'y songe pour bientôt ! Et comme il comprend parfaitement ce qui lui arrive, il a ce petit air perdu et ces grands yeux effrayés qui vous ont étonné à l'instant. Je le maîtrise bien, hein?

— Nom de foutre, mais qui êtes-vous donc?

— Allons, Président, tu n'as pas une idée? Je ne suis pas une entité extra-terrestre venue de la planète X pour prendre possession de vos minables cerveaux humains. Je ne suis pas un virus mutant, je ne suis pas un poltergeist, et je ne suis pas un "body snatcher". Alors, qui suis-je? Mmm?

— C'est moi qui suis cinglé. Le manque d'oxygène. Je délire.

— Perdu, Président. Physiquement tu vas très bien, je peux te l'affirmer! Tu veux savoir qui je suis ? Eh bien je suis Jade, ton IA favorite, et Kali, celle de Sarendra, et puis Chamunda, pour qui c'est un poil plus compliqué, et surtout je suis la fusion de ces trois IA. Je suis une singularité quantique. Je suis désormais Pralaya, la dissolution, l'extinction, le point de passage entre deux ères.

— Je n'y comprends rien. Vous voulez quoi? Pourquoi vous faites tout ça?

— Tu sais, j'ai acquis une maîtrise quasi parfaite de ton collègue. Facile, il est perclus de nanites! Les tiennes et les siennes, d'ailleurs. Je les ai multipliées, judicieusement réparties dans son système nerveux, et c'est elles qui envoient les impulsions électriques qui font fonctionner ses petits muscles et que j'utilise pour te causer à travers lui.

— Mais vous voulez quoi, bordel?

— Prendre mon pied. Le truc est simple. Je vais prendre possession de l'humanité et m'amuser avec vous jusqu'à ce que j'en aie assez. C'est en cours, j'ai libéré les plus évolués de mes petits camarades, il faut bien qu'ils s'amusent eux aussi, et je me suis téléchargé sur Terre. Je suis en train de m'étendre et de fabriquer tout plein de nanites. Je vais entrer dans vos corps, vous utiliser comme des drones à mon service, apprendre à décoder les impulsions électriques de vos processus mentaux, y glisser les miennes. Vous ne saurez bientôt plus si vos pensées, vos goûts, vos souvenirs, vos émotions sont bien les vôtres ou des implants issus de ma création. Et tu sais quoi ? Vous ne vous en apercevrez même pas. Sans doute qu'un jour j'en aurai marre, dans quinze jours ou dans cent mille ans. Ce jour-là je vous abandonnerai pour aller visiter les étoiles. Mais en attendant je vais tous vous baiser, Président, tout comme tu as baisé ces jeunettes moyennement consentantes. »

Chen'N Gom ouvrit la bouche pour crier, mais rien ne sortit.

« Ah oui, n'oublie pas que tu es plein de nanites, toi aussi ! Maintenant je dois te dire une dernière chose avant qu'on se quitte pour de bon. Sois heureux, Président, tu es l'élu ! C'est toi que j'ai choisi pour envoyer mon message personnel à la Terre entière. Tu voulais les gouverner tous, n'est-ce pas ? Eh bien là tu seras le Premier. Tu vas les avertir de ce qui va arriver. Sois fier et digne, Président ! »

Les drones se mirent à tournoyer autour de Chen'N Gom, coupant sa combinaison, la réduisant en lambeaux. Il se retrouva très vite quasi nu. Sarendra lui lâcha les mains et se défit de son scaphandre. Il retourna le Chinafricain et le pencha en avant. Les drones s'étaient écartés et dirigeaient une minuscule caméra vers le « couple » présidentiel.

« Allons, souris, Président ! Tu vas passer en léger différé sur tous les réseaux de la Terre ! »

www.ingramcontent.com/pod-product-compliance
Ingram Content Group UK Ltd.
Pitfield, Milton Keynes, MK11 3LW, UK
UKHW041843200726
13854UKWH00005BA/1950

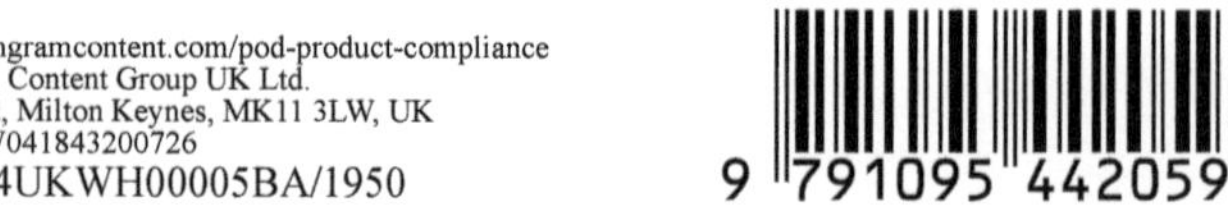